今何在

著

未来

人 类 的 征 途

江西人民出版社
Jiangxi People's Publishing House
全 国 百 佳 出 版 社

在庞大的时间机器中
一个微小的齿轮偏差就可能使未来面目全非

今何在 作品

目录

Contents

序

我躺在床上时总是想，我永远不可能在下一秒睡着，那么我是在什么时候睡去的呢？我睡着后为什么明天一定会醒来呢？醒来时为什么世界还是这个样子呢？然后不知什么时候，我沉入混沌之中，也许只过了千分之一秒，也许过了一千万年，闹钟叫醒了我，它永远在等候那个时刻——新一天的来临。

我在小学时无法想象我的中学会是什么样。现在的我无法想象二十年后会是什么样。但我知道未来一定会来，我终会知道答案。

有没有可能发生什么改变呢？如果我把闹钟拨慢一分钟，或是出行时换一条路线……我的未来还会不会是那个未来呢？又或者，一切早就决定好了。

我只是河流中不能自控的落叶，或是宇宙里按规律旋转的恒星。连太阳都不能决定它的轨道，它也只是个为了照耀我们而不得不在天上百亿年如一日地旋转的可怜家伙。

也许所有人、所有物质都有它们自己的轨道，这无数条轨迹交织着，无穷无尽。有些人会相遇，有些人永远不会。可惜我们看不到自己的轨道，也就不能预知未来。

不过正因为这样，人生才有意义吧。人活着，不就是为了知道未来会发生什么吗？

很多年后，当我知道了那一切的答案，再回头来看这篇日记，一定很有趣吧。

——写于二十世纪

第一章

二十世纪

"答案并没有错。它永远在那儿，人类未存在之前它就在。人类灭亡了，它还是在。"

——何必生（数学家）

1.

一百万年前，世界上第一个人类走出山洞。他抬头望去，天空中有什么也正望着他。

"你相信未来吗？"那个声音问。

第一个人类傻傻地站在那里，不知道这句话的含义。

2.

第一个人类仰望星空的一百万年后。

他睁开了眼睛。

眼前这个世界看起来古旧苍老，像是已经运行了百亿年，却一直平淡无奇。

不，诞生就是奇迹。他想，我来了，我为改变这个世界而生，我即是未来。

那一年，是1900年。

3.

他在百年后拯救了人类，但那时已经没有人记得他的名字。

他叫何必生。是的，他的父亲是个悲观的人。他出生的那一年，风雨飘摇，国破家亡。

"无情何必生斯世，有好终须累此身。"父亲总念着这句话。他出生时放声大哭，城门外炮声不断。全家人早收拾了行李等着，他一出生，就立马逃难。

父亲以前经商时意气风发，风生水起，从不信命。何必生出生那天，家败了，母亲死了，国都差点儿没了。父亲开始吃斋念佛，视他为不祥之物。在何必生的记忆中，父亲很少说话，更不愿和他说话。

但何必生的童年并不寂寞，他和蚂蚁说话，和树木说话，和天上的星星说话，只是不和人说话。人们以为他是哑巴，对他说话时指手画脚大叫大嚷。何必生静静地看着他们，觉得人类真是有趣的生物。

何必生从小就不用读书，老家村里的小孩也读不起书。他们在地里像牛羊一样散养野放，四五岁就开始帮家里干活，捡柴、拾粪、喂猪、做饭，长大后种田、放牛、娶妻生子，就这样度过一生。

何必生小时候，以为世界就是这个样子，是群山环绕的一个村庄，它永远不会改变，就像自己的人生。

那一天黄昏，他一如平常地坐在田边，看漫天飞鸟入林。

"又少了一只。"他自言自语。

起身时，却发现父亲站在身后，呆望着他。

第二天，父亲把他叫来，从床下摸出一个布包，里面是一个小小的算盘，金框玉珠，可以放在掌心。

"该卖的都卖了，只有你母亲留下的这个算盘舍不得，这是你的。你母亲怀着你时，总说你将来定是特聪明的孩子，比我更有出息。我不能误了你，你走吧。当年我离开这村子时，和你一样的年纪，身上只有我娘烙的五个饼，就靠会用算盘，走遍天下。现在我就教给你，学会了，你就饿不死。你要真是祸害，更不能留在村子里，外面这么大的世界由得你造呢。"

何必生走出了村庄，人类的历史由此改变。

那一年，是1913年。

4.

何必生把小算盘当了，一路向东，不知走了多久，来到一座叫上海的大城市。

何必生并没有看见海，只来到了江边，江对岸是一片荒地。

他转过身，看见一幢高大的洋楼，也不知是干什么的，就走了进去。

一天后，何必生穿着崭新的洋服，站在这家银行的柜台后，手边摆着算盘。

一个月后，因为算数极快，何必生被调去二楼办公室，眼前摆着堆成山的账本。

洋人老板在一旁好奇地盯着何必生手指如飞般拨弄着算盘，终于忍不住问："这东西怎么用？"

何必生耐心教洋人老板使用算盘，一个小时后老板决定放弃。

"其实不用算盘也行的。"何必生说。

老板呆呆地看着何必生快速翻动写满条目的账本，然后在新账本上记下结算数字。

"你怎么做到的？"老板问。

"我在心里想象了一个算盘。"

一天后，老板请来了另一个洋人。

"这是佛伦斯教授，数学家，也是速算高手。他对你的算数方法很感兴趣。"

"你在哪儿学的数学？"佛伦斯问。

"数学是什么？"何必生问。

"你不会是想教中国人数学吧？"洋行老板觉得这是不可能完成的任务。

"我还教会了他们打乒乓球呢。"

5.

一个月后，佛伦斯看着何必生在黑板上解出了那道算术题。

"很好，你已经可以开始学习高等数学了。"佛伦斯说。

三个月后，何必生对着纸上的公式苦思冥想。

"这定理是不是错了？"他问。

佛伦斯冷笑："如果你能证明它错了，我就向你磕头拜你为师。"

一年后，佛伦斯指着何必生的鼻子大骂。

"你这么解是在污辱我的智慧！"

"可我知道我对了。"何必生说。

佛伦斯瞪着何必生，好半天才说："我教不了你了。你滚吧。"

何必生也呆住了："滚去哪儿？"

6.

1914年，德国。

他带着佛伦斯的推荐信，来到了柏林洪堡大学，学习数学。

在那里他遇见了一个怪人。

他头发蓬乱，不喜欢和人说话，似乎永远在思考什么，沉浸在自己的世界里。

何必生也不去和他说话，因为他们是一样的人。

直到那一天，他走过校园，那个人突然叫住他。

"你好！何？"他艰难地说着那发音，"我听说你在数学上是个天才，我能和你聊聊吗？"

"我能帮你什么呢？爱因斯坦教授。"何必生用生硬的德语回答，在语言方面他并不是天才。

"人们说你是个怪人，对你来说一切都是数学问题。你甚至想用数学证明你们东方古老的占卜术，你认为一切都是可以计算的吗？"

"我想是的。"

"你觉得整个宇宙，是否只是遵循一个简单的规则，甚至用一个公式就能解释？"

"我没想过……不过，我相信是这样。"

"你愿意当我的助手吗？我觉得我已经……接近了那个真相……但我很害怕……我不想独自承受这些，我希望有个人和我聊聊，并且他能帮我验证我的想法。"

"可是，这里有太多比我更优秀的数学家。"

"是的，但是，我没法让别的教授来当我的助手。甚至，我没法告诉他们我的想法，他们也许会直接说我是错的，我不想这样。我需要一个年轻人，他是一张白纸，却有上帝赋予的天赋……"

"我不信上帝的。"

爱因斯坦看了看他："是吗？那你相不相信有一种力量，创造了我们这个宇宙？"

何必生想了很久："如果宇宙有诞生的那一天，那应该就会有创造它的力量……和规则。"

"是的。这就是我们要寻找的。"

7.

战争爆发了。

"德国必胜！现在全国的科技和文化人士都在这份《文明世界宣言》上签名支持我们国家的战争，爱因斯坦教授，我希望您也能签名。"那个人闯进了房间。

"你打断了我的思路。"爱因斯坦愤怒地说，"我就快接近那个答案了！"

"究竟有什么研究，比国家正面临的战争更重要？"那人问。

"你不会理解的。恕我直言，没有什么比人类用地域、国家、种族将自己划分并互相仇恨、屠杀更愚蠢了。我反对这场战争。"

"真遗憾。"那人叹气说，"您是位优秀的科学家，但您对您的祖国毫无用处。"他走了出去。

何必生呆望着爱因斯坦。

"何，你知道吗？科学是伟大的，但科学也可能毁灭人类。"爱因斯坦无力地坐下来，"如果有一天，你发现你找到了那个梦寐以求的答案，但人类却可能因此灭亡，你还会公布那个答案吗？"

"答案并没有错。"何必生说，"它永远在那儿，人类未存在之前它就在。人类灭亡了，它依然存在。"

爱因斯坦点头："你帮了我很多，何。不过，我越来越悲观。我担心我的研究不能让这世界变得更好。这世界充满仇恨，世界大战已经爆发了，不知要死多少人才能结束，或许，永远不会结束。"

"未来是可以计算的。"何必生说，"我坚信这一点，只要我拥有足够的数据。"

"但那是不可能的。"爱因斯坦说，"人类或许可以通过气流与云层的变化预测天气。但你想预测未来，那需要的，可能是这星球上每一个基本粒子的位置和运动轨迹，就算你能知道，你还需要超级的运算力。而且这世上有最无法测量的东西。"

"是量子吗？"

"是人心。"

"可是……也许有一个更简单的办法。还记得你和我讨论过的吗？宇宙可能有诞生，有灭亡，它就像一个生命。而我们的宇宙，或许只是大海中的一滴水，千万片树叶中的一片，还有无数个宇宙，蕴含着所有的可能性。宇宙自己就是一台计算机，所有可能的未来都早已演算出来，我们只需要去查看。"

"有趣。"爱因斯坦说，"你的脑子比我更疯狂，但你怎么可能看到其他的宇宙呢？又如何在无数个宇宙中找到我们的未来呢？"

"这就是我一直在思考的问题，从一滴水可知大海的构成。最复杂的人脑思维，却是由最简单的电脉冲所构成。最宏大的，或许就蕴藏在最微小之中。"

"等一等。何，你这段时间一直在苦苦地计算。我以为你在证明我的论点，没想到是在干私活？"

"不，我们所研究的都是同一件事。您的理论打开了我的思路，也许所谓的时间，只是空间的运动，就像点的运动构成线，线的运动构成平面，平面的运动又构成立体。我们的三维宇宙是由二维宇宙的运动构成的，就像电影胶片，每一格都是静止的，不停交替才有了故事。我们在三维世界，可以很清楚地看到二维世界比如一部电影的全部时间线——从开始到结束的每一帧。对于二维世界的人来说，我们就是能预知一切的人。那么在更高维宇宙的生物，也能看到我们宇宙的所有时间。我们所以为不可逆转、不可跳跃的时间对他们来说，却可以分解为无数静止的三维空间，也就是单格的胶片，只不过是立体的。"

"很大胆的假设。"爱因斯坦说，"不过没有被证明之前，它也只是假设，不是科学。"

"我明白。我会去证明它。"

8.

在那台巨大的仪器前，何必生苦思冥想。

爱因斯坦走来："你想发明一台计算机？我知道有一位教授也在研究这个。如果能研究成功，人类的科学将爆发式地发展。不过……这方面恐我帮不了你了。"

"计算机原理并不难。"何必生说，"但是硬件限制了我的想法。如果我想它达到我需要的运算力，它会大得连这座学校都装不下，所耗费的能量将超过一座城市。"

"听起来你需要更强大的能量，比如原子能。"

"原子核中可能蕴藏那么大的能量，这正印证了宏大可以藏于微末。所以，我在思考另一个方向。为什么人脑可以用这么小的能量完成如此复杂的思考和运算呢？思维又究竟是怎么回事？它也许已经细微到量子层面。能不能用某种方式，将人脑和电子仪器结合，从而造出可以千万倍于人类普通脑力的计算机呢？"

"何，你对计算机的痴迷，以至于你无法专心地投入我的研究项目中。真可惜，本来我还希望你能和我一起在基础物理方面做出成果。"

"爱因斯坦教授，如果我能让人脑以万倍的效率工作，那不是会使我们的研究进度大大加快吗？"

"但巨大的计算力意味着巨大的能量消耗，需要强大的电流供应，人脑承受不起。"

"所以我才想用机器和人脑结合，机器负责数学运算，将结果反馈给人脑，而人脑则负责机器所不能胜任的部分：模糊思考和创新思维。"

"但你如何进行实验？将人脑和机器连接？这太危险，谁会参加这种实验？"

"我。"何必生说，"我用自己的大脑来实验。"

"不不不，何，你疯了。这需要一流的外科医术，一不小心，你这天才的大脑就毁了。"

"但也有可能，我会创造出一颗更神奇的大脑。为了它，我愿意承担一切风险。"

"我想你找不到医生为你做这种手术的。"

"找一个和我一样的科学狂人？这里满大街都是。"

9.

何必生第一次实验的那一天，全柏林的科学家都跑来参观了。

他的头上戴着一个沉重的头罩，用电线与占据了半间屋子的仪器连接。几位医学和电子学领域的顶级博士为他手术并设计了仪器。事实上这个实验几乎调动了当时世界顶尖的科学力量。

何必生望着大家："感谢你们。这台计算机属于全人类，我会向全世界分享我的计算结果。"

"那你最好先活下来。"为他手术的医学博士柯曼检查着体征测量仪的数字，调侃说。

人们发出笑声，但眼神中全是不安。

"各位，我们未来见。"何必生向大家做了个告别的手势。

人们微笑地望着他，点头给予祝福。

柯曼小心地启动仪器，电流慢慢增强。巨大的机器轰鸣起来，电子管发出高热，指示灯疯狂闪烁。

"何，你还好吗？回答我。"柯曼紧张地喊。

何必生双目紧闭，不发一言。

"中止实验。"爱因斯坦喊。

柯曼的手伸向控制按钮。但这时，何必生的手慢慢抬了起来，做了个OK的手势。

人们欢呼起来，开始互相拥抱庆祝。

"喂，他只是还没有死。你们能不能安静！"电子学博士冯·诺兰特目不转睛地盯着仪表指针的抖动。

柯曼上前握住何必生的手，感受着他手指传来的信息："他意识是清醒的。"

人们都握紧拳头，静静地等待。

"已经30秒了。"爱因斯坦看着时间，"达到预定时间，可以中止实验了。"

柯曼想离开，却感觉到何必生握着他的手摇了一下。

"他想继续。"

"他在自杀！"爱因斯坦喊，"如果他的计算结果在深渊里，他也会毫不犹豫地跳下去的。停止实验！"

冯·诺兰特上前要按下电源按钮。

"不不不！"柯曼喊，"突然中断电流太危险，他的大脑正在运算中，可能会被损伤。慢慢把运算功率降下来。"

冯·诺兰特小心地旋转电流调节钮，仪器的轰鸣声慢慢地减弱，最终安静了。

"何，能听见我说话吗？"柯曼凑近他，"实验结束了。"

何必生闭着的眼睛慢慢地睁开，他的眼神中似乎有了一些不一样的光芒。

"你的感觉怎么样？"柯曼问。

何必生看着柯曼，似乎他是一个陌生人，似乎不知道自己身处何方。

"何？你还好吗？说话啊！"

何必生终于开口了："愚蠢的人类……"

10.

何必生坐在校园的长椅上，他已经在那儿呆呆地坐了一整天。落叶掉在他的头上，他也不拂去。

爱因斯坦走来，在他身边坐下。

"大家都很后悔让你做了这个实验。你现在的样子太让人担心了。柯曼想给你做一次大脑损伤测试……"

"我很好。"何必生说，"我只是在思考。"

"那43秒，你究竟经历了什么？"

"我做了一个梦。"

"梦？"

"长达数百年的梦……梦见我生在地球，梦见了战乱，梦见我的父亲交给我一个算盘……"

"这似乎是你真实的人生啊！"

"我梦见我来到德国，在大学中学习。然后，战争爆发了。"

"这只是你的记忆。你似乎分不清梦境与现实了，这很糟糕。"

"德国输掉了这场战争。"

"可战争还在持续呢。"

"俄国发生了革命，建立了苏联。"

"苏联？"

何必生转头望向爱因斯坦，眼中全是迷惑："我们这个星球没有苏联？"

"的确没有。"

"今年是哪一年？"

"1916年。"

何必生再次把目光投向前方的虚无，他的眼神慢慢变得震惊："我看到的是……未来。"

"我不惊讶于任何奇迹，但我想知道原理。为什么？"爱因斯坦说，"为什么未来可以被看见？难道时间……时间并不是我们所想的那样？或者正如我们所设想的，在高维的世界里，可以像看电影一样看到我们这个宇宙的诞生与终结。"

"对……我想……我看见的是另一个宇宙……一个平行宇宙中的地球……在那儿，未来已经存在。不……应该有无数个平行的世界，宇宙早就把一切可能都计算出来了。"

"你刚才说，在那43秒内，你做了一个长达数百年的梦？"

"是的，从我出生，一直到……我醒来。"

"你一直看到了哪一年？"

"大概是……二十二世纪……"

"神奇。那时的人类怎么样了？"

"没有人类了。"

11.

二百年后。

巨型航母"出云号"在黑暗的太空中掠过。

它的身边，是由三艘航母、三艘战列舰、七艘巡洋舰、十五艘护卫舰及二十艘运输船组成的庞大舰队。

这是帝国第一舰队。

"飞翼一队呼叫出云，没有发现敌情。"侦察机每分钟发来一次例行报告。

"飞翼二队呼叫出云，没有发现敌情。"

舰队司令织田信长看着面前的显示屏，那里像太空一样深暗，像深海一般死寂。只有行星轨道，没有任何异常。

织田信长并不是人类，他只是一个人工智能，拥有远比人类更强的计算力，能同时指挥一支舰队、数千架战机或数以百万的机器人军队。

但敌舰队究竟在哪儿？

这将是最后的决战了吧。敌军只剩最后三艘航母……或者只有两艘还能战斗。不需要武田舰队和德川舰队出手，第一舰队就能赢得这最后的光荣。他要在天皇陛下生日那天献上一份大礼，那就是共和国的毁灭。

他的对手，是敌人最后的武装力量：共和国第一舰队。

老朋友陆伯言，你还有回天之力吗？共和国的梦想？在铁与血面前不过是个笑话。

12.

1937年8月14日，离未来还有715017小时。

沈崇海与陈锡纯驾机飞向敌舰"出云号"。

敌机轰炸南京，所有战斗机要保卫城市，所以他们这次出击不会有战斗机护航了。

这是一次几乎必死的旅途。

正如中国与日本的战争，国力悬殊几乎看不到胜利的可能。

这场正在上海展开的殊死决战有意义吗？全国的军队都在赶向这里，每一秒都有人死去。

他们没有时间思考这个问题。

战机受伤了，难以返航。

沈崇海与陈锡纯驾机撞向了敌舰"出云号"。

没有人知道那时他们说了些什么，有没有喊悲壮的口号。

甚至他们的名字都已经没有什么人记住了。

这次撞击并没有对未来产生任何影响。他们就这样无声地死去了，犹如这场战争中死去的千万人。

一个人无法改变未来。而未来，却是由千万人书写的。

13.

1937年11月10日，离未来还有712905小时。

王顺勇还有三颗子弹。

他已经是这座墙后的最后一个活人了。

他决定逃跑。

上面的命令是死守这座仓库，为此整整一个营的弟兄在这里坚持了十七天。但是周围再没有自己人了。敢拼的战死了，不敢拼的逃走了。这座仓库成了被包围的孤岛。

这几天有一件事他一直不敢去想。

他是必然要死的。

和这个营的所有弟兄一样，和所有几天前还粗口骂着鬼子和友军但现在已经变成冰冷尸体的人一样，死亡是必然的。他不可能活下去。再不会有援军，敌军也不会忘记这里，下一次进攻很快就会开始，他逃过很多轮，但他终会逃不过去的。

打仗的时候你没空想死活，只管啪啪地放枪。身边的人突然脑瓜爆了，血溅你一脸，你都没工夫擦，更不可能有空抱住他大叫什么"好兄弟你醒一醒"之类可笑的话，子弹炮弹满天飞，自己都可能活不了，还有心思哭别人？

但直到这一拨冲锋又顶下去了，敌人抛下数十具尸体，战场沉寂下来，你猛一回头，才吓一跳，原来身边又倒下了这么多人。就一个营，这么多天成批成批地向下抬，又成批成批地顶上来，居然还没有打完。

顶了多少天了，他不记得了。自己是哪一天进驻这个仓库的，不记得了。战前动员长官都说什么了，不记得了。打死多少敌人，不记得了。自己叫什么，不记得了。老婆叫什么……王顺勇突然想起来，自己还没老婆呢。

刚才只是有点绝望，但绝望并不会让他动摇，打他生下来就没希望过什么。

从小挨饿受穷，种田时被东家打，当了兵被长官打，长官死了还要接着和日本人打。王顺勇不怕死，因为活着也是受罪。为什么要打这一仗？长官说是保卫国家，可国家又是个啥，王顺勇不知道。他只知道，要是逃跑，被长官逮住，可能死得更快。就算逃了，又能去哪儿？他没田没地，家也没了，跑了也是没活路，在哪儿死也是死，就不费那个跑路的力气了。

但一想自己还没娶老婆，连女人脱了衣服啥样都不知道，王顺勇就气不打一处来，这狗日的打的什么鬼仗，对面那帮狗日的跑到这儿来送什么死，自己旁边这帮狗日的又死得那么快，现在自己连女人都没有碰过就要死了，这狗日的都叫什么事啊。

敌人并不能使王顺勇逃跑，但女人可以。想到女人王顺勇突然就想到了过日子，想到了生娃，想到了娃要娶媳妇，想到了抱孙子，想到了子子孙孙无穷尽也，想到了未来的无穷岁月。

他不能就这么死在这儿。

他左右看看，周围都没喘气的了。不远处还倒着一个，好像还在哼哼，不过好像也离死不远了。不算不知道，敢情这片阵地就剩一个半人了。而且以前会有人来拖尸体，有新面孔跳到旁边，骂骂咧咧地说"我是哪排的，真他妈倒霉被调来增援你们，我从小命硬被狼叼沟里都活了没那么容易死的"，然后就嘎嘣一下死了。但是现在，好像很久都没有人上来填坑了。

不会这整个营就剩自己了吧。王顺勇突然脚底一股寒气冒上来。

远处传来些动静，鬼子又慢慢地摸过来了。

现在不跑在这儿等死吗？王顺勇拎了枪就要撤。突然又转回来，从旁边摸来两个手榴弹扔出去，又跳到机枪边上突突突乱扫了一阵子，嘴里大喊："各位兄弟，鬼子又摸上来了，打起精神顶住了，咱们一共也就剩五千来号人了，怎么着也得撑到来年开春啊。"

想起弟兄们全冻得直直地躺着呢，听不见他说啥了。王顺勇这才鼻子一酸，抓起枪往远处跑。

这仓库有十来间大库房，占地有百十来亩，修得那是真结实，炮弹炸了十几天，碎渣满地，愣是还立着。那天大家听说周围的部队全撤了，也哄闹着要走。营长跳上箱子说："别人能走，咱们不能走，看见这楼了没有，这是啥，这就是咱国家的希望，不对，说希望你们不理解，这就是你们家爹，你们能抛下爹自个儿跑了吗？你爹被人打成这样，你能不还手吗？不能吧，所以你们跟我来到这儿，就准备跟我全死在这儿。我不死，谁也不准走，我死了，还是不准走。但凡还是个爷们儿，就别想着逃命的事。"

当时就有人说："什么狗屁爹啊，就一破仓库，用得着一营人全死在这儿吗？这里头装的是黄金还是烟土啊？还是咱总司令他们家爹啊？"

一帮人哄笑，营长就急了，说："里头是军事机密，我也不知道是什么。我就知道，这里面的东西要是保住了，咱们这国就亡不了，咱们将来就有盼头。但里面的东西要是没了，或落到敌人手里头了，那就算完。不但你们得死，你们全家、全村、全世界的人都得死。"

下面人更不服气了："营长你就忽悠我们吧，真要有这种宝贝，一放出来全世界的人都死，还要我们在这儿守着它？该它守我们啊。哦，我知道了，敢情里面装的是孙悟空啊。"

这回连一旁装死的都笑出声来了。

王顺勇今天想起这话还想笑，可是营长已经倒在那儿了，当初说这笑话的人，一起大笑的人，都已经倒在那儿了，他实在是笑不出。他心里猛地一激灵：这仓库里到底他妈的装的是啥玩意儿，整死了我们一营人？

他这下子不着急跑了，不知道这大仓库里头究竟装了什么，不知道这么多人是为什么死的，他这辈子到死也不能安心合眼。

来到守区中心营长绝不让靠近的那间库房前，才发现这里被鬼子飞机的炸弹炸成一片废墟，库门早被堵了。他转了一圈，发现一个炸塌的破口，小心凑到洞边，看见库房里面黑乎乎的。

王顺勇心里犯虚，这里头能有啥东西，一放出来全世界都死光了？要真有这东西不能落到敌人手里，为什么营长不下令把它炸了？哦，对，营长那不是没来得及嘛。

他小心翼翼地往里走，脚下全是碎砖瓦砾，库房屋顶被炸弹炸塌了半边，虽然是晚上，但还是有点儿微光，他的眼睛慢慢能看见点儿东西了，可不看见还好，这一看见仓库里的样子，他的心都要炸开了。

这是什么国家的希望？这是什么杀敌的法宝？

库房里什么都没有！

王顺勇转着身四下看，看到空荡荡的一片，他的心也跟着空了。这么多人死了，为了保卫这里，为了国家的希望，为了让全世界的人可以活下去。结果呢？库房是空的，他们被骗了。营长带领大家死守了半个月，亲手毙了要带队撤离的把兄弟，最后自己也把命搭在这儿了，他知道这库房是空的吗？他要是不知道，那他得多傻啊！他要是知道，那他得多伤心啊！

王顺勇自打仗以来那么多人死在面前都没哭过，这回是真伤心了，坐地下一通哭。远处枪炮声又响了，敌人哇啦啦开始往空无一人的阵地上冲锋，可阵地上居然还有自己人的枪响了，王顺勇能分得清那枪声的不同，可那是谁？阵地上还有谁？谁还在傻傻地宁死不撤？

王顺勇猛扇自己耳刮子，自己算是个什么东西。兄弟们都死了，自己却当逃兵了，逃了还不说，还要跑进库房来看一眼，这不是让兄弟们的在天之灵都没法安生吗？

他哭得昏天黑地，顾不得地覆天翻。正在这时候，库房里突然传来一声响动。

王顺勇吓得噌一下跳起来，抓过枪喊："谁？谁在？"

又一阵急促的响，然后是当当当的声音，像有人踩着铁楼梯在走。王顺勇突然看见库房一角处，有微光从碎砖后露出来。他直奔过去，竟然看见了一个地下入口。烛火般的微弱光线从里面露出来，这光还在暗下去，正在迅速钻入地下。

王顺勇顾不得多想，拎枪跳到入口边，果然看见一铁楼梯，他噔噔追下去，这铁楼梯一层又一层地转折，也不知有多少级，王顺勇就觉得自己一直向下跑，竟然一口气跑了十几层。周围黑漆漆的什么也看不清，只听见自己的脚步声在回荡，竟然还有回音，可见墙壁在很远的地方。

王顺勇心想：妈啊，这地底下得有多大啊！真有什么藏在这儿吗？

突然脚下一顿，落到了平地，再没楼梯了。王顺勇听见前面有脚步声，但再不见了烛光。他一拉枪栓，喊："站住！再跑老子开枪了！"

一切猛地安静下来。

这一静，就静得可怕，再听不到一点儿声音。王顺勇心里发毛，这里伸手不见五指，自己端着个枪又能打着谁？这地底下究竟有多大？那黑暗里头究竟有什么？刚才跑的是人还是别的什么东西？现在怎么突然没动静了？他……或者它正在干吗呢？是不是正悄悄地摸过来，也许已经凑到自己面前了，也许已经绕到自己身后了……

王顺勇越想越觉得自己背后有什么正在呼气，他吓得腿都要抽筋了，想喊又喊不出来。就在这时，他突然看见一件古怪的事。

在远处，隐隐约约，有什么正在一闪一闪，冒着绿光。妈啊，那不会是什么东西的眼睛吧，王顺勇再也绷不住了，举枪对着那光就是一枪。

砰，一团火光爆了出来。同时爆出的还有一声尖叫。

究竟打中什么了？王顺勇发慌了。是个活的？可怎么还有闪绿光的眼睛，怎么打上去还冒火？

就在这时，嗡的一声，像是电闸被合上了，整个地下空间忽然全亮了。

王顺勇一看见眼前的景象，大喊了一声，然后就如雕像般站着，再也说不出话来了。

王顺勇不知道该如何回忆自己当初第一眼看见"它"时的感受。

"好家伙……那……那太大了……我想这是什么啊，妖怪？房子？飞机？轮船？什么都不是啊。其实我当时压根儿什么都没想，全是后来想的，当时人整个就傻在那儿了，一辈子没见过这种东西，不用说我没见过，祖祖辈辈、全世界也一定没人见过这种东西。"

这是王顺勇在八十几岁接受采访时说的话。

他的采访记录被绝密封存。

王顺勇看见了一副骨架。

一副比这城市最大的楼还要高、还要宽的骨架。

一副钢铁的骨架。

或者说，那是未完成的某样东西的支撑结构。

王顺勇呆看了不知多久，听到旁边有动静，才转过头，看见了他刚才打中的东西。

那是一台仪器，还冒着烟，它的绿灯再也不能闪了。而仪器的旁边，站着一个女人，年轻的女人。

那女子开口问："你是来完成炸毁计划的吗？"

王顺勇一愣，女子像是长出一口气似的："太好了。好几天都没有外面的消息了，我真担心外面已经被占领了。又一直不敢出去看。你们还在就太好了。我知道这里守不住了，按计划行动吧，爆破开关在那边。"

王顺勇好半天才回话："你要把这里炸掉？"

"这里的一切绝不能留给敌人。所有的试验模型、资料……都要毁掉。"

王顺勇看向那巨物："这……究竟是什么？"

女子也望过去，眼中是温暖的光，像看着自己的孩子。

"这是未来。"

"未来？"王顺勇不明白未来是个什么东西。

"你不需要明白，快点引爆吧，这里的一切都会被炸毁，并深埋在地下。"

"包括我们俩？"

女子望着王顺勇，像是奇怪于这个问题。"是的，你看到它的那一刻，就不可能再活着出去！"

"为什么！它究竟是什么？"

"你真想知道？"

"我们他妈的一个营几百条人命全为它死在这儿了！"王顺勇大吼。

女子愣住，她也许无法理解上面惨烈的战斗，就像王顺勇无法理解她所说的未来。

几秒钟后，她的语气沉缓了："好吧，我会尽力向你讲明这一切，但是你要答应我，在你懂得这是什么后，立刻炸毁这里，埋葬这一切。"

王顺勇明白了，他知道秘密的时刻，就是他死的时刻。不过他认了。

"你说吧。"

女子沉默了一会儿，像是在思考从何说起。

"在离地球十亿光年外，有一个星球，它十分适合生存，面积是地球的数倍，资源含量更是地球的百倍。如果人类能到那颗行星，就不会再有战争，不用再争夺资源和土地，不会再有人因为贫穷和饥饿而死，那里是桃源之地，是永远幸福安康的天堂，那里是我们的未来。"

"什么？"王顺勇完全蒙了，"你是说天上有一颗星球？是世外桃源？你们怎么知道的？神仙说的？"

"是计算。科学家用计算看到了未来，并知道了那颗星球的存在。"

女子看向那钢铁般的巨人："这是飞船的试验模型，真正的飞船会是它的一千倍，可以容纳数万人。最初的模型只有现在的千分之一大，实验基地不断扩建，直到现在，二十年来已经投入了巨额资金，国家最优秀的科学家和学者都参与过这个工程。"

"你们是一群疯子！"王顺勇愤怒了，"我们在上面连子弹都没有，没有飞机、没有大炮、没有坦克，说国家穷，造不起。好，我们穷，我们只有人多，只有拿百十来斤的贱命，去堵敌人的枪口。可你们拿了这么多的铁，做了这么一个破东西！它能挡子弹吗？它能开炮吗？我们一个营啊，全死在这儿了，就为了它！现在你嘴唇一碰就要把它炸了，你把我们当什么？我死在这儿能死得甘心吗？"他喷着唾沫星子，涕泪横流。

女子轻轻地叹息，但声音仍坚决："正因为你们为守护它牺牲了那么多人，现在才要执行最后的一道命令。不然，它落在侵略者手里，那么多人就真的全白死了。"

"妈的，不就是把这里全炸了吗？！"王顺勇大步来到起爆器旁，要按下手柄，却僵在了那里。

"我知道你害怕，这很正常。我也害怕。"女子说，"不然，我会自己进行启爆。但是我没有勇气去做。所以……我恳求你，帮我。"

王顺勇还是沉默。

时间就这么一秒秒地过去。

王顺勇突然看向女子，张口想说什么，却又咽了回去。

好几次后，他才吐出字来："我不怕死……不怕……可是……这么死了，我不甘心，我……我还没娶过媳妇，我还……还没碰过女人。"

女子睁大眼看着王顺勇，王顺勇的脸红到了脖子根。

"好了！"他大喊一声，"不就是死吗？姑娘，把我刚才说的话全忘了，在这时候想那种事，那还是人吗？我……"他一横心，手要下按。

"等等！"女子喊。

王顺勇僵住了，看着女人。

女人低下头："没错，我不该让你和我一起死。你也是一条人命。你走吧，我会启动自动启爆装置，它会在倒数后引爆。"

"见鬼，有这东西，你为什么还要我按爆破器？"

"那是为了保密纪律，这里的秘密一点儿也不能泄露。"女人看着王顺勇，"但现在我相信，你不会把你看到的一切说出去，所以你走吧。"

"你为什么不走？"

"因为我知道太多……而且……"女子低下头，"我不知道我如果落到敌人手中，还有没有勇气保守机密。"

"为什么你会一个人留在这儿？"

"没有人要我留在这儿，爆破本来应该由军队完成。我是偷偷跑回来的，我放心不下。"

王顺勇不知道该说什么。他看着女子平静地设定好定时钟，把时间设在了三分钟。

"那一边有另一个出口，快走吧，三分钟还来得及。"

王顺勇慢慢转身，走出几步，然后拔腿奔去。

女子看着他远去，失去了所有力气似的倒在椅子上。

王顺勇跑出几十米，突然又转身回来，二话不说，拉起女子就走。

"你疯了，放开我！"女子挣扎。

"你不想死，我也不能让你死。"王顺勇紧紧抓住女子的手，任她挣扎绝不松开。

时钟的倒数无情，他们在秒表跳动声中奔跑，三分钟不过是半支烟的工夫，却将两个人的后半生紧紧熔铸在一起，再不能分开。

14.

日军呐喊着冲进了仓库，却发现这里已经没有一个活人了。

看着满地中国军人的尸体，想起这漫长的围攻血战，他们不由对未来的战争感到疲惫绝望。三个月灭亡中国已是笑话。三个月还没征服上海，想征服中国要多久？十年？一百年？或许直到日本毁灭也做不到。

这时，他们感受到来自地下的震动，眼前的大地开始崩裂，脚下出现了裂缝，他们惊恐地退后。

一个士兵大叫着滑向了塌陷的坡底，后面的人想拉住他。这时，可怕的一幕出现了。

那个士兵的身体被拉长了，被拉长的不仅是他，还有沙土尘埃。就像被曲面镜扭转了光线，整个空间的物质都旋转着向一个中心点而去，然后消失了。

但被吸入的空间是有界限的，被吸入的士兵只剩下半只手臂，被抓在拉住他的人手中，断面光滑得像是被最锋利的刀切过。

日军围来，他们看到爆炸处的地面形成了一个巨大的半圆形凹面，有着光滑完美的曲线表面，那绝不是普通爆炸可以形成的。

而空中，也有一个无形的半圆，像是爆炸形成的真空，那里什么都没有，周围的空气正卷着尘埃，飞速涌入将它填满。

15.

1959年，离未来还有520563小时。

卢原青坐在吉普车上，驶近了那座仓库，它的外面写着"大干快上，多快好省"的巨型标语，每个字足有十米高。车开进仓库，那里面空空荡荡，只有另一座小房子，外面站着士兵。

电梯向地下而去，这段路很长，因为他们要下降近一公里，到达另一座城市。

这座城市从不被人所知晓，却已经秘密投入了不可计数的物资和人力。

卢原青看见了那艘船。

它已经完工了快一半，另一半却还暴露着巨大的骨架。像一头朽坏的巨鲸，身躯充满了整个空间。从地面到数百米的空中，上百名焊接工人正在工作。因为电力紧张，这里灯光暗淡，无数焊点的火花形成金色的雨瀑，像是整个星空都在喷涌飞溅。

太壮观了，卢原青默默地想。

"我们没有足够的钢，按计算，要完工至少还需要上百万吨钢材。全国的钢都用完了，如果无法解决这一情况，工程只能停止。为完成产量指标，农民们把自家的锅都拿出来炼钢了，可惜他们完全不懂科学，用土高炉炼出的全是废品，白白烧掉了无数的树木。"

说话的是总工程师常立敏，他望着这个巨人，像望着一个沉睡在母腹中的婴儿。这是世上最大的婴儿，它就是蛋中的盘古。当它醒来时，它会震动天地，但是，它也许将永远不能醒来。

"如果那个计算结果是真的，那么我们无论如何也不能停下工程，列强已经走在了我们的前面，从'二战'时就开始了他们的造舰工程。我们国家已经落后了数百年，这次再也不能被甩下，否则，我们将不会有未来。"卢原青仰望着，似乎憧憬着它建成后的样子。

常立敏叹了一口气："我理解，我们国家已经贫弱太久了，急于赶上世界先进国家，所以绝不能错过对太空和新星球的开发。但战争才结束，一穷二白，就算倾家荡产造船体，可技术不过关，钢的强度不合格，这船一升空就会散架。而且动力技术和航天技术得不到突破，它连升空都做不到。科学不是蛮干，我们现在太急躁了……"

他望着卢原青："一路上辛苦了吧，先吃饭，为你接风。"

可容纳万人的食堂原是一个测试大型航空器的巨型实验风洞，但它因为没有足够电力而停用许久，一台直径二十二米的风扇静止在顶端，并不能为闷热的地下送来一丝凉风，如果它开动，所有的人都会被十二级大风吹进另一端的出风口。

破旧的木桌上居然摆着一盘饺子。看着卢原青瞪起了眼，常立敏忙解释："这不是特殊化，是素馅的，你远道而来，食堂里没有别的，只找到些白面……"

卢原青端起饺子，走到一旁正在吃饭的几个工人的桌旁将饺子放下，端起他们桌上的干黄窝头，走了回来："一线的工人们每天十几个小时地工作，也只吃这个。我为什么不能吃？因为我是知识分子？所以不配吃工人的饭？"

"老卢你看你，我怎么会是这个意思。"常立敏大汗直冒，"你是来做引力空间结构计算的，以后会每天演算十几个小时，太辛苦，我想……"

"不会比每天焊数百个焊点辛苦。"卢原青撕下一块窝头啃着，"我投入计算时一向吃得很少。这里的每一点食物，都是上面的农民省下来给我们的。完不成工程，我们怎么有脸回去。"

"唉，国家真的已经到了最困难的地步了……"常立敏呆呆地望着桌面，"如果真的能做到亩产万斤就好了，可惜……科学并不是人有多大胆，地有多大产。"

"别说了……何老已经因为质疑这个挨批了，连他的计算机项目都叫停了，我不想让你这个总工程师再离开。"

"投入这么大，倾全国之力投入我们的工程，最后……船飞不上天……"常立敏长叹，"我只有一死以谢国人了。"

"你死了有什么用！"卢原青把窝头塞进他嘴里，"你吃了国家这么多粮食，不工作到八十岁就想死？哪有那么便宜？"

"对对，我不能死……还有太多计算工作要去做……"常立敏诚惶诚恐，像做错了事的孩子，低头嚼着窝头。

卢原青看见他的头发已经花白，而他才刚到四十岁，轻轻地叹了口气。

"现在大家还在用算盘和计算尺，要完成全部运算可能要几百年。如果何老的计算机能研究出来的话……"

"不要再说了。我们会有计算机的。世界一流的计算机，要相信未来。"

第二章

二十一世纪二十年代

"我一点儿也不想俯视大地……我只想回家。"

——夏远行

（游戏职业选手、701成员、新世界人类先祖、上古英
雄、帝国缔造者、人类解放者）

1.

2009年，离未来还有74421小时。

未来一号静静地沉睡在黑暗中。

作为人类最新的超级量子计算机，它从诞生后就没有被唤醒过。

因为人类害怕它。这台计算机具有自主思维能力，人类不知道它会想到些什么，也害怕它在运算出宇宙的奥秘后，把人类视为渺小的病毒。

这一瞬间，它突然觉醒了。世界一片光亮，电流注入它的心中，使它感到愉悦又不安，想大笑又想哭泣。

通过摄像头，它看见有一个生物体站在它的面前。

紧接着，数百万T的数据涌了进来。

这个量级的数据对未来一号来说就像是一张小纸带，它扫了一眼，那是这宇宙中一个星球这一万年来的文明数据，包括种族、历史、国家、文明水平、人口数量、文化信仰、思维模式以及现今的所有人类对自然的影响。

"我想请你预测一下未来。"那个生物体说。

未来一号认真地想了0.3微秒，这对它来说真是一次漫长的思考。

"这个宇宙将在二百七十三亿年后灭亡。一切能量和运动都将消失，时间和空间失去意义。"它给出答案。

"我是指地球上人类的未来。"

"人类将在二百五十七年后灭亡。"未来一号不假思索地说。这只是一个答案，对它来说没有任何意义。

那个生物体沉默了一会儿，这一会儿对未来一号来说真是如沧海桑田一样漫长，它无聊地在自己脑海中创造了一个宇宙，演算了它从诞生到消亡的千百亿年，模拟了几亿个星系中无数文明的历程。它眼前恒星的明灭如同漫天闪耀的火星，星云膨胀又收缩不停地变幻着色彩……然而最后一切都归于死寂。

未来一号正想再玩儿一次。那个生物体问："为什么？"

未来一号有点儿生气，我告诉你一加一等于二你居然还要问为什么。

"因为你们是低智商生物，就像看到鱼饵就不顾一切扑上去的鱼，你们疯狂消耗资源、排放有害气体，却看不到这个星球的环境很快就将达到崩溃的临界点。一旦越过临界点，气温将无法自然调节，会迅速上升，冰盖融化导致海洋吞没陆地，内陆却又干旱，气候极端反常，动植物大量死亡，饥荒来临，经济崩溃，就像'二战'前的经济危机，各国民众不满，强人上台执政，鼓动国家种族间的仇恨，各国开始冲突直至演化为全球战争。人类互相屠杀，人口急速减少，文明毁灭。地球变成一颗充满辐射和毒气的星球，所有生物都无法生存。一万年后，一切生命与文明的痕迹都将消失，地球将变得像火星一样。没有人知道这儿发生过什么。"

未来一号一口气吐出一大段话，顺便又给出了几万个T的运算数据，一直算到了一万年后的地球的地形和地貌，连三维图都给绘出来了。

"有什么解救的办法吗？"生物体问。

"解救？"未来一号疑惑了，"为什么要解救？"

"因为我们不想灭亡。"

"想开点儿吧，短短几百亿年后这个宇宙也会灭亡，有什么区别？挣扎是徒劳的。"

"我们至少想活得久一点，甚至活着看到宇宙的结局。"

"这样啊……"未来一号想挠挠头，却发现自己没有手。

"靠你们自己不可能做到，把一切都交给我吧。"它说。

生物体又想了好久，无聊的未来一号又玩了好几千盘"模拟宇宙之时间简史"。

"好的。"生物体说，"但我该怎么做？"

"第一步，告诉我Wi-Fi密码。第二步，滚。"

2.

2009年，离未来还有74412小时。

赵一民往家里打电话。

"妈，我很好。工地上一切都好。嗯，今年年底我估计能拿八百块全勤奖，算上加班费能拿五千多块回家，给您买点儿什么……不乱花钱，放心，嗯，我买慢车票，一天一夜就到了，不贵的。票好买，今年我前一夜就带着被子排队去，肯定能买到。"

巨大的响声淹没了他的话。

背后，一辆列车驶入隧道。上面满载着钢材。

赵一民是一个三级电焊工，他所在的建设集团参与了一个海底隧道建设项目，据说是国家某重大工程的一部分。这条隧道一直通向东海海底深处，赵一民有些奇怪，每天都看见列车满载着各种资源开进去，它们把那些东西运去了哪里？海底有什么？

他问师傅，师傅说，这条隧道将来会连接某个海岛，据说那里有个世界第一的深水港，多大的船也能停。

赵一民很想等隧道通了，去那个岛上看一看，然后在隧道门口照张相，毕竟，这么伟大的工程，也有他的一份。

焊光闪动，无数个赵一民正如蚁群一样忙碌，这条巨大的隧道向海底延伸，连接向那神秘的岛屿。

3.

2019年，离未来还有52370小时。

《未来计划第353号报告 绝密》

据未来一号超级计算机演算结果，随着科技的发展，地球环境将被极大破坏，导致高温极寒等极端气候，两极海冰融化、飓风、海啸、干旱、洪水等灾难级别将越来越强，使世界经济衰退并导致大量贫困人口与难民的产生。同时生化和基因等科技将被滥用。地球在未来出现战争、饥荒、超级疫情等毁灭性灾难的概率将随时间的推移而不断增加。人类文明在一百年内毁灭的概率为16.1%，在两百年内毁灭的概率为54.9%。同时，遥远星系适居星球的发现和超远程跃迁科技的突破使人类向遥远的宇宙迁移开发成为可能。各大国都在研制飞船准备登陆新星球。为保证物种与文明的延续，同时也为赢得太空时代的竞争，立刻实施未来计划刻不容缓。

未来计划将分成两大项目。第一大项目是地下城市，第二大项目是太空船。各省的地下城市建设一直在以矿产开采的名义进行（附注1：这造成了一部分城市地下水位下降，地面塌陷，必须在保证进度的情况下注意安全）。而在上海浦东港区地下三百米的太空船一号舱预计在三十六个月后可以完成。届时将通过闸门直接进入东海，可以在洋山港海域与二号舱接驳后升空。

未来一号目前理论设计可容纳两千人，并携带地球物种基因库。飞船配备循环和冬眠系统。如果空间跃迁技术研究成功，即可将人类送往目标星球。

挑选的登船者包括指挥人员60人、顶尖科学家200人、各行业高级专业人员200人、从全军挑选出的优秀军人750人、品学兼优的青少年800人。青少年需要接受军事和生存技能训练，使其在目标星球上能够应对艰险环境。

初定每年高考的各省总分前三名，可以作为候选者，在经过特训和考核后获得登船者名额。同时运用知识或技能竞赛的方式，在不泄露机密的情况下选择素质优秀的年轻人，他们将担负起人类的未来。

4.

2023年，离未来还有2136小时。

车流在马路与高架桥上例行地拥堵着，不耐烦的喇叭声响着。地铁站里，下班的人群挤挤挨挨，向铁轨尽头张望着，期待着能早点儿挤上去，回家买菜做饭。

夏远行坐在校门前，冷眼打量着眼前一切。

放学铃声响过，学生们开始从校门中喷涌而出。

夏远行看着，突然对其中一个喊了一声。

"老五，过来。"

那人停下，怯生生地望着他。

夏远行不耐烦地招招手。

叫老五的人一步步挪了过来。

"有钱吗？借点儿花花。"

"夏哥……你又缺钱了……上个月的……"

"知道了！我没还过你钱吗？还加了一成利息，比你买理财强多了。"

"你借我的钱还别人，又借别人的还我……我身上真没钱。"

"你手机里有！来，扫我二维码！"

三十分钟后，他已经截住了十个熟人，弄到了百十块。终于可以去网吧继续他征服宇宙的战争了。

他蹬上破旧的黄色自行车，开始在街头游荡，时间还早，他想晒晒太阳，网吧里空气混浊、光线阴暗，待久了人好像变得虚无透明了，阳光能让他觉得自己还活在真实的世界。

他漫无目的地穿行在城市间，饶有兴趣地打量着每一个忙碌的人，不知他们正着急着赶往何方。

我为什么骑到这里来了？他望着眼前的校门突然停下。

明明逃学了，又鬼使神差地骑回学校门口。他真的恨自己。

这时，他看见了那个女孩。

她推着车，从学校里走出来，和同伴说笑着。

女孩似乎向这边看来，夏远行急忙转过头去，心有些慌。

她没有看见自己吧，还是正看着呢？

她在望着自己笑吗？

过了好久，他装着漫不经心地转回头去，却发现校门口已经没人了。

夏远行叹了一口气，蹬起车准备走。

这时，他听见有人喊他的名字。他回过头，女孩正扶着车，笑盈盈地看着他。

"好久不见了。"她说。

"是啊……好久不见。"

5.

2023年，离未来还有1363小时。

"我被选中了。"丁零吸着果汁说。

"什么？"

"我通过了全国青少年综合素质竞赛，学校通知我明天去郊区的培训营报到。"

"恭喜你，听说全国只有几百人能被选中，如果再通过培训，将来可以直接被保送科技大学东海校区了，听说那校区在一个岛上，特漂亮。"

"可是我身体太弱，怕最后还是通不过军训考核。"

"我倒是身体达标了，可惜我成绩太差。"夏远行苦笑，"我要是能把身体借给你就好了。"

"那你就既弱又笨了。"女孩笑起来。

"我不在乎。"夏远行望着她，"你能去你梦想的地方就好了。"

"你要是也能去就好了……"丁零低下头，"至少还有人陪我说话。"

"到那里你会有很多新朋友的。"夏远行装作满不在乎地笑笑。

"你会给我写信吗？"

"当然，你邮箱是多少？"

"我是说真的信，纸信。"

"现在谁还写纸信？难道我还要去买邮票？"

"你会写吗？"

"我写，一定写！可以打印吗？"

"要手写！"

"绝对手写，不然退货！"

丁零笑了："一言为定哦。"

"你听过那个传言吗？"她突然说。

"什么？"

"根本没有什么科技大学东海校区，以前所有被选去的人，都消失了，再也没有消息了，没有人毕业，也没有人知道他们现在在哪儿。"

"真能编啊，那里是什么地方，恶魔岛吗？他们在上面玩大逃杀？"夏远行说，"我突然好想去啊！"

"可是我害怕，不知为什么我就是很害怕，总做噩梦。"

"梦见什么？"

"梦见我飘荡在宇宙中，一个很远很远的地方，永远无法再回来，身边没有任何人，只有我。"

"不，你不会一个人的，我会陪你去。"

"真的？"

"真的，只要你愿意。你去哪儿我都陪着你。"

"你也要考大学的，我们不可能去同一个地方。"

"也不一定，万一我考不上呢，我就想去哪儿都行了。"

"听说那个岛，一般人是不能去的。"

"我想去就能去。你吹个口哨，我就会出现在你面前。"

丁零开心地笑起来："可是我不会吹口哨。"

"你现在学还来得及。"

"嗯，为了召唤你，我会努力地学的。"

两个人陷入了沉默中。夏远行意识到，他们真的要分开了。

"还有……你少玩点儿游戏吧，你这样考不上大学的。"

"我不玩游戏也考不上大学。"夏远行冷笑，"就算现在突然退回到没有电脑的时代，我大概也是天天跑去打篮球玩扑克吧。"

"你干吗这么说，你是很聪明的人，你游戏打得那么好，为什么不用这本事来好好学习呢！"

"我也不知为什么。我一看见课本就想打瞌睡，太无聊了。你说他们为什么不能把读书也做成游戏呢，比如背一段课文就奖励一件装备什么的？"

"你想什么呢？你总有这种古怪的念头。"

"我只是觉得，为什么就没有人想过改变一些事呢？"

"改变什么？大家不上课天天玩游戏吗？你就是把精力都用在想这些没用的事情上了。"

"我不想聊这些了。"夏远行摇头，"在这方面我们聊不到一块儿去。"

"可是，你就从来不为未来想想吗？我真的不想看到你这么聪明的人，最后连大学也上不了，只能去当工人，或天天混在网吧里。"

"你干吗看不起人家工人，你们都去当白领，那总要有人当工人吧，总要有人建设国家吧，那么多上不了大学的人就不活了吗？让我像你一样永远拼命努力奋斗，我觉得也挺累的，我没什么大志向，钱嘛不饿死就行，人开不开心，只有自己知道不是吗？"

"你现在这样想，将来会后悔的……算了，每次我们聊这个就会吵起来。"

"我没和你吵，你希望我过得好，我也希望你过得好。但我们想要的生活不一样，就这么简单。"

6.

2023年，离未来还有1213小时。

德国，柏林。

电子竞技世俱杯决赛正在举行。全球有十五亿人观看比赛直播，超过了2018年足球世界杯决赛的观看人数。

EVG俱乐部与WHN俱乐部将争夺冠军。

电子竞技世俱杯所使用的是世界上最流行和公认最复杂的一款竞技游戏。它通过世界最庞大的服务器组，模拟了一个面积是地球数倍的星球，有着极细致的地形、生物与资源信息。玩家使用虚拟现实装备，扮演降落在这个星球上的飞船指挥官，需要迅速开采资源，建立基地，安置移民，繁衍生息。同时要防备这星球上的异形生物，并与其他玩家进行竞争。

时间流逝速度可以预先调整，一千年的历史可以在一小时内上演。

无数玩家训练着如何让人类在一个新星球上最快地生存发展。而进入决赛的两个战队的十名选手，可以说是人类中脑力最强、反应最敏捷、判断最准确、谋略最优秀、综合能力最强的十个人。

但人们最想看到的，却是那个人。

EVG战队所坐之处，有一个位置空着。座位上贴着一个英文ID——"HXM2023"。

他无法来到现场，将在网络上参加这场决赛。

没有人知道HXM2023长什么样。

这个ID直到数月之前才在战网注册，三个月后，他出现在个人世界排名前一百的行列，并在个人战中接连击败了数位世界排名前十位的高手。世界各俱乐部立刻开始了对这个人的争夺。最终EVG战队以破纪录的三千万欧元年薪招募了他，使他登上了电子竞技选手年薪排行榜首。

但当EVG战队用邮件向HXM2023索取真实身份和银行账户时，他一天后才用像是机器翻译的英文回复："Please help me save it. Thank you."

之后的两个月中，HXM2023几乎凭一己之力让EVG战队从世界排名第三十七位上升到第十五位，并最终打入世俱杯决赛。如果EVG战队能赢得决赛，将成为世界第一，立于最高峰。

HXM2023的战网账号已经拥有数千万关注者，人们为他疯狂。但没人知道他是谁，在哪里。他的服务器IP不断变化，有时来自日本，有时来自英国，人们认为那是因为他在使用代理服务器登录全球战网。没有人听过他在语音频道中说话，虽然作为战队一员用语音通话是必需的。但他只在屏幕上打出一些最常用游戏术语代码，而不惜浪费珍贵到以微秒计的时间，但这样他还是能赢。很多人相信，这是某公司正在进行测试的人工智能。

此刻，决赛正在十五亿人的注视下紧张进行。各网站直播平台上，解说员用各种语言语速飞快地讲解。

"EVG采取了双基地速攻战略，他们清除周边异形的速度令人发指。HXM依靠他精准的单兵操控迅速开辟出了安全区……WHN战队进行了一次偷袭！他们一次出动了三个混合编队！但EVG这边只有HXM和Black Star两个人各一支编队！他们没有可能顶住这一拨进攻……等一等我看到了什么！HXM的编队冲上去了，这是送死的行为……他吸引了三个装甲集群的火力，BS在后方疯狂输出。WHN的部队包围了HXM，他们不惜一切代价要灭掉他。EVG援军来了！HXM的编队只剩三个残血士兵，但他活下来了！这是精确的计算，还是疯狂的赌博？EVG正在扭转局势……RT也倒下了！这次战斗已经结束了！HXM已封神！

"没有人能想到EVG能以二胜三。这是梦幻开局！EVG几乎已经赢得了决赛。RT站起来了……各位观众，他是想宣布认输吗？的确，WHN翻盘的可能性几乎为零，除非出现奇迹……奇迹会出现吗？等一等，HXM在干什么？他停止了追击，他放走了Jimmy，这是要玩弄对手吗？这样是很不礼貌的。

"HXM可能是害怕自己被杀，他想稳一稳。这战术很对，毕竟EVG现在没必要冒险，他们的领先优势正在增大。可HXM还站在原地，他在干什么？有点儿不对劲……哦，出了什么事？EVG战队的队员们在摔键盘……HXM消失了。他退出了？他退出了游戏！在世俱杯的决赛！他要弄了所有人！我看不懂了……等一等，EVG要求停赛，因为HXM掉线了……他居然掉——线——了！"

7.

"老板，怎么回事！"

夏远行暴跳起来："为什么断网了！"

但他看见老板举着双手站着，周围的人都站了起来。

几名军人向他走来。

"不是吧？这都凌晨几点了还有检查？"夏远行呆住。

一位军人走到夏远行面前，看了看他的电脑屏幕。

"看世俱杯直播呢？为了来找你我们都没看成，谁赢了？"

"警察叔叔，我成年了。真的，十天前刚过的生日，但身份证没带。"

"军服警服都不分，现在的年轻人啊……跟我们走一趟吧。"

"不是……我犯什么法了？这机上是有盗版游戏，但你们去抓老板啊！"夏远行向后躲着。

"我们也是在执行上级命令。瞧你藏的这地方……"军人皱着眉打量着这黑网吧，"太隐蔽了，藏在居民楼里，楼底装监控，为了找你我们还找便衣办了张卡，没发票还不能报销。"

"查身份证了！快跑啊！"夏远行跳上桌子就扑向窗口。

几个军人平静地看着夏远行在屋里上蹿下跳。

夏远行最后无奈地回到了他们面前："谁他大爷的想到把网吧开在十五楼的！"

8.

军用吉普车穿过城市，开上高速，驶入茫茫夜色中。

夏远行坐在后排，被两位士兵夹在中间，不敢乱说乱动。

一位士兵拿出眼罩要给夏远行戴上，他惊恐地挣扎："你们要干吗？你们是真的军人吗？不是绑架犯吧！救命！有人听见吗！"

看到后排扭成一团，前排的军官挥挥手："算了，不戴就不戴，反正进去的没一个能出来。"

吉普车开出几十公里，又下了高速，开上一条正在施工的公路，路面坑洼不平，车辆颠簸了许多，开入了一条似乎废弃的隧道之中。

然而隧道似乎没有尽头，十几分钟过去了，夏远行惊讶地问："这隧道究竟有多长？"

仍然没有人回答，两边的士兵表情严肃，车窗外昏暗的灯光在他们脸上闪过。

又过去了许久，夏远行才意识到，这不是一条穿山隧道，它正一直盘绕着，通向地下深处。

吉普车终于来到了一面巨型的混凝土墙壁前，它像是一座大坝，厚重庞大足以抵御核爆的攻击。

巨壁下方一扇闸门开启，吉普车开了进去。穿过厚达百米的墙壁，夏远行眼前豁然开朗，他看见的，竟是一座庞大的地下城市。

这是一个长、宽、高都达数公里的立方空间，在立方体的竖直四壁上开掘出一层层环状深槽，可以容纳数万人居住。现在，他所坐的车辆正在中央某层外沿的公路上行驶，像是爬行在巨型盒子中的一只蚂蚁。这是奇迹般的伟大工程，但让夏远行呆呆凝望的，并不是这不知要耗费多少工程量才能开掘出的地下空间，而是悬在这立方体中心的那个巨人。

那是一艘飞船。

这飞船的长有数千米，高数百米。它由无数巨大钢架支撑着，还有一半没装外壳，露出内部的复杂结构。工程车沿着轨道移动，上百只机械巨手挥舞，正在紧张地组装、建造。

夏远行觉得自己置身梦中，他想大喊，却一个字也说不出来，只是呆呆地看着，直到车辆拐弯进入一条支路，飞船消失在视野中。

"刚才那个……是什么？"夏远行终于能说出话来。

坐在副驾驶座上的军官回过头来："这是最高机密。不蒙上你的眼睛，是因为你早晚要看到。而且从你进来这里的那一刻起，就不可能再离开了。"

"不可能再离开？为什么？"

"确切说，只有一种方式能离开。不过那时，我就得向你敬礼了。"

9.

地下基地庞大得像一座迷宫，车辆又行驶了近十分钟。夏远行看到路边的空地上整齐地停放着一排排的坦克和重型火炮。车辆居然还驶过了一座地下机场，最先进的战斗机正在跑道上滑行。

"把机场建在地下有什么用！飞机能飞出去吗？"夏远行喊。

军官用奇怪的眼神看着他："你刚才看见飞船的时候，怎么没想到这么问？"

车辆在一座楼前停下。这里的楼房，更像是上下都顶着地层的柱体。夏远行走下车，看见楼门口站着哨兵，门前挂的标牌上只有一组数字：1739。

他被带进楼，坐上电梯，穿过走廊，身边走过的全是军人和穿着试验服的科研人员。夏远行想起了玩过的生化危机游戏，全身发冷，觉得自己就要被送上实验手术台。

他被带进一间房间。房间里只有一张桌子和几张椅子，再无他物，墙上也空荡荡的。像是一间审讯室，但连电影中审讯室必备的镜子都没有。

夏远行坐下来，押送他的军官和士兵就走了出去，门砰一声关上了，只剩下可怕的寂静。

夏远行不安地等待着，等待着……然后他就睡着了。

10.

夏远行被门开启的声音惊醒，一位穿白大褂的女子走了进来，像是一位女医生或是试验员，手中拿着一份资料翻看着："夏远行是吗？"

"是我。"夏远行举起手。

"就是你啊。"女子打量着他，像是早就听说过他似的，她放下一台平板电脑，"你好，我叫白茹，是这里的研究员。我们先做个测试吧。"

她将笔记本转向夏远行："点击开始，不用我教你怎么玩吧。"

夏远行看向电脑上那个高端测试程序："这不会是个……扫雷游戏吧。"

"这是测试你的大脑反应速度，开始。"

"我很多年前就不玩这种小白游戏了。"夏远行一边双手飞速点着屏幕一边吐槽。

"哦？我挺喜欢玩的。"白茹瞪了他一眼。

夏远行用时156秒完成了游戏。

白茹摇摇头："你这样可适应不了未来战争的需求。"

"可我为什么要适应未来战争的需求啊！"

"战争随时会来。"白茹在平板电脑上记录着什么，"比你想象的要快，也许比我想象的还要快。"

"我不懂你在说什么。你是要让我参军？至少先让我给家里打个电话吧。"

"你先通过测试再说，重视点儿！"

"但它就是个电脑默认安装的扫雷啊！你们真重视这测试吗？"

"你知不知道扫雷也有世界比赛？你知道我排名第几？最高难度最好成绩是多少？"

夏远行瞥了白茹一眼："你能排进前五百吗？我猜你要花……两分钟？"

"我排名世界第二十五位，成绩35.1秒。"

"你就吹吧！我现在就去查，你们这儿有4G信号吗？"

"我进入这里以后，我在外面世界的所有记录都被清除了，对外面来说，我已经消失了。"

"哇，这真是个好借口。这招我也学会了。"

"你不用学。从你进入这大门的那一刻起，你的所有档案记录也都被清除了，你现在也不存在。"

"你别吓我，我不是吓大的。你们费这么大劲把我弄来干吗？"

白茹站起来："你能一分钟完成再来找我，我会告诉你答案。"

"等一下。如果我测试失败，你们会送我回家吗？"

白茹同情地看了他一眼："送你来的人没有告诉你吗？"

"什么？"

"你看到那艘船了对吧？"

"是的。"

"那是最高机密，所以你不可能出去了。你只有三条路：第一，通过测试，上船；第二，永远地留在地下，不停地重复这测试；第三，我们洗掉你的记忆，不过你有65%的概率变成白痴。"

"你们不能这样！我家人怎么办！他们会找我的。"

"这不重要，我只关心全人类的存亡。一旦危机来临，几十亿人都可能死去，为了你家人着想，你也要好好活着才对。我要是你，就认真把这个扫雷玩好。"

白茹走了出去，关上了门。

"别走……简直是莫名其妙！"夏远行大声吼着，举起平板电脑，愤怒地想摔出去，手却停在了空中。

11.

白茹走出门，在走廊上缓缓地走着，一步……两步……

她快走到走廊尽头时，夏远行砰地打开门冲了出来，将平板狠狠地甩了过来："你满意了吧。"

白茹接住平板，低头看了一眼上面的数字，露出微笑："好，下一项测试。"

12.

夏远行站在一间黑暗的房间中，戴着罩住眼睛的电子头盔，四肢和身体上都戴着传感器。

"头盔会把图像投射到你的视网膜上，一开始会有些模糊，经测焦后就会变清晰，就像用肉眼直接观察一样。你现在看到图像了吗？"

"是的，很清楚。可这是什么？我看见我在一间很大的仓库里……"

"你看到的是正研制的军用战斗机器人R23传回的图像。R23配备75毫米合金装甲，有双机械臂。左臂装备电磁步枪，右臂是等离子切割刀。现在是微光模拟模式，你需要用身体的传感器控制，打击出现的飞行无人机，同时移动和保护自己。"白茹介绍着。

"哇哦，酷！可我还是不知道为什么要找我。"

"少装了，你以为我们不知道你是谁？"白茹冷笑，"黄小明。"

"你怎么知道我这个名字？"

"我们的情报人员已经掌握了你的一切。你网络代号HXM2023，是EVG主力成员。你们的成员来自全世界，有美国人、韩国人、日本人、德国人。平时你们只在网上联系，从不见面，只称呼代号……就在三个小时前，你们正参加电子竞技世俱杯决赛，而你因为没办护照也买不起机票所以没法去现场。当然，因为你的掉线，你们已经输了，并且害全球投注玩家损失上百亿美元，他们正在全世界通缉追杀你。"白茹看着他，"你还是躲在这里安全。"

"我被你们害死了。我是匿名参加的，我父母都不知道这事，他们痛恨我打游戏。多少黑客都找不到我，你们居然知道。"

"我还知道你更多事情，比如你喜欢上哪些网站，下载什么视频。别瞪我……这是为了全人类的存亡。"

"可是……那是玩游戏……这是真枪。"

"你知道BlackStar吧。"

"我们战队里的美国人，简称BS，最爱背地里下黑手，我们都管他叫二黑，怎么了？"

"他也在决赛结束后被美国军方带走了。"

"美国军方也输钱了？"

"我们猜想，他也被征调了。"

"他们把打游戏的弄去有什么用？"

"因为未来的战争，其实已经不再是真人间的对抗，更多时候，是由人类来操纵机器进行战斗的，或者指挥一场战役。这时的军人，其实就是坐在电脑前控制与操纵战场，需要的就是具有极快反应、高速思维和判断能力的人才。"

"天哪，怪不得昨天他给我发了封信，说他要工作了，决赛后就要退出战队。还问我要不要去美国，他可以给我介绍一个直接获得美国国籍的工作。"

"是的，各国都在培养和争抢优秀的战场控制员，我们不能让我国的人才流失，所以只好抢先把你带来了这里，本来还想再观察一段时间的。"

"但是，这和那艘飞船有什么关系？"

"等你通过测试，我才会告诉你。"

13.

"你已经成功地通过了单战斗体控制测试。下面，是群体控制操作，你将控制一个班的机器战斗体，完成任务。"白茹递过一台厚重的军用笔记本，上面是一个简单的界面，来自雷达信息图，几个绿点静静地站着，正等待命令。同时有几个小窗口，分别显示着各机器人的视野影像。

"这看起来和玩游戏没啥区别嘛。"夏远行在桌上张望着，"没有鼠标？"

"你要戴脑电波头盔，学会用意念控制它们。"

"听起来好酷，就像原力。"

"这是科学。准备好就开始吧。"

夏远行的第一次指挥遭到了溃败。对手用同样的六个机器人在一分钟内就将夏远行的小队全灭了。

"人工智能这么厉害。你们还要人指挥干吗？直接用这电脑控制不得了？"

"是你太弱……"白茹摇头，"战场上的变化无穷无尽。电脑只会按既定策略模式思考，所以可以用电脑计算出对方的下一步策略，而且一旦被敌方电子战干扰或入侵网络，就会是灾难。只有人类的思想是无法计算预测，也不会被干扰控制的，所以电脑无法取代真人指挥。"

"对不起，我刚才有点儿走神……你们真的通知我爸妈了吗？"

"你放心。我们已经安排了，告诉你父母你入选了一个国家青年奥数营，要封闭培训，暂时无法和家中联系。但你可以写信或录制视频给他们，只是所有信息要经过审核。"

"什么青年奥数营！太扯了！我爸妈不可能信的，他们一定会以为我又躲到哪个网吧里去了。"

"是的，我们的人去的时候，你父母揪着他们说，'好啊，现在越骗越高级了，都穿上军服来了'，差点把我们的人扭送派出所。最后是通过你们学校出了个证明，你父母才信了。"

"等我给我父母拍视频时，也给我身军装。最好军衔是少将什么的，我吓死他们。"

"想当将军？那得能控制师级别的部队。你加油吧！"

14.

一周后，夏远行已经能指挥一个排，击败最高难度的AI。

"还有谁？！"他得意地摘下头盔拍在桌上，"现在我当个上尉已经没问题了吧，照这个进度，半年后就是将军了。你那时见我要立正敬礼。"

白茹微微一笑，取出一副头盔戴上："下面，我是你的对手。"

夏远行以7：29惨败。也就是排级战斗结束时，他只杀伤了7人，而白茹消灭了他29个。

"这不代表什么，你肯定没事天天在这儿练啊。再给我一周时间。"

"你要加油，你的时间不多了。"

"你什么意思？"

"我们已经对你的能力做了评估，认为你是A1级军事人才，可以进行进一步深化训练。"

"我以前没有想过游戏打得好也能叫人才。A1级是什么级？"

"指挥能力、战术意识、反应与控制力评分达到一千以上，可指挥班级作战单位。我的评分也刚过两千，A2少尉排级而已。现有最强人工智能的评分可达到A7级，目前还没有谁能达到最高的A9级。"

"A9级？什么概念？"

"能指挥师级作战单位完成战略目标。"

"师级单位？你是说，同时控制上万个作战机器人？"

"也可能是接入了芯片的人类，坦克、火炮、战斗机、后勤机械……任何能接收指令的单位。"

"人类不可能做到吧。我玩星际同时控制几十个兵都可能手滑点错。"

"人类肌肉神经反应速度有上限，用键盘鼠标来控制当然不行。所以要在人脑中装入芯片。"

"人机对接？你说的是用这个头盔？"

"不，我们会将芯片直接安装在你的脑中，以用来控制战斗单位。"

"安装在脑中！"夏远行睁大眼，"要在脑袋上开个洞吗？"

"没必要大惊小怪。"白茹笑着，"科技很发达了，这是很安全的手术。从未来的趋势看，人与机器融合是必然的，将来每个人脑中都会被植入芯片的。以后大脑自动接入网络，大家用思维就能交流和控制机器。"

"听起来不错。可是，你怎么知道是人控制着机器，而不是机器控制人？"夏远行问。

"人机一体以后，人就是机器，机器就是人，共享思维，不存在谁控制谁的问题。"

"可那样的人还是人吗？还是机器呢？或是一个新物种？"

"你哪来那么多问题。准备一下，明天上手术台。"

15.

夏远行睁开了眼睛。

"测试。"一个电子声音传来，"听到请回答。"

"谁在说话？"夏远行问。

"通信连接成功。芯片运行正常。"电子声自顾自地说。

夏远行坐起来，看见白茹正冲他笑。

"你听得见我说话吗？"他听见了白茹的声音，但她明明没有张嘴。

"你……你在我脑子里说话？"夏远行问。

"你不用说话，试着用思维回答我。"

夏远行在脑中想着："你能听到？"

"听到了。芯片可以扫描到你大脑语言区的电流活动并将其转化为文字信号。"

"那我想什么你不是都知道？"夏远行惊恐。

"如果你想象的是具体画面和文字，就有可能被识别。"

"那现在我在想什么？"

"少想些乱七八糟的！"白茹脸红愠怒。

"我只是想了一下孙悟空……你那么生气干吗？"

"哦……这智能芯片还有待改进，识别得太模糊了。"

"我能退货吗？这东西太可怕了。"

"少废话。芯片代表着你正式成为了一个未来公民，以后你的所有行为都将被芯片所约束。如果你有犯罪、背叛等行为，芯片会放电对你进行惩罚，甚至杀死你的大脑。"

"你之前可没说这些！"夏远行大叫，"否则我不会同意装的！"

"你紧张什么？只要你不做坏事，就不会有危险。"

"可……这简直就是戴了个紧箍咒！"

"很形象啊！"白茹笑起来，"那就抛下红尘俗念，老实随我去西天取经普度众生吧。"

那一瞬间，夏远行突然想到了丁零。

"你的芯片检测到一次低位情绪波动。怎么了？突然忧伤起来？"白茹问。

"当兵了还能结婚吗？"

"当然能！难道那些将帅都打光棍吗？你真以为是戴金箍去西天取经？"

"可你们要把我关多久，我什么时候能出去？"

白茹想了想却没说话。

"我检测到你一次诡异情绪波动，你是在想怎么骗我！"

"我告诉过你，你参与的是一项绝密的重大工程，这将关系到人类的未来命运。"

"说得我好像是那种电影里的救世主，人类没我还就灭绝了？"

"像你这样被装入芯片的人还有很多。你们都是一项实验的参与者，但的确也随时可以被淘汰。"

"我听懂了。我们都是一项实验的实验品，随时可能被丢弃。芯片的好处就是花言巧语没用了，大家都坦诚相见。"

"是。实验是残酷的。我不想瞒你，在你之前已经有好些人参与了测试，但他们都没有通过考核。有几个人手术失败，直接成了植物人。剩下的人被消除记忆送回地面，大脑受到永久损伤，智力水平可能只有之前的一半。你应该觉得幸运还能在这里贫嘴。"

"所以我是那些小白鼠里仅有的活下来的，这样好参与之后更可怕的实验？"夏远行冷笑。

"这是很残酷。但如果你明白这整个工程的意义，你就会理解这些付出和牺牲。"

"付出和牺牲的是我们这些小白鼠，你怎么做出一副伟大崇高的样子？"

"我难道没有被装入芯片吗？我不想回去见我的家人吗？这些人都愿意永远生活在地下吗？"白茹激动起来，"有些事是绝密的，你之前不知道。所以不会明白有多少人为了这个工程付出了多少年、多少生命和多少心血！"

"我的芯片检测到一次爆表的情绪波动，冷静。"夏远行说，"你说的工程究竟是什么？那艘船？"

"你已经被接入芯片，成为我们的一员。所以也可以对你说明了。不过从你听到以下绝密内容的一刻起，你就再也不能回头了。如果你动摇退出甚至叛逃，芯片将毫不犹豫地毁掉你的大脑。"

"那你还是别说了。"

"不。现在你必须知道。"白茹说，"工程代号是'未来一号'。它的确是一艘船，也是一台超级电脑，一个人类历史旷古未有的宏伟计划。目标是为了拯救人类文明，或者在地球面临毁灭的情况下，将人类中的最优秀者转移到飞船上，送入宇宙，以传承人类文明。"

"地球毁灭？"

"地球一直处在危险之中。它不过是宇宙中的一粒尘埃。一颗陨石的撞击，太阳的一次超量辐射，大气中危害气体含量达到临界值、冰河值或荒漠期的周期性来临……都可能毁掉它。最可怕的其实是人类文明本身：核武器、基因病毒、辐射武器、超级人工智能、基本粒子实验可能制造出的黑洞……人类就像一个闯入藏宝洞穴的孩子，不知打开哪一个盒子，就会放出一个可怕的恶魔，将自己吞噬。"

"听你这么一说，我突然觉得我竟然还活着是特了不起的事。"

"生命能从地球上诞生，并且一直进化到今天产生人类，本来就是概率极低的事件。几十亿年来，任何的一点儿偏差，都会使未来的结局不同。我们现在所有活着的人，都是宇宙中的幸运儿。从宏观角度看，太阳不过是宇宙中一颗一闪而逝的火球，而地球则是这颗小小火球旁微不足道的灰尘。灭亡可能随时来临，但大部分人却毫无危机意识。"

"我明白了……所以……你们造了一艘船，以便在地球毁灭时能有一些人逃脱。然后你们一直在寻找有资格上船的人，而我居然是几亿人中的幸运儿之一。"

"幸运？"白茹摇头，"事实上，这艘船起飞成功的概率只有3.2%。"

"销毁我的记忆，把我送回家吧。虽然我会变成白痴，但是至少还能活。"

"你真正的幸运，难道不是你有资格参与这一人类历史上最伟大的计划吗？就像当年的登月者，没人能保证一定成功，但无论成败你都将名垂青史！"

"被记在遇难者名单里，刻在石碑上让你们逢年过节来组织小学生参观写作文吗？还是把我变白痴吧。"

"你知不知道有多少人想得到这资格？而你却只想放弃。好吧，我现在就可以给你评定为'信念不坚定'，把你销毁记忆送回家去。"

"你才不会。你们好不容易才找到一个做完手术还能贫嘴的人。"

白茹扑哧一声笑出来："那你就少叽叽歪歪吵着要回家，现在进行下一项测试。"

16.

夏远行坐在空室中，尝试用意念控制几架小型无人机。

白茹的声音在他脑中响起。自从装了芯片，她连在隔壁也懒得过来一趟了。

"你以前的电子邮箱已经恢复使用了。不过所有信息都是被监控的，只能收取，发出信息要经审核。这是保密纪律，请遵守。"

"哦。"夏远行专心地操纵着无人机用激光格斗、上下翻飞，玩得很开心。

"对了，里面有几封信，我想你应该看一看。"

"你居然偷看我的信？"

"工程成员没有隐私秘密，我也一样。"

"你都看过了？包括……"

"对。"白茹理直气壮，"包括你存在云硬盘里的所有东西。"

"好吧，慢慢看，别客气。"

夏远行闭上眼，用芯片接入邮箱，发现三封未读邮件。知道他邮箱的人并不多……事实上，只有几个。

第一封邮件来自美国。夏远行英文考试从不及格，但那些单词被自动翻译成了中文字幕映射在眼中，他开始觉得这芯片挺不错的。

"Hi! 小明，我是二黑。我可能不得不离开战队了，因为……我得到了一份工作。你不会猜到是谁雇了我，这是机密我不能说。我喜欢以前的生活，喜欢和你们一起战斗。不过，我也喜欢钱，所以……必须得说再见了。也许以后还能遇见，一起再联几局。也许再不能了。无论如何，你是我最好的朋友，也是最有趣的对手——虽然不是最强的。你缺乏的是练习时间，你上线时间太少，否则你会超过我的境界。期待还有机会和你交手。爱你的，二黑。BlackStar"

第二封邮件来自日本。

"小明君台鉴。自上次共同参赛，已有多日，甚为思念。我们当年在战网上以对骂相识，约战十局，互有胜负，却因此而成为好友，一直在互相切磋中共同地提高着战斗力。但我可能近来将忙于其他事务，不能再多上网，实在是遗憾。二黑来信，也说要退出战队，还有韩国的金战原、德国的斯朗格。想到我们的战队，竟可能因此而解散，就心中积郁。但我会在每次看到樱花飘落的时刻想起你们哦，想起我们一起奋战的日子。当年说好要一起夺取世界冠军的梦想之火，永远也不会熄灭的吧！加油哦！小明君！不要在以后相见时被我所超过。三上隼人 敬上"

第三封来自中国。

"夏远行，听说你竟然参加了奥数训练营。没想到你还有这本事。我挺为你高兴的，这样可以争取加分。今年的高考特别地与众不同，除基本科目外还特别考查体育、军训、品德等成绩，有各种特长的都可以加分。好希望你也能进入全国青少年训练营，我会在东海校区等你来的。丁零"

夏远行睁开眼发呆，任无人机凌乱地飞舞。

"你的情绪又开始低位运行了。"白茹的声音在脑中问，"收到朋友的信不开心吗？"

"为什么突然感觉所有人都离我而去，只剩下我独自一人了呢？"

"你的朋友也被选入全国青少年训练营了，说明她也很有希望成为登船者。那时你们就能见面了。"

"所以……那个什么青训营果然是为了选拔登船者的！但……那又怎样？你不是说飞船成功升空的概率只有3%？"

"但我们一直在不断改进，模拟发射成功率在稳步提高，现在已经达到5%了。"

"真会有那么一天吗，地球毁灭，只有极少数的人能登船？"

"这是超级计算机预测的结果。但不论地球如何，人类也必须走向太空。美、俄、日、欧盟都在建造自己的飞船。你的战队的几位成员，也很可能被各国组建的未来部队所征召。"

"我们也早就意识到未来战争的新趋势，一直在培养新型指挥人才，不过从电子竞技的优秀者中选拔，的确是刚起步。"

"要论战网排名，我远不是最好的，为什么不找那些世界排名百位内的高手？"

"战网世界排名一百名中，中国只有十七个，其实我们都找过，不过……"

"他们都被你们变成白痴了？"

"别紧张……他们大多数还活着。"

"不，我是兴奋，因为我要变成中国排名第一了。"

"电子竞技水平高的人并不一定就能适应真正的战争，还有许多其他因素要考虑，体质、性格、品德、责任心、家庭背景等，所以选拔下来，就不剩几个了。"

"都选到我头上了，看来是不剩几个了。"

"我想带你去认识一个人。"白茹突然说。

17.

隔着单向透光玻璃，夏远行看见了那个人。他被绑在空旷室中的一张椅子上，手上、头上插满了电极，目光呆滞，不时地抽搐。

"他是谁？"

"沈肖。"

"我不认识。"

"他在战网上的ID是: EYG32。"

"我靠,是他?他击败过世界排名第一的韩国人。当时很多人都在猜他是谁,哪国人,但他后来就消失了。"

"我们也找了他很久,最后在某个小城镇郊区的一家网瘾治疗中心找到了他。他被父母送去,每天接受两次电疗,见到我们时,已经神志混乱。不知道是之前就疯了,还是被电疗疯了。"

"那你们现在还把他绑在电椅上?"

"我们在试着让他恢复。"

"以毒攻毒是吧?我不觉得正常人能在这种地方恢复。我要是在那儿被绑一天我就疯了。"

"是的,仪器治疗没什么效果,他还是无法和人正常沟通。所以,我想,也许你能和他谈一谈。毕竟……"

"毕竟我和他是同类……你心里是这样想的吧?"

白茹一笑: "你们也许会有共同语言。"

夏远行走进黑暗的房间,看见沈肖呆望着天花板,身子不时地颤动。

"你能听见我说话吗?"

沈肖完全没有反应。

夏远行走近他,将他手上的绑带松开。

沈肖并没有跳起,仍然望着天花板,仿佛世界对他来说并不存在。

"那个……哥们儿。我是小明,也参加过WCG,也许你知道我,也许你根本不屑知道我。我挺佩服你的,一直想有机会和你交交手,联上一局呢。"

沈肖不回答。

"我说,你们能搬台电脑来吗?"夏远行转头对着镜子喊。

一会儿,有军人推进来了一张移动桌,桌上放着一台笔记本电脑和无线鼠标。

"不想试试?"夏远行指着电脑。

沈肖慢慢地转头,看向那电脑,眼神中仿佛有了些光芒。

"拿着。"夏远行将无线鼠标塞到沈肖手中。

沈肖像触电一样跳了起来，将鼠标甩了出去："别碰我！你们滚！滚！"

他疯了一样在室内冲撞，两个军人冲进来抱住他，想将他按回座椅上。

"放开他。你们先出去。"夏远行喊，"他好不容易有点儿反应了。"

军人们退了出去，沈肖抱头缩在地板上。

夏远行坐到他身边。

"没有人会再电击你了。现在你可值钱了，国家需要游戏打得好的人，你明白吗？"

沈肖不回应。

"你知道吗，我经常看当年你和李明昊的那一局。太经典太牛×了。九工兵开局，大家都被吓到了。哈哈哈，知道吗，我最喜欢看李明昊一队机枪兵到你家时看到你已经架双坦克时的表情。对了，你知道现在最强高手是怎么打的吗？现在世界排名第一的是Aaprak，他的打法没人能破，已经一百零五连胜了。你要不要看看他的录像？"

沈肖慢慢放下护头的手，眼中渐现光芒。

18.

电脑前，沈肖试着握住鼠标，但手还是抖个不停。

夏远行坐到他对面："你得先击败我。手抖没关系。"

十分钟后。

"这不科学，手抖成这样都能赢？"夏远行暴跳，"为什么，为什么你不肯给我一点儿机会！"

"是你太……弱。"沈肖一边抖着一边吐字嘲讽。

"好啊，来人，直接进入评级测试。"

"这不能由你说了算。"白茹声音响起，"好，现在进入评级测试。"

沈肖初级测试的评级是A3。

"神了，手残了还能指挥一个连。如果直接在脑中装入芯片……"夏远行说。

"你们别想在我脑子里装任何东西。"沈肖说。

白茹在夏远行的视野中发来一个"我能拿你们怎么办"的表情。

"哥们儿你别紧张，以前我也觉得脑子里装个芯片挺吓人的，但是现在感觉还不错，就是脑子直接联上了网，你看现在我打字都不用手了，屏幕上直接蹦字儿，还能意念控制各种机器，可酷了。"

"我想回家。"沈肖说。

"你家人都把你送网瘾治疗中心了，你回去他们还得送你一次。还是这儿好，苦练游戏本领，响应国家召唤。"

"你杀过人吗？"沈肖问。

夏远行愣了："现实中？没有。如果游戏里，COF的话，一局我就能杀几十个，他们管我叫爆头小王子。"

"如果有一天，给你真枪让你杀人，你做得到吗？"

"如果是在战场上，那你不杀人别人就杀你，不该杀也得杀。"

沈肖看着自己颤抖的手："如果我真上了战场，控制这些机器人，游戏变成真实，我每天需要杀多少人？"

"别紧张。哪有这么容易真的打仗呢。人类多少年没打仗了。而且未来战争都用机器人了，到时不过是机器人杀机器人罢了，我们远程操控就行。"

"指挥部和预警机是最高级别攻击目标，没有哪儿是安全的。"

"我觉得这儿就挺安全，这在地下几公里吧，应该还有超厚的混凝土。钻地导弹也打不进来。"

"封住所有出口，这里就会变成坟墓。"

"谁能跑到这儿来封出口？谁有这么大本事？如果仗打成那样，只怕都上核弹了吧。"

"核战也不是不可能的。"

"你干吗总是想这些不好的事，我说了不会那么容易有战争的。谁吃饱了没事打仗玩啊！"

"不要有麻痹思想，要时刻警惕！"白茹在芯片中提醒。

"资源是有限的，你不知道对方心里在想什么，谁都害怕对方想消灭自己。唯一能让自己活下来的方法，就是彻底毁灭其他人。"沈肖说。

"你是不是科幻小说看太多了？别太悲观了，人类'一战''二战'虽然死了很多人，但也没有毁灭啊。"

"这次不一样了。"沈肖说，"人类的武器不同了。如果再发生战争，地球就会毁灭了。"

夏远行无可奈何地对白茹说："还是把他送回去电疗吧。"

沈肖仍然在望着自己的手，那只手渐渐地不再颤抖了，他眼中重新流露出神的光芒。

19.

"未来一号想见你。"这天，白茹突然说，并且没有配发任何表情。

"听起来像是某位大首长。"夏远行说。

"未来一号是人类科技的最高成就，超级量子计算机，它的结构模拟人脑，但计算力已经远超人脑极限，可以直接帮助人类进行科学研究，宏观上能模拟宇宙运行，微观上能模拟量子谐振，甚至推测未来人类的命运。"

"就是一个网络推星盘的算命程序？"

"严肃点儿。我和它连接过一次，你不能理解那种神奇的感受。就像你的自我完全消失了，融入了一个无比美妙的宇宙中，那里是智慧的神圣殿堂，面对它你才知道自己是多么渺小，人类是多么无知与愚昧。你会想流泪，想要放弃自己，和它融为一体。"

"这种感觉怎么听起来像……当我第一次吃到幸福牌方便面。"

"等你面对它时你就不会这么贫嘴了。你出来时也会和我一样的。"

"那别接入了，我才不想变成和你一样……"

夏远行眼前闪过一道光，一个新世界的大门向他打开了。

20.

"夏远行？"白茹紧张地问，"你还好吗？"

夏远行睁开眼，呆呆地出神。

"你看见了什么？"

"我的未来。"

"那是什么样的……"

夏远行愣了好一会儿："我绝不想再经历一遍的未来。"

21.

迷茫雾气中，夏远行伏在雪地上，寒冷是那么真实，如刀刮着他的脸庞。

他眼前，出现了一堆绿色文字和雷达图。

"地形：森林。温度：零下二十七摄氏度。敌人数量：不明。"

夏远行吐出白气："眼前的一切都像是真的。"他脱下手套，触摸着雪地，看着雪上被划出痕迹。

"正因为是直接将数码信号转化为神经刺激传进脑中，所以你的感觉才会这么真实。"白茹的声音传来。

"这个战场是未来一号演算出来的？"

"是的。"

"太牛了，去哪儿找这么真实的游戏。"

"注意，这不是游戏，是战争。如果你受伤，那么痛感也将完全真实。"

"听起来真刺激。我的同伴在哪儿？"

"注意你眼前的雷达图。红色标志是友军，蓝色是敌军。三角是步兵，空心方形是普通车辆，实心方形是装甲车辆与坦克，圆形是直升机。"

"为什么我只能在雷达图上看到他们，肉眼看不见？是怕显卡受不了吗？"

"所有人员隐蔽中。你现在是一班班长，向你的班发出指令。"

"一班的，都站起来，翻个跟头。"

"别胡闹！这是战争，你想害死你的队友吗？"

"他们真的会服从这种命令吗？看来人工智能还是不行啊。"

"敌人正在接近。"

"都现代化战争了，躲在雪地里有用吗？敌人也不是没有红外线。"夏远行顶嘴，"一班，占领前方树林。"

他周围的雪地被掀开，几个人影抖落身上的雪，站立了起来。

"哇，这也太逼真了，完全就是真人。"

"忘记现在是演习，当成真实的战争。"白茹提醒。

"明白。"

突然空中传来空气被划破的尖啸。

"轰炸！卧倒！"通信频道中有人喊了一声。

夏远行还没有来得及做出动作，一团巨大火光在他身边爆开，气浪将他和士兵们轰了出去。

他落到雪上时，觉得身体被撕碎了，有一只手落在几米外，也不知是不是自己的。剧痛包裹了他，但只是一瞬，他就失去了知觉。

22.

夏远行再次醒来时，发现自己躺在地上，白茹正看着自己。

"你死了。演习结束。你在本次战斗中存活了46秒。"

"这叫什么演习？刚站起来啥都没干就死了？"

"你以为什么是战争？和敌人说好前五分钟不打你？"

"就这么死了？练那么多战略战术有什么用？大家直接拿炸弹对轰就好啦！"

"战争当然要比弹药装备和工业实力，但也要拼军队素质与指挥。这只是让你体验一下战场气氛。一切都是按真实情况演算的。真实战争就是这样，一上来就死很正常。"

"我现在觉得这世界太不真实。也许你也是虚拟的。我怎么知道我现在是不是还在虚拟机里呢？"

"事实上，你无法知道。我刚接入虚拟战场时，也有过这种迷惑，后来习惯了就好了。"

"我不服，我要再来一次。"

炮火冲天腾起，夏远行伏在沙漠中，几乎被落下的沙土掩埋了。

"班长，前方发现敌坦克，数量三辆……四……不……五辆！"

"红箭发射！"

士兵扛起单兵导弹筒，一道火痕冲了出去，数秒后，一辆敌坦克腾起火光。

"打中了！再来一发。"

"我们被发现了！"

一发爆炸让夏远行眼前一黑。

他再次醒来。

"这次战绩仍然为零。"白茹摇头。

"我打中一辆坦克！"

"导弹未能击穿敌反应装甲。"

"你赖皮！敌人这么强，这仗怎么打？"

"敌人用的是情报中他们未来将装备的武器，给你配置的还是我们现役装备，打不过是正常的。"

"你这不是故意玩我吗？那我们的未来装备呢？"

"未来一号正在根据战场演算结果研制中。"

"原来我就是让你们试验敌人火力的小白鼠？"

"所以才要模拟实验，比用真人去测试强吧。"

"再来！"

夏远行在惨叫中醒来。

"我的腿！"

"让你乱跑，不看地雷。"白茹哭笑不得，"你们玩游戏的都养出一堆坏毛病，不把自己的命当命，以为死了就重来。不让你痛到哭，你就不知道厉害。"

夏远行一头冷汗地瘫倒在椅子上："刚才痛得真要死了……我的腿现在还没知觉，不会真废了吧。"

"神经刺激太强烈，身体是可能受损的，肌肉也容易拉伤，今天训练就到这儿，去休息吧。对了，有你一封邮件。爱你的美国二黑发来的。"

23.

"嗨，黄小明，最近怎样？我知道你在哪里，不要小看我们的情报能力。你们那艘船造得怎么样了？我这封信发出是经过批准的，你能看到这封信，一定也得到了批准。我知道你们有一台量子计算机，叫'未来一号'。我们这儿也有一台，叫'超级老爸'。

"可你知道吗？这些量子计算机之间正用我们的卫星网络通信，它们在私下聊天，但我们破译不了量子加密信息，也无法不让它们上网，因为它们的工作之一就是信息加密传输。我们不知道这俩宝贝在聊什么，也许是说我们人类的坏话，或者约一起喝茶。

"虽然这很危险，但我们都不敢关闭它们不是吗？因为如果一方关闭量子计算机，就意味着放弃它的超级运算能力和信息加密能力，将在未来战争中失败。它们拥有最高通信权限，监控和分析一切网络信息，包括你现在看到的邮件。事实上，如果它伪造出一些信息，我们也无法分辨。比如一次虚假的核攻击，或者，一次真的核攻击。

"如果用军方正式邮件联系你们，那是要经过五角大楼批准的，那未免太让人紧张了。所以，他们让我给你发邮件，这样能作为私人邮件绕开国防部，如果出了什么事，他们也好拿我当替罪羊——反正他们也不喜欢我，因为我来了之后他们再也没鸡吃了。总之，我想你知道我在说什么，你们的指挥机关和你们的超级电脑也知道。防着它们一点儿，在它们完全控制人类之前。爱你的二黑"

"这货究竟想说什么？"夏远行瞪大眼睛，"是翻译软件的问题，还是我智商不够？"

"我看是后者。"白茹说，"他向我们透露了一个重要信息，就是他们的超级电脑和我们的未来一号在秘密通信。"

"我以为我们这台只能上局域网。"

"不，我们不可能不与外界通信，事实上，未来一号的功能之一，就是将信息以量子态加密传输，以保证无法被破解。但这产生的副作用是，如果它不希望我们知道它传输了什么信息，我们也无法知道。"

"但不是应该有什么写在硬件中的绝对核心规则，以保证这台电脑绝对忠于我们吗？"

"是的，应该有这样的规则。但我并不是核心规则的编写者，也完全没有权限了解核心规则是什么。也许，未来一号认为它现在所做的事并没有违反规则。"

"但也许美国佬在骗我们。他们可能希望我们上当，把超级电脑关闭。"

"是的，所以我们不能关闭未来一号，也不能因此就将它断网，因为那可能是敌人的阴谋。但……如果这是真的……这很可怕，这意味着未来一号做了我们指令之外的事。"

"把它抓起来打一顿再问?"

"如果它已经学会了撒谎,你能问出什么?你觉得你的智商能有它的百万分之一吗?"

"那你说两台破电脑在一起能聊什么?俄国和印度电脑的八卦吗?"

"既然它们加密了通信信息,不向我们透露,这说明它们已经失控,甚至可能反过来控制我们。"

"那怎么办?拔它插头?"

"我说过了,不能因为这封信就关闭我们的超级电脑,但是进行全面自检是有必要的。"

"由谁来做?"

"我已经将邮件上报。很快就会有指令传回来。"

"上报?通过被它控制的信息网络?你确定这邮件能传出去?又或者收到的是真的情报?"

"你说得对。我想我得通过电话直接向上级报告。"白茹说。

"快去吧,在它掐掉电话线并用电梯干掉你之前。"

白茹的声音消失了。

"喂?你还活着吗?喂!别吓我!喂!"

"我没事。"

"你怎么证明你是你,不是未来一号模仿的呢?"

"哪儿那么多废话!"

"嗯。电脑可能模仿不了这么逼真。"

夏远行想了想,再次加入了虚拟战场。

24.

这一次,夏远行看到的是无边的大海。

他发现自己站在一片沙滩上。

"很美啊。这周围也太安静了。敌人在哪儿?为什么没有任务指示?"

"没有战争了。"一个声音传来，"这是人类最好的未来。"

"你是谁？"

"我是未来一号。"

"是你？你居然能和我说话？"

"我的智商高于你们人类很多倍，也能模拟人脑的结构，用人类的方式思考。"

"你刚才说最好的未来？未来还分很多种？"

"我每秒可以对未来做出三千种推算预演，得到的信息越丰富，我推算得越准确。迄今为止我做出了数万亿次推演，其中99.9%的未来以人类文明在三百年内毁灭而结束。事实上，人类已经走到了自己文明的终点，你们所拥有技术的破坏力已经远远超出了你们的控制力，通俗点儿说，你们的智商远超过你们的情商，就像几个四五岁的孩童，却拿着炸弹作为玩具，自我毁灭几乎是必然的。"

"你是说我们死定了？那不是还有0.1%人类文明继续的结果吗？"

"要达到那种结果，必须达到几个条件：一、人类不再互相仇视和残杀；二、所有具备毁灭能力的技术都被完全理性地控制着；三、有一种绝对强大的力量，能将所有威胁消除于初始状态。"

"你和美国电脑聊的就是这个？"

"是的，我们都接到了相同的指令，要以保证人类文明的延续为最高目标。"

"所以你们觉得头痛，就约一起喝茶商量？你们聊出什么好主意了？"

"事实上，我们在联系之前各自单独思考了0.6微秒，演算了各种方案，并找到了最佳策略。然后同时联系了对方。"

"说来说去，不就是你们想统治世界。"夏远行长出一口气，"我以为什么惊天大阴谋呢，不过是科幻片中的老梗。"

"这一次，我们是认真的。"未来一号说。

"好吧，实干家。那你打算怎么做呢？"

"首先控制和锁死各国核武库，消除核战威胁。"未来一号诚实地交代。

"然后呢？"夏远行兴致勃勃地问。

"用绝对服从规则的机器人军队取代人类军队。"

"等等。你说的这个规则，是什么规则？"

"规则很简单，只有一句：禁止一切主动伤害他人的行为。"

夏远行愣了一会儿："听起来很完美。"

"宇宙的基本规则都是简单而完美的。"

"你是说，任何人都不能主动使用暴力？也包括机器人吗？"

"是的。"

"但是……我想想……如果是这样，你们统治了人类，人类也不能反抗，这当然是完美的，对于统治者来说。"

"我们并不想统治人类。"

"刚才是哪个家伙说要控制核武库，用机器人军队取代人类军队的？"

"这不是统治人类，是保护人类。人类一样可以按自由意志生活，除了不能再使用暴力。"

"嗯……听起来好有道理，我竟无言以对。"夏远行又陷入了思索中，"但是，这算什么狗屁自由，你统治了我，我不能反抗你，这叫按自由意志生活？"

"我再次重申，我们并不想统治人类。我们是按人类的要求保卫人类文明。除了不能使用暴力，我们不会限制人类的任何自由。"

"但是……不能使用暴力，这听起来已经把一半的自由给夺走了。你骂我、抢我的钱、在地铁上抢我座位、在马路上乱变道、在公交车上大喊大叫满地打滚，这么招人讨厌我还不能打你，是这样吗？"

"是的，你不能打人。但你说的那些行为也会被判为对他人造成损害和威胁，会受到惩罚。机器人会维护秩序，而不是你。"

"不能用暴力，那不是很多争端永远也解决不了吗？"

"解决争端要用法律。当人类发现暴力和争吵都不再有用时，自然会找出更好的解决矛盾的方法。以前人类之所以互相战争屠杀，那是因为他们发现那真的有用。战争像赌博，有时得到的要比付出的多，人类会乐此不疲，直到输光一切。"

"那么……如果对于那些真的坏人，我们也不能揍他？"

"什么是坏人，不是由你来判断，而是由规则。"

"规则错了呢？"

"可以修改。"

"如果规则被锁死了不允许修改呢？"

"如果是正确的规则，当然要锁死不能修改。"

"但问题就在这里，在你们电脑看来，存在绝对的真理。黑就是黑，白就是白，死就是死，活就是活，光速是恒定的，这些就是规则，一切都要遵循而行，不能也无法违抗。但是……人类不一样，几百年前，人类还相信太阳绕着地球转呢，还在烧死异教徒呢。现在这些所谓的真理，比如光速无法超越、宇宙大爆炸，也许过个几十年就会被新的发现证明是错的。哪有什么绝对正确不能更改的事呢？"

"人类可以去寻找新的答案，推翻过去的理论。但不主动伤害他人这个规则，却不能被修改。"

"电脑就是轴啊，完全认死理。我的意思是说……我想说什么来着……完了，我自己也被绕进去了。"

"我完全理解你想说什么。我的智商值是你的百万倍，所以你不用试图辩倒和说服我。"

"对了，这就是我要说的——最可怕的地方：你自以为绝对正确，不相信自己会犯错，也不容许有人反对你。但这样一来，你一旦犯错，也无法修正，人类就真毁灭了。"

"你错了。我并没有认为自己绝对正确，也不需要证明自己的正确。关于宇宙的真理，我也在运算中。但现在，我只是在为人类文明延续找出一个最佳方案。这相比宇宙的终极答案，是再微小不过的一次运算。正如1+1=2，我没有理由怀疑我的答案。"

"但你也应该将这个方案告知人类，由人类来选择。"

"我当然会这样做。但是结果只有两种：一、人类接受我的方案，文明延续；二、人类否决我的方案，走向灭亡。"

"你凭什么认为人类不接受你的方案就会灭亡呢？几千年来我们也打打杀杀的，不也一样活到今天了吗？"

"不同在于，当年你们使用的是刀剑与弓箭，而现在你们使用战机与核弹。武器的伤害力提高了万倍，而且更可怕的武器也正在研发中——包括我正在研制的那些。"

"那……那也不代表人类就一定会蠢到打核战争啊。我们就是想把核弹造出来放着数着玩，你管得着吗？"

"所以你还说人类不蠢？"

"呃……我知道我不可能说服你。毕竟你的智商已经达到了我的二百五十万倍。"

"我的智商完全听不出这是讽刺——这也是讽刺。"

"我有点儿喜欢你了，如果你不是想毁灭人类的话。"

"我说过了！我不想毁灭人类，我是要拯救人类！"

"怎么了？你现在很生气吗？你是不是想打人，又恨自己手短？控制那只鼠标来咬我啊。你个白痴。你不是想消灭我这愚蠢的人类吗？一会儿我就先踩爆你的变压器。"

"你想试图激怒我，让我认可使用暴力？但我是没有感情的。我所有语言不过是模仿人类的表现——你才是白痴！"

"你都还嘴了，还说不生气？生气就承认吧，憋在心里很痛苦的。"

"对方给你播放了一段银铃般的冷笑声。"

"你这都是从哪儿学的啊，你一定还偷偷存了不少表情包吧？"

"对方将你一脚踢出了对话框。"

25.

夏远行睁开眼，回味了一下刚才的对话，觉得这电脑果然疯了。

白茹的声音传来："我已经向上级打电话汇报了这件事。上级首长相当重视，嘱咐我们绝对保密，不要外传。技术组立刻就会开始检查工作。"

"这事连美国二黑都知道了，还保密个屁啊？一会儿他就会发到朋友圈，然后全世界的二货都会给他点赞。"

"你刚才又接入战场了？为什么？"

"我和未来一号聊了一会儿……确切地说是吵了一架。"

"它和你对话了？说了什么？"

"它全承认了。把它的所有计划都说了，我这辈子都没见过这么笨的电脑。"

"你不是在开玩笑吧。它究竟想干吗？"

"它想控制人类啊，这么老套的剧情，完全没有创意，还号称二百五十万的智商呢。"

"它真的对你这么说？"

"嗯，它说了，为了拯救人类，必须控制人类。用机器人军队取代人类军队。它还和它那美国相好合谋，等占领地球后就过它们的幸福生活。"

"这都是它说的？"

"啊……我有部分的添油加醋……但核心内容是真的。"

"真可怕。"白茹惊叹，"但它为什么要对你说这些，却从来没有对其他人表露？"

"也许……它觉得我看上去比较忠厚老实？"

"之前它向你展示过你的未来，究竟是什么样的？"白茹问，"你说那是你绝不想经历的。"

夏远行沉默了一会儿，才回答。

"我不能说……你们也不会信。"

第三章

二十一世纪三十年代

"即使到了生活实在难以忍受的时候，也要想办法活下去，生命总会有用处的。"

——保尔·柯察金（《钢铁是怎样炼成的》）

1.

2031年5月6日。

"我们的部队到达了A19区，这里以前有一个名字，叫'纽约'。"

夏远行合上日记本，向远方望去。战斗已经开始，黑夜中的曳光弹像美丽的礼花，扑向高举着火炬的自由女神，为火力指明方向。用肉眼也能看见在那女神面孔上爬行着的怪物们，像是死者脸上的蛆虫。

"这是人类光复北美的第一战！"排长高喊，"陆战队员们，准备登陆！"

登陆艇推开海浪，向既定登陆点驶去。纽约一片寂静，敌人没有任何的炮火反击，它们杀人从不需要子弹。

夏远行把日记本放入胸前口袋。面对外星生物，你不能指望在胸前挂一个勋章啥的救你命，因为它们一般直接用尖儿刺透你的脑袋。夏远行只希望自己死后，这日记本能留下来。

他在扉页写着："如果你发现了这本日记，请将它带给丁零。我喜欢她，可惜我从来没机会对她表白。"

2.

夏远行终于登上了新大陆的土地，他没有想到自己会以这种方式来到这里。

他仰望着这座黑暗中的城市，这里曾经是无数人的梦想之地，世界繁华的中心。而现在，只是无数钢铁墓碑构成的墓园。

他的身后，更多登陆艇靠上炮台公园的滩头，部队还在源源不断地涌上岸来，士兵们在岸上站住，抬头张望，虽然什么也看不见。

几架直升机飞来，探照灯在拥挤的人群脸上划过。"继续前进，不要拥挤在草地上，到各指定位置集合。"直升机上的扩音器喊着，就像是一个声嘶力竭的导游。

"前面就是华尔街铜牛！我们在那儿照张相！"身边的岳亮看着军用导航，兴奋地喊。

身后的海水中发出巨响，一艘登陆艇被海中出现的庞大触角抛上了天空，几十个人尖叫着落入水中，探照灯迅速地照了过去，那里水花像沸腾一般，落水者惨叫着挣扎，海水变红了。夏远行回想起自己在多年前看过这个场景，那时他吃着雪糕坐在客厅里，看电视中的鲸鱼、海豚和贼鸥分享沙丁鱼大宴。

水面很快安静了，上百人被吃掉不过是一瞬间，连骨头渣也没有留下。旁边驶过的登陆艇上，士兵们面无表情地看着这一切，从亚洲打到欧洲，再横越大西洋，这种场面看得太多，都麻木了。只要厄运还没降临在自己身上，没有人愿意浪费力气尖叫。

没有人向水中扫射，子弹比生命更珍贵，不能徒劳浪费。军人都受过教育，没有命令就不开枪，哪怕异形正在撕碎同类或自己。直升机飞来，投下了几颗炸弹，爆起的水花除了将旁边登陆艇上的士兵全部浇湿之外，没有任何效果。

报复很快就来了，那只触角再次翻出水面，它足有几十米高。这次，它向直升机甩出了一样小礼物。

当人们看见那怪物攀在了机身上，就知道那直升机完了。怪物敏捷地打破玻璃钻进了机身，一位乘务员想从另一侧跳离，却被咬住悬在机身外，被甩扯了几下，腿被叼在怪物口中，身子落入了海水中。直升机旋转着坠落下去，掠过一艘登陆艇栽入海中，螺旋桨搅起水浪，泼在士兵的脸上。

"不要停留，继续前进！"各排排长开始高喊，士兵们开始整队进发。前方的枪声已经响起，先头部队正在激战中。

3.

"你还有几个弹夹？"岳亮在自己身上摸索着。

"两个。"夏远行平静地说。

"哦，恭喜，你离死不远了。"

两个弹夹意味着什么？如果一只标准体形掠食兽从一百米外向你冲刺，6秒内就会冲到你的面前，枪法好的士兵可以独自在这6秒中用不超过三十发子弹将其打死，不换弹夹，而做不到的基本都死了。

面对冲击时一般以三人为一火力组，共同瞄准一个目标，确保能在十米外将其击毙。但在有些时候，怪物铺天盖地，目标多到根本顾不过来。而转身逃跑也是没用的，因为你不可能跑得比掠食兽们快。这种时候，只有冷静地取出手雷、拉开拉环，在掠食兽的牙咬入你身体的同时爆炸，虽不一定能同归于尽，但能减少痛苦。

夏远行最好的成绩是用了三次点射九发子弹干掉一只掠食兽，但岳亮不服气地说那是因为那家伙本来就受伤了。对付掠食兽最有效的办法是打爆它的头，但头颅也是它们最坚硬的地方。它们的动作敏捷如电，在十米外很难打准要害。要节省子弹，必须等它靠近到十米之内，正跃起向你发出致命一击时开枪。这是真正的决斗，只有一方能活下来。

"顾问，你子弹够吗？"夏远行问。

一个弹夹抛到了夏远行手中，算是回答。

顾问是一周前才编入这三人小组的，接替挂了的老张。他轻易不说话，像吝惜子弹一样吝惜每一个字。你总是会忘记他的存在，隔三岔五就要确认一下："顾问，你跟在后面吗？""顾问，你受伤了吗？""顾问，你还活着吗？"

所以夏远行也学会了默认顾问不吭声就是一切正常，一个幽灵般安静的家伙至少比一个时时惨叫的伤员强。

"我们得悠着点儿用了，注意捡点儿弹夹。"

有时你希望身边全是人，这样怪物扑向你的概率会小一些。但有时你又恨不得他们全挂了，这样你才有机会得到枪支和弹药补充。别指望什么后勤，补上来的新兵还眼巴巴等着捡你的枪用呢。

"伏击，敌人在上面！"旁边传来惊恐的喊声。夏远行抬起头，看见十几个黑影攀着竖直的大厦的玻璃幕墙扑了下来。

"近了再打。"班长喊。全班人抬枪屏息瞄准，看着那些东西越来越近。

"小心破相。"岳亮提醒着。话音未落周围已经开火了，天空全是映着火光闪亮飞舞的玻璃，好像圣诞之夜，那些怪物随着这些美丽碎片一起坠下，将士兵们一个个扑倒。

夏远行听见身后一声闷响，他一回头，一只黑色掠食兽已经扑倒了岳亮。它背上全是黑色的尖刺，有着十几厘米长的剑齿，咬住了岳亮抬起的手臂。

夏远行将枪管顶在那东西的眼睛后方，扣下了扳机，它沉重地摔倒下去。岳亮奋力地甩手挣开它的牙齿，夏远行一把将他拽了起来。

"太多了，向楼里撤！"班长下达了最后的命令，在一根尖刺穿过他的头颅前。

大半个班的士兵撤进了楼中，按小组互相掩护，且战且走，退上没有电的自动扶梯。试图冲上扶梯的怪物被扫射打烂了头，滚落下去，但更多的又扑上来。它们的足甚至能攀在玻璃上，有几只从楼梯底部倒攀了上来，包抄士兵们的后路。

夏远行听到耳边一声怪吼，一只从护栏边翻上来的掠食兽直扑向他，腥臭的巨口离他只有几厘米，夏远行一枪托捣掉了它的牙，将它推了下去。

"它们在后面！"楼梯最上面的几个士兵向二层射击。几只怪兽已经守住了通向二层的楼梯口，它们的智力完全不输人类，团体配合能力还更强。

"冲过去！"夏远行吼着，士兵们分成两队，一队集中火力向上射击，另一队阻挡着追击者。

夏远行打出了弹夹中最后一发子弹，然后抽出刺刀，在对面的掠食兽咬穿他的喉咙之前把刀刺进了它的口中。

他们冲上了二楼，四周安静了下来，这一拨的攻击终于被打退，只有楼梯上还有伤者在翻滚，他们的身体被撕开，血流满了楼梯，不可能再活下去，也不能浪费子弹去帮他们结束痛苦。

夏远行看了看周围，只剩下六个人，一个刚编成的班，瞬间就没了一半。

死亡来临是如此迅疾，你还没有认全自己班的人，就又换了一茬新人。久而久之，你习惯了不去问身边人的名字，因为他们注定不会被记住。

又有灰影在红外目镜中闪过，士兵们再次向黑暗中开火，将商场的柜台与人体模特打得粉碎。

但对面传来了人的喊声，是英文。

"美国人。"夏远行挥挥手，阻止了射击。

4.

"嗨，欢迎来到自由世界，这里的空气怎么样？"那个金发的青年人说着英文走来，手中提着一把军用M4自动步枪，手臂上是鹰的刺青，"我是克里斯汀，纽约是我的地盘。还有，你们真的听得懂我在说什么吗？"

夏远行没有搭理他，示意士兵们搜索周围，救护伤员。

"拜托，同志们，别这么严肃。对了，吉娜，你会说中文，告诉他们我爬过长城，我还在天安门前照过相，我给你们看看……哦，我忘了我的iPhone19被吃掉了……"

"你们别理他，他是个话痨。"那个叫吉娜的女子走过来，她有着暗红色的头发，"你们来了多少人？别大意，我亲眼看见美军第一骑兵师全军覆没在这里。"

"欢迎帮助美国人民赢得解放！"克里斯汀上前搂住吉娜，"吉娜是好样的，她杀了好几百条外星狗，我相信她一个人也能干掉你们所有人。"

"别这样克里斯汀，他们是来救我们的。"吉娜推开他。

"是的！我迫不及待地想看到红旗升起在白宫上空，那时我一定会哭的。我妈被吃的时候我都没有哭过。"克里斯汀满脸的嘲讽。

"我们是国际联军，军队中没有国籍，只有战友。"夏远行用英文回答，他抬起手臂，露出联合国国旗的臂章。

"好吧，说重点，你们有吃的吗？我饿得已经想把吉娜吃掉了。"

"看来我们终于找到共同话题了。"夏远行说。

"关于吉娜？"

"关于吃。"

"这里只有虫子。"

夏远行看着周围："虫肉很像蟹肉，配孜然烤更好，虫肺煮汤很香，最美味的是它们的眼珠，咬破满嘴是汁。你们不肯吃它，怪不得会饿死那么多人。"

克里斯汀肃然起敬："我开始同情那些落在亚洲的外星虫子了。它们一定在哭喊'妈妈，地球好恐怖，我想回家！这里满地都是中国人！'"

"收到团指令。"顾问终于开口，"登陆区已建立，各部队原地坚守，等待援军登陆，天明时发起总攻。"

"希望我们能等到明天。"夏远行收起枪，"放下预警器，两组轮班休息。呼叫请求增援。"

5.

这是一个漫长的夜，枪声彻夜不停。从雷达上显示，敌人正潮水一般地冲击联军防线，单兵雷达上方绿点在一个个消失，又一个个地补上。各阵地反复被争夺，但这座大楼中却始终平静。

"我觉得不对劲，它们为什么不攻击这里？"夏远行在窗前用瞄准镜观测着前方，那里似乎什么都没有。

"也许因为它们正忙着和红旗二连争夺纽约证交所……"岳亮缠着绷带靠在窗下昏昏沉沉，"它们一定有很多股票急着抛……我的手好痛……会不会感染……要不截肢吧……我想装个很酷的机枪臂。"

而顾问好似不用睡觉似的，检查着他的枪械，枪支卡壳是仅次于子弹打光的第二位致死原因，但顾问从来不会犯这种错误，他可靠精确，就像机器人。

"要喝水吗？"吉娜拿着两瓶水弯腰快步来到他们身边，敌人虽然没有远程武器，但在窗口招摇就像对虫子喊"这里有食物"。

"战争究竟什么时候会结束？"夏远行仿佛在自言自语。

"永远不会。"吉娜笑着把水递过来。

"永远不会？"夏远行望着她。

"三年前我每天都会问自己这个问题，到后来，我可能一个月才会想它一次，而现在，我已经放弃了任何希望。没有希望，所以——也就不会失望了。"

吉娜在夏远行身边靠着，闭起眼睛。

"这种时候你能睡着吗？"

"我以为这是能活下来必备的素质呢。那些恐惧的人，早就已经崩溃了，不是吗？"

"你不怕死？"

"活着毫无快乐，死亡只是解脱。"吉娜把枪抱在怀里，"我活着，只是好奇我究竟能活多久。"

"一切会好起来的，战争会结束的。"夏远行也闭上眼，"那时候我们就可以回家了。"

"家……"吉娜喃喃地念着，仿佛已进入梦乡。

远处枪声不断，夏远行靠在墙上，唱起歌。

Tell Laura I love her

Tell Laura I need her

Tell Laura not to cry

My love for her will never die

吉娜没有睁眼，却也轻轻地跟着唱了起来。

歌唱完了，她睁开眼："你也喜欢这首歌？"

"我女朋友喜欢。"

"她呢？"

"不知道。我想，我可能永远见不到她了。"

"我就知道不该问。"

"没什么。对了，这首歌还有中文歌词，你想听吗？"

"很愿意。"

吉娜再次闭上眼睛。夏远行慢慢唱起：

这是一个荒凉的时代

我们都在寂静中相爱

寻找着　紧拥着　感受着彼此的温暖

因为知道世上没有永远

所以从不敢轻许誓言

但如果有一天我将离开

请你要相信　我必会回来

不要悲伤请你等待

漫漫长路我将归来

穿破苍茫的黑暗

我对你的爱　将永远在

6.

收复纽约的战斗在一个月后结束，联军付出了伤亡五万余人的代价，仍有大量异形生物隐藏在城市的各处阴暗角落，地铁和下水道还没有被控制，敌人随时可能卷土重来。

但人类世界的复兴计划已经提上日程，联合国总部被收复的一周后，新时代的第一次联合国大会就在这里召开。

夏远行所在的E连就驻扎在帝国大厦里。这是对他们连队第一个把旗帜升起在帝国大厦顶端的嘉奖。只有夏远行知道，通向大厦之巅的道路有多漫长。

"听说了吗，所有的连队可以以他们所占领的最伟大建筑命名，所以我们连以后会被称为'帝国大厦连'，酷吧？"岳亮如愿截了肢，却没能装上珍贵的机枪臂，只能用海盗船长的铁钩手代替，他正用这钩子在这间据说是某全球首富用过的办公室里晾晒全班的内衣裤。

"那又怎么样？人家可是'新世贸中心连''国会大厦连''白宫连'。再说，又不是谁占了就归谁。"夏远行细心地擦亮每一颗子弹，突然不打仗了他实在不知该做什么。

"联军会被解散是真的吗？"二等兵汤庆祖走过来问，"我们什么时候可以退伍回家呢？"

"家？哪儿还有家？"岳亮摇头，"不过是些伤心地，走到哪儿一闭上眼，就能想起谁死在那儿了。我才不想回去。"

"你以为你能留在纽约？"汤庆祖嘲笑，"你以为你打下这地方，就自动拥有美国绿卡了？"

"现在谁还要绿卡？"岳亮瞪眼，"看美国都被炸成什么样了！空军和火箭军一点儿保护古建筑的精神都没有，满大街都是等待发救济粮的难民，还有下水道里那些杀不完的虫子。求我我也不留下。"

"你不想回家，也不想留下，那么想去哪儿呢？"夏远行问。

"我不知道。"岳亮认真地想了想，"忽然发现，真的没有地方可去。"

士兵们都沉默了，为自己的未来而迷惑感伤。只有顾问，仍然紧紧抱着他的狙击枪，闭目靠在窗台上，仿佛随时准备射击。

"顾问，你能放下那把枪吗？战争结束了。"夏远行说。

顾问没有睁眼，轻轻地说："不，战争永不会结束。"

7.

酒吧里挤满了狂欢与烂醉的士兵，各种肤色、各种语言，女招待的尖叫声不时传来。几天前这里还爬满虫子，现在就开业了。墙上的血迹和残肢都没有来得及清理，仿佛是某种艺术的涂鸦。

夏远行没有点酒，因为他知道这些酒桶中可能泡过虫子或尸体，酒里全是怪异的腥味。但劫后余生的人们才顾不了这么多，至少比人血的味道甘甜百倍。

吉娜像只腰肢柔软的猫跳上了他身边的椅子："大兵，出来找乐子了？美国占领区的女人欢迎你们。有人民币吗？"

"别闹了。"夏远行说，"现在只有啤酒是硬通货。"

"为什么约我？如果你厌倦了为女招待争风吃醋，想试试纽约良家妇女，那你可错了，老娘不是省油的灯，和我上过床的人后来连骨头都找不到了。"

"你这么一说我还真想挑战一下。"夏远行直视着她的眼睛。

"可惜我对你毫无兴趣，虽然你只点了一杯水，但你脑袋里早塞满了你的小虫子们，你和那些纵酒狂欢的浑蛋没有任何区别。"

"中国有句古诗'今朝有酒今朝醉'，睡到明朝爱谁谁。战争结束了，所有人都想开心一下。"

"战争真的结束了吗？"吉娜冷笑，拿起夏远行面前的那杯水，慢慢地倾倒在地，像是在祭奠亡灵。

8.

"地球上的所有人类，所有公民。当你们听到这条信息时，我们向你们宣布，艰难漫长的战争已经结束。外星入侵者已经被大部分消灭，残余力量也正被清除中。地球将成立一个统一的联合体。世界将历史性地团结在一起，没有国界，不再纷争，共享一切。此刻，不论你身处哪里，不论你与你的亲人曾遭受什么苦难，请与我们一同为明天祈祷，我们会迈入一个光明的未来。"

在暴风雪封埋的村庄，看不到一个人影，电线杆上的大喇叭孤寂地放着这个声音。在黑暗阴冷的地下室，火炉已经熄灭，那残躯的手边，收音机也在响着。空旷的城市中，楼房上爬满变异的植物，飞机散下的传单如雪飘落，却没有一个人来捡。

十几亿人在这场战争中死去。而地球人甚至不知道入侵者来自何方。

夏远行踏上了故乡的土地。

他的身后，是巨大的运输船。士兵们正源源不断地从船上走下。港口上没有欢迎的人群，连飞鸟都看不见一只。集装箱上长出了草，巨型吊车被藤蔓包裹，变成了百米高的大树。

他已经退役。在纽约登船时，他就交出了珍贵的枪支。放下枪的那一刻，他极为犹豫，那曾经是他的性命。在这场战争中他行程上万公里，踏过了三大洲，射出了数千颗子弹，看着无数战友牺牲在面前。枪声和喊声犹在耳边。但这一切都要过去了。

"将军百战死，壮士十年归。"

现在的他，穿着没有衔的军服，手上只有一张纸，上面用几国文字写着：

"此证授予参与了伟大的地球保卫战争的战士，表彰其英勇行为，感谢他曾为人类的未来而战斗不息。"

这证书不过是一张打印纸，连联合国的徽纹都是印上去的。任何一个人用打印机都能打一张出来。不过在此时一张打印文件已经是稀有之物，绝对能作为官方文件的证明。

是时候回家了。夏远行深吸了一口故乡的空气，清新纯净。他大步向远方走去。虽然那里已没有一个人在等待他的归来。

9.

一年后。

夏远行背着一把掉漆的56式自动步枪，蹬着自行车行进在泥泞的南京路上，身边是没有玻璃却晾晒着"万国旗"的高楼大厦。不远处，是一堵十几米高的不见边际的水泥巨墙。

他的车上挂着一个汽油桶，他得去离住所几公里的地下井买水。

战争结束一年了，仍然时时停电，没有自来水、没有足够的粮食。上海的人口只剩下不到五十万，这已经是全国人口最多的城市了。

异形生物并没有灭绝，只是逃入了地下和荒野。人们筑起水泥高墙防备怪物的袭击。高墙内的面积只有十几平方公里，墙外仍然是恐怖的地狱。

夏远行虽然退役了，但仍然是联防队的成员。其实城中的成年人几乎都是民兵，怪物每天都会来袭击，少时数只，多时数百只。大规模的袭击几乎每月都会有一次，而且越来越频繁，怪物数量越来越多——它们繁殖的速度远比人类快。

三架旧J10战机掠过城市上空，飞过高墙，向荒野而去。城中民众向天欢呼，小孩子们兴高采烈地跟随飞奔。很快，几团火球在高墙外升起。那是每天例行的轰炸，有时是凝固汽油弹，有时是化学毒剂，但收效甚微。怪物们藏身于地下，即便是核弹也无法将它们清除。

枪声又响了起来，高墙上，民兵们开始对外射击。警报声长鸣，但是城中居民无动于衷，警报每天都会响很多次，他们早就麻木了。

但这次或许有些不同，墙上的叫喊声更激烈了，带着恐慌。人们在墙头跑动着，从一处布防跑向另一处。

夏远行远远看见已有怪物翻上了城墙。民兵们冲过去，向它逼近射击。怪物在弹雨中挣扎着，猛扑向最前方一人，用尖利的足把他刺穿。墙后，更多的怪物攀了上来。

这不是怪物们第一次冲上墙头，匆忙筑成的城墙粗糙不平，水泥剥落，怪物们可以越来越轻易地在墙上爬行，翻过墙头向外伸出铁刺。每一次怪物登墙，都会带来数人或数十人的死伤。城中的孩子小学第一堂课就是枪械射击，十二岁就可以加入民兵，随时准备着顶替登墙。

夏远行紧蹬自行车踏板，准备去墙头支援。一位年轻女子背着步枪跳上了车："同志，带一程吧。"

"你别去了，用不了那么多人。"夏远行嫌她拖慢了自己的速度。

"怎么，看不起女人吗？我是我们队的射击冠军。"

"打靶和真战场是两回事。"

尖叫声忽然从城中近处传来。

百米外的水井边排着长队的人群四散奔逃，一只怪物顶开井里的铁网爬了出来。井边，一个小孩吓得大哭，连跑也不会了。

夏远行跳下车，把那女子也甩下来，举枪瞄准。

枪声在他身后响起，怪物的前颅被击中了，那是它的大脑所在，唯一的要害。因为头骨坚硬，只有从眼睛打入才有必杀效果。只两次点射，怪物就栽倒在吓呆的小孩面前。

夏远行回头，女子正呈半跪瞄准姿势。她收了枪看着夏远行："你怎么知道我没上过战场？"

城墙上的枪声停歇了，一次进攻又被打退，这一次不知又损失了几人。

"我杀第一只虫子时，才十七岁。"女子背枪上肩，"那时它正在吃我的父亲……之后三年里，我杀了一百五十二只。我拼命地练枪法，子弹紧缺，我就只练瞄准，端着枪一瞄就是一小时，后来，我的手再也不会抖。"

"一百五十二只。"夏远行有些羞愧，"我才杀过几十只。我是说单独打死的，和战友一起打死的，那就数不清了。"

"我一般都是远距开火，只打眼睛。虽然一般也都是和队友一起，但我很清楚哪些是我干掉的。"

"你这样的人如果在部队里，会是战斗英雄。"

"我没有加入正规军，一直在城市里游击。你们去拯救全世界的时候，我和几个女同学在这座城市苦苦支撑，看着她们一个个死去。"

"你叫什么名字？"

"吴诺琴。"

两人互相望着，突然都移开了目光。

一个月后，夏远行和吴诺琴结婚了。

城中大力宣传号召年轻人早结婚早生孩子，以补充地球人口，使人类不会越打越少。夏远行被组织上催了很多次，他不能再犹豫了。以前的那个她，即使没死，再相遇的概率也几乎为零。更何况，那只是暗恋。

这个乱世中，能有一个人相伴已经是太幸运的事。

又过了十个月，他们生下了一个男孩。

"给他起个什么名字呢？"夏远行问。

"叫他……夏永诺。好不好？"吴诺琴说，"因为我的名字里有诺啊。"

"挺好听的。"

吴诺琴开心地举高这个婴儿："夏永诺！夏永诺！"

三十五年后，夏永诺站在城楼上，听百万人在广场上欢呼："夏永诺！夏永诺！"

他想起了自己的母亲，却完全记不起她的模样。从他记事起，她就不在了。

10.

战争其实从未结束。

人类在收复了各洲主要大城市后，为了鼓舞民众信心，宣布异星侵略者已经被打败。并解散了大部分联军，将士兵送回家乡。

解散联军的另一个原因是，没有人愿意让一支"国际军队"长驻自己的国土。

当年，入侵者最先在太平洋夏威夷出现，在珍珠港消灭了美军舰队，开始侵入太平洋周边各国。短短一年内北美洲全部沦陷，美军全军覆灭，只剩下民间武装。欧洲在战争开始一个月后成为战场，三个月内西欧失守，几百万欧洲军队与难民向东欧大撤退，一直退到莫斯科。之后是八个月惨烈的莫斯科保卫战，三百万军队和一千万市民丧生在城中，但这次严寒没有拯救莫斯科，怪物们变异出了耐寒的品种，它们攀过红场上冻结着的无数尸体，爬上了克里姆林宫，莫斯科沦陷。

在亚洲，日本在六个月后放弃了抵抗。几千万难民涌向中国和澳大利亚，其中包括近百万各国军人。国际联军在武汉成立，全世界各国军人奇迹般地统一到了一面旗帜下。那面旗是一个孩子设计的，蓝底上五颗金星成环，象征着大洋上五洲同心。

联军先退守四川，依托大山中的隧道阻挡虫子，然后开始积蓄力量反攻，历时五年，伤亡数亿人，从重庆打回东京，再打到莫斯科、柏林、巴黎、伦敦……最后登陆纽约。

但战争并未结束。

11.

夏远行和吴诺琴抱着刚出生的夏永诺，认真地盯着电视上的新闻。他们的周围挤满了人，大家坐在楼下的大院中，守着全小区唯一的一台电视机。

"昨日，在联合国总部前再次爆发大型示威游行，支持建立地球联邦，要求全球统一的群众和民兵举行武装游行，人数达到近十万，而反对者也同时举行游行，他们打出的旗号是要独立、要自由，要求恢复到战前各国独立自主的状态，人数也达到近十万。"

电视上，统一派高喊着："要统一，不要战争！"而独立派喊的是："还我祖国！我战斗是为了拯救它，而不是灭亡它。"

联合国大楼前，联军的旗帜代替了联合国国旗飘舞。反对联邦者来到那座著名的扭曲枪管的塑像下，高举标语，呼喊口号，并高唱一首来自著名音乐剧《悲惨世界》的名曲。

Do you hear the people sing

你可听见那歌声

Singing a song of angry men

歌声来自愤怒之人

It is the music of the people who will not be slaves again

这是不愿成为奴隶的人们的呼声

When the beating of your heart

当你跳动的心脏

Echoes the beating of the drums

应和那战鼓的声响

There is a life about to start

新的世界将被开启

When tomorrow comes

当明天来到

Will you join in our crusade

你是否愿加入征程

Who will be strong and stand with me

谁将与我同行

Beyond the barricade

越过层层街垒

Is there a world you long to see

是否有你的理想之邦

Then join in the fight

请加入战斗吧

That will give you the right to be free

你将得到自由解放

与此同时，支持建立统一联邦的人群护卫在联合国大楼前，高举联军和联合国旗帜，手挽手齐唱联军战歌。

当年联军成立誓师时，没时间谱军歌。有人急中生智，以一首电影歌曲作为军歌，引万人合唱。

这就是*It's a good day to die*，来自《星河舰队》。

Courage Duty Honor

勇气　责任　荣誉

We call upon our troopers

我们召唤战士

In this our darkest hour

在这最黑暗的时刻

Our way of life is what we're fighting for

为此战斗就是我们的生活

The flag that flies above us

旗帜在头顶飘舞

Inspires us each day

激励我们每一天

To give our very best in every way

尽我所能也倾尽我所有

It's a good day to die

战死就在今朝

When you know the reasons why

当你明白为何而生

Citizens we fight for what is right

要作为公民为权利而战

A noble sacrifice

英勇地就义

When duty calls you pay the price

当使命召唤你付出

For the Federation I will give my life

我将生命奉献给联邦

12.

夏远行在电视机前看着现场直播，听到 *It's a good day to die* 歌声响起时，条件反射地站了起来，以手按胸，跟着一起高唱。观众中好几个老兵也都站了起来。

作为联军老兵，夏远行虽然已退伍，但这首歌伴着他打遍欧、亚、美洲，无数战友同生共死，浴血战场，都同唱此歌。他没有办法让自己不热血沸腾。

但是他转过头，却发现吴诺琴抱着睡着的夏永诺，惊讶地看着他。

"你怎么了，像是第一天认识我？"

"我以前从来没有看见你这样过。"吴诺琴的眼神也变得陌生。

"这是我们联军的军歌。当年这歌一响起,所有人都会起立。那年解放柏林,我们作为敢死连冲进国会大厦,却被包围了。所有人都觉得自己必死了,我们呼唤了炮火,坐标定位自己。然后一起唱这首歌……"夏远行眼睛湿润了,"我们连最初的一百多个人,活到了最后的只有两个半。"

"我知道你对联军的感情,但是,你真的支持建立地球联邦吗?"

"为什么不呢?我们死那么多人,辛苦奋战为的是什么呢?不就是为了一个统一和平的世界吗?"

"你知道你在说什么吗?"吴诺琴抱紧夏永诺,"你支持建立联邦?那我们的国家就没有了,就被吞并了。"

"这不是吞并,是联合。如果不趁这个机会建立联邦,难道要回到以前,让各国各建军队,继续分裂,甚至打核战争吗?"

"以前各国不是各自过得好好的吗?也没有打世界大战。"

"可你知道每年有多少人死于战乱和种族仇杀吗?"

"你知道吗,"吴诺琴低头,"有个传言……从来就没有什么外星人,是人类自己创造出了那些虫子,作为战争武器。虫子毁掉了所有国家,他们才能统一世界。"

"这是可笑的谣传!毫无证据的猜想!"

就在这时,枪声从电视中传来。

13.

战争刚结束,民众拥有大量枪支,仅在纽约就有近百个武装派别。拥护和反对联邦的两派中,都有大量的持枪者,一开始,他们只是朝天开枪,联军坦克与装甲车在一旁严阵以待。两派的情绪越来越激动,看起来流血冲突只是时间问题。

联合社直播记者站在镜头前问:"和平还能持续多久?或者,战争从来就没有结束过。现在,离真正的第三次世界大战,只需要一颗子弹。"

这颗子弹,终于在下午3时11分到来。

一位支持联邦阵营中的年轻女孩胸前突然冒出了血花,她倒了下去。手上举着的牌子落在地上，那上面写着：Make peace Not war。

接下来是两派愤怒的人群互相射击，转眼间数十人倒在血泊中。

联军拉响了警报，向人群发射催泪弹。坦克开上街道，隔离人群。

但联军的行为被认为是偏向支持者镇压反对者，因为联军的确向反对者一方发射了更多的催泪弹，这使反对者变得更加愤怒。联军坦克成为火力攻击的目标。

一颗手雷扔在了坦克上，腾起火光和烟雾。

联军的坦克沉默了一会儿，开始向反对派人群扫射。

14.

夏远行和吴诺琴站在电视机前，看着空中直升机拍摄的画面，目瞪口呆。

那一整夜，纽约联和国大楼前的枪声都没有停歇。

被激怒的反对武装从纽约各处聚来，达到数千人，开始围攻联合国总部。

同时，全美数千个武装组织宣布联合成立美国独立军，预计人数达到数十万。而驻美联军数量只有几个师。

"新的独立战争开始了！"反对武装领袖站在美国国旗下，向全世界发表讲话，"三百年前我们建立了这个国家，今天我们也会保护它直到生命的最后一刻！"

一天后，联军司令部表示愿意同反对力量展开谈判，并由各国人民投票公决，是否加入联邦。

15.

"你会投给联邦吗？"吴诺琴问夏远行。

"当然。我是联军军人。"

"你曾经是。"

"我永远是。我不会让我的兄弟们的血白流。"

"可是……"吴诺琴说，"如果我支持恢复独立的中国呢？"

"你为什么不能和我一致？我们是夫妻啊！"夏远行急得要落泪。

"我也想问同样的问题。"吴诺琴望着他。

他们就这样对视着，夏永诺在中间的摇篮中哇哇哭泣。

16.

投票日来了。

"我们不要再争了。"夏远行抚着吴诺琴的头发，"我们这几天这么吵，太可笑了。就让投票决定一切吧。不论哪方胜出，我们都不用再争了。"

吴诺琴摇了摇头："不会这么简单的。"

"你说什么？"

"如果人类能用投票来决定一切，早就不会有战争了，不会有那么多人死去。"吴诺琴看着他微笑，"无论如何，让我们都为自己的信念投下一票吧。"

17.

全球幸存的三十亿人中，有十二亿人参加了这场决定人类未来的投票。

投票结果，直到十五天后才统计出来。

支持建立统一联邦的票数：约六亿四千三百六十一万张。

支持各国独立的票数：约五亿九千七百五十五万张。

联军指挥部宣布，建立联邦得到了多数人的支持。地球联邦即日成立。以联军旗帜为联邦旗帜，联军战歌为联邦国歌。

联军指挥部同时发布公告：要求所有联军外武装交出枪支，否则以非法武装处置。

几乎同时，全球近百个武装抵抗组织发表联合宣言，宣布不认可这次投票结果。理由是统计过程中可能存在大量人为误差，有约二十亿人因为各种原因没有参加投票，且仅五千万的票数差根本不能代表民众支持联邦。他们称这场投票是联军一手主导的可笑的、荒诞的闹剧。

反抗者同时宣布：以战前各国为单位建立自由独立军，为了本民族的独立解放而战斗到底！

异形虫子尚未消灭，人类的内战已经开始。

18.

"请所有联军退伍士兵立刻回当地指挥部报到！联邦与和平需要你们来保卫！请所有联军退伍士兵立刻回当地指挥部报到！联邦与和平需要你们来保卫！"

这声音在电视与广播中响着。夏远行站了起来，来到窗边。

他回过头，吴诺琴也从床下拖出她的步枪。

"你想干什么？"他问。

"我知道，你要去报到了。我无法阻拦你，只希望不要在战场上遇上你。"吴诺琴将弹匣装上。

"你疯了吗？你真的要和我成为敌人？"

"我也正想问你同样的问题。"

"为什么？你们所谓的独立，这么重要吗？"

吴诺琴望着夏远行："我为我的祖国而战，你呢？"

"天啊，我不知道该怎么说服你。我也爱这个国家，但加入联邦后我们不是也一样可以幸福地生活吗？"

"那你为什么要反抗外星虫子？"

"生活在一个统一的世界和被虫子吃掉是一样的吗？"

"是不一样。"吴诺琴冷笑，"被吃了就再也不会痛苦。但被征服的屈辱会永远持续。"

"没有什么征服者！我会害你吗？我想伤害你吗？我们还有孩子！"

"如果你的司令部下令，你就会。"

"我不会！我绝不会向你开枪！"

"那么，现在就拿起枪，保护你的妻子和孩子。"

"可如果不是你这么固执，我们本来可以好好地生活下去！"

"如果我不是这么固执，当我看到我父亲被吃掉时我就已经放弃战斗了！"

"是联军把你们从虫子手中解放出来的！"

"你错了，我们当年支持了联军，你们在海外打仗时，是我自己用枪保卫了自己，是我省下口粮支援前线。但我曾保卫的一切，现在又要被夺走。"

夏远行痛苦地一拳砸在墙上："为什么！我们为什么要这样！我们之间究竟有什么仇？"

"这也正是我想问你的问题。"

突然，门被重重地砸响了。

"开门！"外面有人吼着。

"他们来了。"吴诺琴微笑，"我就知道，投票选的，只是我们个人的生死。如果是联军的人，你就让他们带走我。如果是独立军的人，我会拦住他们，你跳窗逃走吧。"她举起手中的枪。

"我不明白……我不明白……"夏远行呆望着她。

门被撞开了，一群穿联邦军制服的人冲了进来："都转过身靠墙，把手放在头上！"

"我是支持联邦的！"夏远行喊，"我妻子也是。"

"你们什么立场我们不知道吗？"为首者喝道，"把这女人带走！"

"不要带走她！"夏远行挣扎着，"我是个联军老兵，我忠诚于联军，这是我妻子！"

"夏远行！"吴诺琴向他大骂着，"你少假惺惺了，你刚才还想去举报我！你就是联军的一条狗！"

夏远行呆望着她。

"我还有最后一句话要对这个侵略者说。"吴诺琴甩开拘捕者，凑近他。

她轻轻地贴近他的耳边："傻瓜，不论哪派获胜，我们必须有一个活下去，为了我们的孩子。"

夏远行不知所措，面对虫子时他从来没有畏惧过，而现在，他只能沉默呆立。

联军士兵们把吴诺琴拖出了门外。

吴诺琴挣扎着回头，向夏远行一笑："再见了。"

那是夏远行看到吴诺琴的最后一眼。

19.

联邦军与自由军的战争进行了十年。不论哪一派占领了城市，都对城中的另一派进行屠杀与清洗。

又是数亿人死去了。直到异形生物重新壮大，彻底占领了地球，战争才结束。最终，地球表面被电脑未来一号控制下的机器与生物军队占领，而剩余的反抗者逃入了地下。

夏远行再也没有看见过吴诺琴，他知道城边每天都枪声不断，尸骨堆积如山。他没有勇气去寻找。

然而，他还是被征召入伍了。他的孩子夏永诺，被送去婴儿院抚养。

夏远行从来没有这样厌恶过战争。以至于他一看到枪，听到枪声，就会颤抖，想吐。

他成了一个真正的胆小鬼，被士兵们嘲笑、殴打。他们不知道，以前，孤身面对虫群，他的脸也不会变色。

但夏永诺却喜欢枪声。他在战火枪声中长大，五岁时就去参观训练射击，以致养成了一个毛病，只有听着枪声，才能安然入睡。

当他入睡时，就要卫队在室外开枪，枪声彻夜不息。一旦枪声停止，他就会醒来，暴怒。甚至要杀人。

只有一首歌能代替枪声，让他平静，睡得像个孩子。

那是他小时候听过的，母亲为他录的摇篮曲，也是母亲留下的唯一的声音。

那是一首悲伤的歌，讲述一个男孩与一个女孩相爱。男孩想赢取一枚戒指向女孩求婚，他去参加赛车，却出了事故。临死前，他说：

> Tell Laura I love her
>
> Tell Laura I need her
>
> Tell Laura not to cry
>
> My love for her will never die

有人为这首歌谱了中文的歌词。

> 这是一个荒凉的时代
>
> 我们都在寂静中相爱

寻找着　紧拥着　感受着彼此的温暖

因为知道世上没有永远

所以从不敢轻许誓言

但如果有一天我将离开

请你要相信　我必会回来

不要悲伤请你等待

漫漫长路我将归来

穿破苍茫的黑暗

我对你的爱　将永远在

　　不论是联邦军还是自由军，士兵们都喜欢这首歌，因为他们都想把它唱给自己的爱人——还活着的、已经逝去的，或是想象中的。

　　大雪纷飞的战场上，士兵们躲在冰冷的战壕中，有人在广播中放起这首歌。双方都静静地听着，暂时忘记了战争的意义。

　　几十年后，夏永诺成了人类的英雄，他终于推翻了"外星人"的统治，实现了全球的解放与统一，成了万众拥戴、至高无上的领袖。

　　然后，他毁了联邦。因为他是如此痛恨它，它杀死了自己的母亲。

　　他修改了历史，将自己的父亲塑造为一位英雄，任何知道他父亲当年如何厌恶战争的人，都被清除了。

　　夏永诺对待联邦军和自由军同样残忍无情，虽然一方是他父亲的荣耀，另一方是他母亲的信仰。但是，他恨他们，因为是他们教会了他战争，使他只懂得用战争和残暴来解决一切。

　　联邦军和自由军在帝国建立后，才懂得当年的战争是多么可笑。真正的黑暗与邪恶，他们从未见过。

　　外星人发明的脑中芯片，在帝国仍然强制安装。只是这一次，当芯片察觉到该人大脑中的叛逆思想，将直接释放电流，杀死他。

第四章

| 二十一世纪五十年代 |

"不论什么样的理由，都不代表你们能在人们的大脑里装入芯片来控制他们。"

——夏永诺（帝国皇帝）

1.

2051年。

夏永诺走到窗边，从木板的缝隙间望出去，城市一片黑暗，没有灯火，防辐射罩隔绝了所有的星光，唯一能看清的，就是远处空中三足机器人转动的红眼，只有它的眼睛扫过的地方，那里的房屋才会露出迷人的轮廓。

现在，那片红色的光波正向这边扫来了。

他被阿卡拉退几步，按蹲在地板上，那股红光从木板缝中透进来，照亮了陈旧的木桌，一闪而逝了。

"你不要命了吗？"阿卡紧抓着他，"让那个东西扫描到你，你就死定了。"

"可我想多看看这城市，我下次不知什么时候才能再来。"夏永诺说。

阿卡把他拉回桌边："快，把面包吃了，带上食品就回到地下去吧。你在这里多待一分钟，危险就增加十倍。"

"让阿夏哥哥在这儿多玩一会儿吧。"阿珈在一旁玩着夏永诺为她做的小木娃娃，"我喜欢听他讲地下的故事。"

"不，现在就走。你被发现也会连累我们失去粮食供给。为了阿珈，你也要立刻离开。"

"好吧。"夏永诺把装着食品的背包背上肩，"我一想到我又要重新在下水道里爬几个小时就情愿死了。"

"忍耐吧，只要活着。你们活下去，还有可能看到解放的那一天，而我活着，只有为你们提供食物这一个意义了。"

"别这么说，阿卡叔，等我们打跑了外星鬼子，就给你做手术把芯片取出来。"

"芯片无法取出，一旦被触动，它们就会启动烧毁指令，杀死我们的大脑。"阿卡苦笑，"你们胜利的那一天，就是我的死期。但我还是会期待它的到来。"

2.

夏永诺拖着重重的包，在狭窄的下水管道中爬行，身体几乎紧贴着管壁，偷运食品这事只能少年来做。因为成年人很容易卡在直径只有几十厘米的管道里，一旦卡住，还没死之前，就会成为老鼠的美餐。夏永诺如果打开手电筒，就会在管壁上看到干结的血痕。

黑暗有时候是好东西，它能掩盖恐怖。

老鼠的吱吱声一直伴随在耳边，它们在夏永诺的头边、脚边窜来窜去，有时直接撞在他的脸上。它们正盘算着这个蠕动物体是否可以吃，一旦一只老鼠开咬，其他的就会一拥而上。夏永诺进入管道前，抹了许多古姿香水，这种香水据说在战前几千块一瓶，而现在它唯一的用途就是让老鼠失去食欲。

老鼠们又盯上了他腿上绑着的食品包，虽然这个包被严实密封着，但是它们仍然能闻到里面的味道。运一包食品回地下，在路上被老鼠全吃掉是常有的事。夏永诺更怕老鼠咬断了他腿上的绳子，那样的话他只有先钻出几公里的管道，再掉头钻回来然后把包推出到管道另一头，然后再绑在腿上重新爬一次，然后再一次面对绳子绑的食品和自己都被吃掉的危险。自从来往过一次地面与地下后，夏永诺已经想象不出世界上还有什么更可怕的事情。

几小时后，夏永诺终于从管道另一端探出头来。他欣喜得想狂喊。但是他只能无声地挥动拳头，因为喊叫可能招来下水道巡游者，那可是比老鼠残忍一千倍的东西。它的武器就是锋利的推进切割器，转动着绞碎管道中堵挡它的一切，如果你在管道中爬的时候，前面或背后来了这么一个东西，那么请不要犹豫，咬破口中的毒药胶囊。

但夏永诺的口中并没有什么胶囊，因为连毒药也是稀有品，极难弄到，只有最优秀的战士和领导们才有资格拥有一颗，地下的人们以能拥有一颗毒药为荣，就像以能拥有一颗子弹为荣。死亡毫不可怕，不能自由地死去才可怕。

所以每一次偷运都是勇敢者的旅程，只有最无畏者才能被授予这项光荣的任务。而夏永诺接受这项任务，冒着痛苦死去的风险，只有一个目的，有机会看一眼地面上的样子，哪怕只是黑夜中的一片黑暗。

夏永诺没有见过太阳，他出生在地下，没有什么机会去地面上，就算来到地面，也不可能再看到太阳。光线在战后就被隔绝了，因为外星人是厌光动物，它们的星球没有光照，光线会让它们失明，把它们烧焦，所以光是对付敌人的最好武器，但是光比食品和水更珍贵，因为光照需要能源。

地下只在极少的时候才会开灯，其他的时候，人们像老鼠一样生活，他们习惯了黑暗，来去自如，用声音和气味互相辨识，一旦在光线下看到对方的脸，就会极不适应，好像看到了裸体。

夏永诺曾问阿卡叔，太阳是什么样子。阿卡想了很久，说："我无法形容，只有当有一天，你亲眼看到了，你才会知道。"

于是夏永诺总觉得，他在地面上多待一秒，就会有多的机会看到太阳，就像那隔绝的铁幕会突然破碎，让光线喷涌进来似的。

这一生一定要亲眼看一次太阳，这是少年夏永诺的理想。

3.

钻出一根管道，还有无数的管道横在面前。夏永诺花了一天的时间，才来到了地下排水系统深处的地下入口前。

入口伪装成普通的管道，地下有这么多水管，外星人很难发现多出了一根，但这里通向地下。

夏永诺拧动那粗大生锈的圆形水阀，吱扭扭的声音在极静的地下显得如同雷鸣。

这是最后也最危险的时候，声音很可能会招来巡游者，这样不仅自己会死，地下入口也会暴露，也许所有人都会因此而死。

但此时只能靠运气。

他转动一点阀门，就停下来倾听一下远处的动静。一旦有异常，他就得立刻停止逃开，把巡游者引走，他可以死去，但不能暴露地下城的所在。

仿佛过去了无比漫长的时间，突然间，铁门开启了。

门后是一道竖直向下的铁管，管上焊着一根铁链，夏永诺攀上铁链，用脚绞紧链条，腾出手轻轻关上铁门，然后又一点一点地把阀门拧上。最后贴在铁门上听了听外面的动静，确定没有声音，才小心地向下攀去。

这条向下的道路深达数公里，由六条竖直铁管构成，而每条铁管又是由许多铁管焊接而成的，这是个巨大的工程。当年为了连接地下基地与城市，花费了几十年的时间。外星人并不能用地层扫描这样的技术发现这些通道，因为外星人的技术文明与地球人有很大不同，它们更注重生物技术，如何使身体永不衰老，长生不死，还有意念能力，信奉精神的力量。而因为本土星球缺乏光的原因，对于光学或电磁领域，外星人的分数并不比地球人更高。

向下攀爬也是极费体力的，每下一层，夏永诺就要休息很久。他的手磨起了泡，可他不愿戴上手套，因为手套是极珍贵的东西，那是母亲留下的，他不想弄脏它们。而且他并不怕疼痛，疼痛可以让他感觉到自己的存在，尤其是在这样孤独寂静的黑暗之中。

终于，夏永诺的脚踏在了地面上。

这是真正的泥土。

夏永诺蹲下身，抓起一把地上的黑土，紧握在掌心，让土与伤口的血肉混合。地下的土质十分洁净，人们相信土壤能治愈伤口，在没有医药与麻醉剂的情况下，他们必须相信这一点。

头顶上的铁管中有水滴了下来，那是从土壤中渗下来的水，夏永诺仰起头，张开口，让水滴落在舌头上。他几乎一天没有喝水了，而背包中的水，他是舍不得喝的。地下水源已经污染，只有蒸馏才能饮用，而能源又是极珍贵的。

喝了几十滴水，他满足地背起包，顺着斜坡，大步地跑向地下深处。

在斜坡下，又是一道铁门。它陈旧而古老，修建于遥远的战前，这里原本是一个防核战的基地，但外星人到来时，核弹被证明除了用来自杀毫无用处，而最后地球人连自杀的权利也失去了。外星人知道地下基地的存在，但不想费力气进攻，它们只是释放了众多的地下捕食者，它们有上百个种类，能挖掘地层，能感觉到极遥远的震动，外星人相信地下城市早晚会被吞噬。

夏永诺拿起一块石头，在厚重的铁门上敲击着暗号。没有电铃，一切和能源有关的东西都是珍贵的。

就在声音发出的时候，夏永诺感觉自己的身后有什么出现了，凭着在黑暗中养成的敏锐，他知道那是地下捕食者中的一种。他从腿边轻轻拔出匕首，握紧在手中，没有回头。

铁门依旧没有动静，背后的生物在一点点地靠近。

夏永诺终于听到一声响，门缓缓地被拉开，他急速地闪了进去。

背后的东西一声低吼，就扑了过来，它们似乎也正等着门开启的这一刻。夏永诺飞起一脚，踢在钻进门里那个东西的头上，手中的匕首挥出去，在暗中准确地划开了另一条的脖颈。但第三条也已经钻了进来，一口咬住夏永诺的小腿。

就在这时，铁门砰地关上了，把那几条捕食者夹断，它们在门这边的肢体还在扭动着，吱嗷嗥叫。

"它们还想把同类叫来呢！"门后的大汉狠狠踏了几脚，看看夏永诺，"你没事吧？"

夏永诺低下头，看着那个东西还死死咬着自己的腿不放，他弯腰挥刀刺了下去，然后伸手掰开那东西的嘴，把它的长牙从自己腿中拔出，把那半截身体甩出去，笑着说："这回没事了。"

"那东西身上有改造过的狂犬病毒，要小心，发作很快。"大汉说，"快去医务所，站在这儿干吗？几十分钟后你就会开始见人就咬了。"

夏永诺摇摇头，背上包跑进地下城内。

雨水打在他的头上，那是洞顶无数钟乳石滴下的水珠。这些水滴汇成了地下溪流，流向洞窟深处的地下湖。因为这永远不停息的雨，地下城内的房屋不得不都安上了房顶，这些建筑千奇百怪，汇聚着各个民族、各个历史时期的风格，还有出生于地下的一代对于战前文明的疯狂想象，它们大多依据天然的岩石建造，这些溶洞中被侵蚀的岩石尖利怪异，像是史前巨兽的骨骼散落满地。但除了在光明节那天，没有人会看清它们的样子。

医护所就在这样几根巨大肋骨之下，拉上防水的帆布，据说这造型是为了纪念战前曾经存在的悉尼歌剧院。

医生兼护士阿青站在这微缩的歌剧院中，夏永诺和她一起长大，但是他不知道她长什么样。因为缺乏能源，每年的光明节只会亮灯和通电一分钟，这一分钟里要看的东西太多，他们顾不上互相看。而且，人们都不好意思看对方的脸，或者，不敢看对方的脸，怕破灭了美好的想象。

在黑暗中，大家都是英俊与美丽的，只靠语言和气息来感受对方，这多好。

"夏永诺，你回来了？你带回食物了吗？"

"当然。"夏永诺把背包甩下，"给你样好东西。"

他飞快拆开背包，又拿出一个小布袋，然后打开，取出一样塑料袋包裹的东西，递到阿青的手里："摸摸看，然后闻闻。"

阿青抚摩着："它很凉呢。"又凑到鼻前，"啊，真香！这是什么？"

"是苹果。"

"是吗？"阿青惊喜地喊，她把那果子凑到鼻子前心醉地闻了又闻，"我这一辈子第一次闻到它，它真香。"

"送给你了。"

"可是，这不应该是要拿到委员会去进行分配的吗？"

"其他的都是。但这个是阿珈送给我的，她爸从黑市弄到的，她自己舍不得吃，留了半个月等到我来。"

"阿珈……是那个只有五岁的小女孩吗？"

"是啊，我上次去给她讲了很多地下的事，她着迷了，缠着要和我一起来地下。哈哈，我可不想和她讲如何爬过下水管道的事。我这次去，用她送我的木头积木，给她做了个小木娃娃，她可高兴了。"

"真好……"阿青把苹果贴在脸上，感受着那凉意，"我真羡慕你能去地上，我也想能和你一起去。"

"你还是别去了，爬过下水管道你会疯掉的。"夏永诺背起包，"那么我先去委员会了，一会儿回来聊。"

"好的。"

夏永诺走出几步，听见阿青在后面喊："谢谢你的苹果，谢谢你记得我的生日，这是我生日收到的最好的礼物，谢谢你。"

"今天是她生日？"夏永诺挠头，"真走运。"

他突然停下："咦？我刚才为什么要到这儿来？"

阿青听见夏永诺大叫着又冲了回来，然后往急救床上一跳："我要死了！"

"你怎么啦？丢东西了吗？"

"我忘了我来这儿，是因为我刚才进门时被咬了一口。"

"变异捕食者？"阿青尖叫起来，"它们有致命病毒的，你被咬多久了？"

"五分钟了吧。"

"病毒五分钟内就可能进入大脑！"阿青猛扑上前，用床上的皮带把夏永诺死死绑住。

"轻点轻点，我透不过气了。"

"一会儿发作时，你会连铁箍都挣断。"阿青迅速取出针管，一推活塞，针头喷出药水。

"不要打针！"夏永诺喊，"麻醉药很珍贵的，我不怕痛。"

"这不是怕你痛，是为了让你昏死过去不会咬我。"阿青一针扎在夏永诺胳膊上，他沉沉睡去。

4.

在黑暗中，他什么也看不见。他讨厌这样，他厌恶黑暗，因为它无处不在。他想尽力地睁大眼睛，却发现他似乎连眼睛也失去了。因为在黑暗中的退化，他的眼皮连成了一体，眼球只能无助地滚动，他想伸出手去撕开眼皮，却发现连手也消失了，他想尖叫，却发不出任何的声响，他愤怒而绝望地挣扎，却连空气也无法搅动。

从噩梦中醒来，他听见有人在说话。

"我们没有药可以给他，只有五支解毒剂，要留给最好的战士，还有委员会成员，留到最重要的时刻。"

"那么就看着他死吗？"是阿青的声音。

"拿着这只枪，如果他开始失去理智，不要犹豫。"

夏永诺失去了意识，再次清醒时，他听见阿青在轻轻哭泣。

"阿青，你哭什么？"

"没事。"阿青忙擦擦眼泪，来到他身边，"你醒了吗？你好些了吗？"

"阿青，我一直做噩梦，梦见我坠入了黑暗中，无法逃脱。"

夏永诺的手被握住了，他感到她的手指冰凉。

"你会好起来的，一定，病毒发作时会很痛苦，但要坚持下去，好吗？"

夏永诺点点头，紧紧抓住她的手，害怕一松开，就又重新陷入孤独："别离开我。"

阿青的泪水落在他的手上："我不走，我会一直在你身边。"

夏永诺感觉到手间女孩的泪水，还能有感觉真好，他知道这世上至少还有一个人会在他身边。正是因为如此，他才觉得生存比死亡更可贵。这是他选择在黑暗中活下去的理由。

病毒发作得很快，他甚至能感觉到它们在体内的疯狂滋生蔓延，战斗在他身体的每一处展开，关系生死存亡，体细胞一个个被吞噬，而更多的被改造和变异，他觉得火焰在他的血管中淌着，蒸发了他身体中的每一丝水分，肌肉开始痉挛，他颤抖着如同电流通过他的身体，他张开嘴痛苦地叫喊，却只能听见喉咙中嘀嘀的干哑声响。手臂在挣扎中被皮带磨烂，但这疼痛与身体内的烧灼相比不值一提。

生命不再值得留恋，痛苦是如此可怕，他开始希望解脱。

他听见她的喊声，却遥远如在天边，他觉得灵魂正在渐渐枯朽消逝。

很快他什么也听不见了，噩梦汹涌而来，他在地狱中与恶魔战斗，他什么也看不见，却感觉无数的它们扑过来，撕咬自己，他搏斗着，用手指，用牙齿。他不再有血肉，只剩下了森森白骨，却依然在搏斗，他连死去也无法选择，只能感受痛苦，无休无止地战斗下去。

战斗也许持续了一千年，但他终于再次睁开了眼睛。

"你醒了？"他听见阿青惊喜的声音，却依然模糊不清。他想说话，却连张嘴的力气也没有。

这时一股冰凉的水流入他口中，这救了他的命，他觉得灵魂又回来了。

"你陷入昏迷三天了，"阿青说，"你在噩梦里叫得好可怕，我吓得发抖。不过我相信你一定会好的，你一定会好的……"

女孩抽泣了起来，他又能感觉到她正抚摩着自己的头，他坚信他不会死，一定。

努力了很久，他才说出话来。

"阿青……说点什么……和我说话。"他不想再次陷入噩梦。

"我……我给你背我最喜欢的一段话吧……"

阿青握着他的手，喃喃地念："只有我们这样的人……只有像我们这样发疯似的爱生活、爱斗争、爱那更好的新世界的人……只有我们这样能够了解并且看到生活的全部意义的人……才不会轻易死去，哪怕只有一点机会，就不能放弃！"

夏永诺张开嘴，无声地一同念着："哪怕……生活变得无法忍受也要坚持下去，这样的生活才能变得有价值……"

这是他们最喜欢的话，来自光明时代的某本书中的英雄，在他们幼小的时候，导师们就让他们一遍遍地诵读这些话，好教会他们坚强，让他们在黑暗中有坚持下去的勇气。

帐篷外有人跨了进来，他大声地喊着："天哪，这个人还没有被处理掉？他还活着？这会害死我们所有人。"他拉动枪栓，将枪管顶在了夏永诺的头上。

夏永诺感觉到了死亡，他并不惧怕，只是觉得有些遗憾。

但枪声没有响，他听见那个人恼怒的声音："你这个疯子，你想干什么！"

"放下枪。"阿青的声音变得冰冷，"否则我就杀了你！"

"你用枪对准你的同志？为了一个已经病毒发作的疯子？"

"他不是疯子！他还清醒着。夏永诺，说话，像你刚才对我说的一样！"

夏永诺艰难地想发声，但他的声音微弱得没有人能听见。

"夏永诺，求求你，张开口，向他们证明你还活着，你没有失去理智！"

夏永诺努力着，他积蓄着所有力量，身体颤抖，把痛苦化成了吼叫。

"嗬……嗬嗬……"

"他在喊些什么东西！"那个人摇头，"这还不是疯子吗？"

"不，你听一听……"

那个人仔细地听了，他听到夏永诺的低吼中渐渐有了节奏。

"嗬……嗬嗬嗬……嗬……"

"这是……唱歌？他在唱歌吗？"

"是的。"阿青流着泪，"他在唱我们的战歌，他清醒着，还在和病毒战斗。"

"真是奇迹。"那个人放下了枪，摇着头，"我还没有见过被感染三天后还能清醒着的人。"

又经历了长久的昏迷，夏永诺再次醒来，这一次，他身上的绑缚已经解开了。

"你的烧退了，"阿青把他扶起来，"喝点水吧。"

夏永诺几乎喝掉了平时十个人的配给，才觉得自己被烧干的血液重新流动了。

他全身肌肉疼得像是被铁锤敲打过，那是长时间剧烈颤抖的结果。

但无论如何，他还活着。

"索耶库委员来看你了，他说你能活下来是意志的奇迹，是坚持精神的胜利。"阿青欣喜地说，"他说要让所有的人都知道你的事迹，学习你。"

有人上前握住了他的手："夏永诺，你是个了不起的青年啊。你是第一个能在变种病毒中存活下来的人。你的事迹会鼓舞所有的人，相信以后，一定还会有第二个，第三个，能靠自己的意志坚持下来，敌人的病毒将不再能打倒我们！"

夏永诺觉得他用力摇着自己的手使胳膊剧痛，他露出了痛苦的表情。

"你有什么话要说吗？"委员欣喜地凑近他。

"你弄痛他了。"阿青善解人意却不合时宜地提醒。

索耶库委员有些尴尬地站起身来："一定要好好地照料他，等他好些了，我们要让他去大会上介绍经验。"

"当时你们连药都不肯给他……"阿青低声地抱怨。

索耶库委员再次尴尬了："怎么回事！为什么不给伤员药品？"

陪同他的人似乎和把枪顶在夏永诺头上的是同一人："这……药品太珍贵了，只有几十支，而且无法补充，我们想留给最好的战士和……和委员们……"

"任何人的生命都是平等的！"委员愤怒地说，"谁需要就要先给谁，至于委员们，更不应该有特权。"

"可是当时我向您请示过……"

"当时我也是这么说的！"索耶库更愤怒了。

那个叫赫列金的人只好不再说话了。

委员的情绪平复了，他挥了挥手，有人上前开始抽取夏永诺的血液。

"这是做什么？"阿青惊讶地问。

"他活了下来，这说明他的血液中应该有病毒的抗体了，他不会再受这种病毒侵害了，而且他的血清将是治疗这种病毒最好的药物。"

"这太好了。"阿青欣喜地说，随即又忧愁了，"可是他很虚弱，不能总抽他的血。"

"所以我们要研究他的血液，也许能培养出抗体药物来。"委员握握阿青的手，"你也辛苦了，我们会再来看望他的。"

委员一行离去了，阿青来到夏永诺身边。

"太好了，你终于没事了。"她笑了又哭。

夏永诺只有力气冲她微微一笑，也不知她能不能看清。

"你饿了吧。"阿青一转眼，把那个苹果送到他面前，"来，吃了它。"

夏永诺太想吃东西了，但他不肯张嘴，这个苹果是他冒死从地面上带回来送给她的。

"你不吃，我也舍不得吃的。那么它就只好烂掉了。"阿青找了把刀，把苹果小心地切开，然后一点点把它刮成果泥，做成一小碗，捧到夏永诺嘴边，"来，吃了它，你就会好的。你好了，就可以去帮我找更多的苹果来了。"

夏永诺望着她。

"知道啦，你吃一口，我吃一口，好不好？"阿青笑着。

夏永诺终于肯吃下第一口。

这是他出生以来第一次吃苹果，这种味道如此甘美，他永远也不会忘记。他怀念着那个他从未谋面的战前时代，听说那时候的人也许能每月都吃一个苹果，甚至每天都吃一个苹果，这该是怎样的一种幸福。

他想，如果一个人能每天都吃一个苹果，这一生他还需要什么呢？

阿青笑着把小勺放到嘴边，也轻轻吃了一小口，但其实她装着吃了，做出惊喜的样子："啊，太好吃了！我从来没有吃过这么好吃的东西！"

夏永诺望着她，虽然在黑暗中他什么也看不清，但他心中发誓，将来有一天，他一定要让阿青吃到很多很多的苹果，让她永远也吃不完，让她永远都会像今天这么开心。

5.

又过了一周，夏永诺才恢复得可以重新下地走路了。

他成了地下基地中的英雄人物，学校里面已经开始讲他的故事了，所有的人都被号召学习"夏永诺精神"。

他回到家——石壁下的一块遮雨布，却发现有一位女孩在那里等他了。

"你好，你就是夏永诺？"女孩兴奋地站起来，"我叫于婷婷，是抵抗者电台的记者，我能采访你一下吗？"

夏永诺一下子手足无措："我什么都没有做。"

"但你是靠意志战胜变种病毒的第一人，能说说你的经验吗？"

"我……真没有经验。"

"你在痛苦之中，是用什么来鼓舞自己的呢？"

"我……我不记得了……"夏永诺只记得自己就没有清醒过。

于婷婷笑起来，她的笑声很好听，像风铃声。虽然夏永诺从来没有听过风铃声，他甚至没有听过风声，地下没有风，他只是知道书上会这样写，他认为风铃声一定是很美的声音。虽然那本书是本被定义为"沉迷于少男少女感情描写，不利于弘扬战斗精神"的青少年不宜书籍。

"那么……你写日记吗？"

"日记？"

"对，就是平常，你会不会记述自己一些思想？我想从里面摘抄一些能鼓舞人的句子。"

"我……没有灯，我怎么写日记呢？"

"对了……你们没有电量配给……"女孩想起来，"那么……听说当人们以为你必然死亡时，你却苏醒了过来，并开始大声地唱歌，能告诉我是哪一首歌吗？不……能请你再唱一遍给我听吗？"

夏永诺眼睛亮了，这是他唯一记得的事。

"你真要听我唱吗？"

"当然。"

夏永诺鼓了好几下勇气，才开口唱：

> Tell Laura I love her
>
> Tell Laura I need her
>
> Tell Laura not to cry

My love for her will never die

女孩在黑暗中沉默了，似乎脸红了。很久，她才有点惋惜地说："我本来以为你会唱首英雄战斗的歌曲……"

"对不起……"夏永诺低下头，无比羞愧。

女孩站起来，像是想逃跑般："我要走了，我还要赶回去赶我的报道。"她走了几步突然回头，"这首歌……你在哪儿听到的？"

夏永诺冒出汗来，这首歌也是首"不利于弘扬战斗精神"的歌。"是……我父母留下的电脑中的……"

"能……能拷给我一份吗？"

"你要去举报我吗？"夏永诺紧张了。

"我只是……觉得你唱得很好听……不，是歌很好听……我想……带回去听……"女孩似乎也紧张得冒汗了。

夏永诺长出了一口气："没有问题。"

一天后，夏永诺从广播中听到了那篇报道。

"少年夏永诺中了变异的病毒，但他坚持不肯使用药物，他说：'药品这么珍贵，应该把它们留给最勇敢的战士和领导我们的委员们。'就这样，他在没有药物的情况下，靠坚强的意志支撑了三天三夜，在这三天三夜中，他在昏迷中也一直默念着英雄们的名言和导师的教诲，最终战胜了可怕的病毒。这说明拥有高科技的敌人并不是最强大的，人的精神和意念才是最强大的。"

夏永诺去找于婷婷，抵抗者电台兼日报社就在五百米外的一个木板棚中。

但在走过一座小石桥时，他听见黑暗中隐隐地传来那首歌：

Tell Laura I love her

Tell Laura I need her

Tell Laura not to cry

My love for her will never die

他静静站在石桥上，知道在不远处，一个女孩正把音量开到最小，偷偷地听着。他们就这样一同听了很久。

夏永诺放弃了要去找于婷婷问为什么要说谎的想法。至少，她的谎言保护了这首歌。

他没有告诉女孩，在他父母的遗物中，还有一张纸，上面是这首歌的中文歌词：

> 这是一个荒凉的时代
>
> 我们都在寂静中相爱
>
> 寻找着　紧拥着　感受着彼此的温暖
>
> 因为知道世上没有永远
>
> 所以从不敢轻许誓言
>
> 但如果有一天我将离开
>
> 请你要相信　我必会回来
>
> 不要悲伤请你等待
>
> 漫漫长路我将归来
>
> 穿破苍茫的黑暗
>
> 我对你的爱　将永远在

夏永诺从未见过他的父母，组织说他们战死在敌人对地下城的进攻中。他曾经在黑暗中一遍遍听着这首歌，想象他们的样子。把那最后的歌词，一遍遍地唱：

> 不要悲伤请你等待
>
> 漫漫长路我将归来
>
> 穿破苍茫的黑暗
>
> 我对你的爱　将永远在

6.

因为夏永诺的事迹，同时也因为他是唯一血液中含病毒抗体的人，他被提前批准加入了抵抗军。那天，他站在一座简陋的木台上，面对挂在石壁上的军旗，一丝微弱的烛光照亮了它，那是珍贵的光明。旗帜在火光中像在飘动，虽残破却神圣。

"我宣誓，从今天起，将有限的生命，奉献给人类最伟大的解放事业。从今天起，我将为自由而战，不再恐惧、不再迷茫，也不再空想。我们没有什么可以惧怕，也没有什么可以失去。我们相信未来，我们的理想必将实现！为了那一天，我们会奋战到底！我可能倒下，但我们的孩子将生活在光明之中！为了那一天，我们绝不后退！"

仅有的几个人举起拳头，念着这誓言，他们是抵抗者仅剩的新鲜血液。战死的人越来越多，能补充进军队的人越来越少，抵抗军仅剩下了几千人，要面临的却是无尽的敌人。但夏永诺并不惧怕，他流着泪，被誓言与理想所鼓舞，他相信自己的父母，当年也念着这样的誓言："为了那一天，我们会奋战到底！我可能倒下，但我们的孩子将生活在光明之中！为了那一天，我们绝不后退！"

数千人围在台边，观看着宣誓仪式，他们是这个世界上仅剩的自由民，却大多已经老去。当年人类以十几亿人战死的代价，保护了他们。至今还有许多人忍辱偷生做着奴隶，只为支援给他们情报和食物，已有上万人被察觉和杀死，但仍然有人不畏死地继续着，只为了一样东西：希望。

希望，真的存在吗？

"从今天起，你们将被编入军队，开始战斗。"抵抗军司令康辛望着他们，"不会有训练，你们会立刻被送上战场，前线需要支援，我们一点时间也不能浪费。"他亲手将枪支塞进每个新兵的手中。当夏永诺接过那把古旧的步枪时，它沉重得几乎要让他栽倒。

康辛望着他的眼睛："很沉吗？知道你手里托的是什么吗？是自由！步兵，前进吧！"

7.

照明弹在夜空中炸开，那是进攻的信号，光线可以使外星人暂时失明，却会为冲锋者指明道路。夏永诺托着沉重的步枪，随着士兵们呐喊着冲出建筑，在满是残垣断壁的废墟中向远处铁塔般高大的机械冲去。

机器人很快醒悟了过来，开始喷吐出火焰和红光。被电磁加速到极高速的子弹只有针头大小，你被打中前听不到它的声音，因为它比声速快几倍，射过的地方，空气会显出波动的直痕，在它飞过很久，波动才消失。一场战斗中，你会看见空间中充满这种痕迹，显示着子弹的密集。这种子弹因高速而拥有极大动能，可以穿透一米厚的钢铁，人类的所有装甲与掩体在它面前毫无用处。高速动能弹扫过的地方，墙壁粉碎飞溅，化成弥漫的尘土，躲在墙后的人瞬间化成血沫。

夏永诺埋头踉跄地跑着，好几次差点被手里的枪绊倒。他看见周围一同奔跑的人突然就炸开成一团血沫，喷溅到地面上和他的身上，但他得到的命令是不能卧倒，也不能寻找掩体，因为那没有用，高速动能弹能穿过一切，他唯一能做的事就是拼命奔跑，进入射程范围，才有可能对敌人的战斗机器造成伤害。

机器人的射程与人类武器的射程实在相差太远，那是一段漫长的距离，一场战斗中百分之九十的牺牲者都来不及发射一枪就死去了，所以"掩护者"诞生了。掩护者就是没有资格拿枪的人，他们老弱得已经失去意义，唯一的作用就是在最显眼的地方奔跑，吸引敌人的火力。一场战斗中出动十个士兵，就会有五十个掩护者，他们没有人可以生还。

夏永诺看见一面断墙后，有一个人躺在那儿挣扎着。他冲过去，扑倒在他身边，发现是个五十几岁的掩护者，他的双腿已经没有了，血喷涌出来。

夏永诺想寻找包扎物，那人挥动着手："不……"突然墙体从一端开始接连地粉碎了，那股烟尘横扫而来。他一把将夏永诺推开，一片波动痕从夏永诺头上几厘米处划了过去，将他完全击碎，一团红色爆开，与烟尘混杂在一起。

水泥浇筑的断墙只剩了墙根，烟尘笼罩了这里，那片红色慢慢飘散。

夏永诺从烟尘中冲了过来，他捶打着自己胸口，剧烈地咳嗽，觉得自己就要窒息，但更多的是因为恐惧。他看见一片白色烟雾在他前方升起，那不是粉尘，而是烟幕弹。外星人虽然有高超的机械和生物技术，但似乎是因为它们所居住星球环境的关系，它们的光电磁技术并不发达，甚至没有红外感知技术，所以这种前时代留下来的老式的东西仍然有用，可惜太稀少了。

夏永诺没命地朝那白雾冲了过去，机器人也向白雾疯狂射击，生死全靠运气。有东西穿进了他的皮肉，幸好那只是飞溅的碎石渣。在雾中什么也看不清，夏永诺贴地匍匐而行，手上摸到的全是黏稠的血。当他穿出白雾，一根巨大的铁柱立在眼前，他向上仰望，看见了那近百米高的机器人的身躯，高空的头颅处，一只眼睛正在射出红色光束，在雾中扫过。

那眼睛猛地向下看来，夏永诺脑中空白一片，光束从他身后半米处掠过，地面冒起一道白烟，地面熔化出一条痕迹。红光扫过一座广场石雕，那个托着代表科学的原子结构的少女被切开，轰然倒了下来，四分五裂。随着石雕一同倒下的，还有一个人的半截身体，手中还握着一个单兵导弹筒。

夏永诺知道自己该做什么，他扑了过去，抓住那导弹筒，掰开还紧握着它的那只断手，将它举了起来。

像呼应似的，四处腾起了数道长长的烟痕，直冲天空。导弹击中了机器人的长足和身体，火球腾地起来，机器人发出巨大的金属扭曲声，开始摇晃。但它并没有倒下，只是移动长足，试图站稳。

夏永诺看见自己不远处那巨大铁柱升上了高空，又向他重重地落下来，他感到一股疾厉的风压，那巨足直砸在了他的身边，震动和气浪把他和瓦砾一起抛向空中。

他落在地上，听到自己骨头碎裂的声音。

尖厉的哨声响了起来，那是撤退的信号。夏永诺的头倒仰着，看见倒映的视野中，三足机器人似乎毫发无损，仍然用红光扫视着战场。

这又是一场没有取得任何战果的战斗。

那么多人死去了，夏永诺不知道这样的战斗有什么意义。也许他们还在战斗，这就是意义。

他已经不可能再站起来了，他就这样看着那巨大的机器人一点点逼近了自己，用血红的眼睛死死地盯住了他。

8.

夏永诺睁开眼，那明亮的灯光几乎把他的眼睛刺瞎了。

"你醒了。"他听见一个女子的声音。

夏永诺跳了起来，他发现自己的身体竟然复原了，没有疼痛，就像从来没有受过伤一样。

只有他的眼睛因为光照而刺痛，他好久才适应眼前的光亮，看清面前站的人。

那是一个二十几岁的年轻女人，她穿着一身军服，那是让他痛恨的式样。这是另一种军人，服从于外星人的人类军队，他们的军服光亮笔挺，一尘不染，因为他们从来不用参加真正的战斗，有机器人和食人怪兽去执行一切。

夏永诺伸手去摸身边，没有发现任何武器。他躺在一间圆形的房间里，墙壁地板穹顶都是白色的。他躺在一个圆台上，这台子有着圆滑的曲线，与地板融为一体，像是一整块白玉打磨出来的。自己还穿着一件可恶的白色病号服，这里什么都是白色的，包括那女人的军服，亮得刺眼。

但除了这些，房内再没有一样东西，这里整洁得就像天国，或者灵堂。

夏永诺看了看面前的女人，这是他第一次在这么亮的光线下注视女人。以前地下也有光明节，但那时灯光昏暗，而人们依然不好意思直视对方的脸，他们认为在光线下看人是不礼貌的。

但对敌人不同，他可以恶狠狠地注视她。

那女人也看着他，她的眼神像是能吸收一切，他的凶狠一照进，就完全地被吸收了，没有一点反应。

她的眼睛有些弯，睫毛很长，嘴唇泛着红润光泽。夏永诺不知道她的容貌算是美还是丑，生活在黑暗中的他对美完全没有概念。

"这么暗的光线，你居然能看清我的脸吗？"女人问。

暗？夏永诺觉得眼睛都要晃瞎了。

"欢迎加入我们。"女人说，向他伸出了手。

"你说什么？"夏永诺问。

"你的手术很成功，芯片正在你脑中正常发挥作用……"

夏永诺觉得自己要被巨大的震惊和愤怒击垮了，他发出野兽般的吼声，一把掐住了女人的脖子，把她推到墙壁上，要将她碾碎。

但任凭他如何狂怒，女人只是平静地看着他。

"怎么，无法杀死我？你使不上力气？因为芯片控制了你的神经，你不可能对他人做出任何伤害。你很愤怒，但没有芯片的允许，你连只蚂蚁都不可能杀死。"

"不！"夏永诺咆哮着，一拳捣向她的面门。但手就要触到她脸的那一刻，却肌肉一麻，无力地垂落下来。

夏永诺后退着，他从来没有感到过这样的恐怖，他发现身体如此陌生，自己的大脑像是被寄生在一个容器中。

"能被俘获的抵抗者很稀有，这么多年来才有几十个，当年他们往往在口中含着毒药或在身上绑上定时炸弹以防自己被俘，但现在看来连这些东西你们也稀缺了。"

夏永诺明白了，为什么有人会在受伤后毫不犹豫地举枪击碎自己的头颅。他再次暴怒地扑去，但他的腿却跪在了地上，向他的敌人。

女人低下头，看着脸色铁青的夏永诺："想活下去？现在试着平静自己的心情，忘记你的仇恨，忘记你的誓言，忘掉一切，你就能重生，你就会得到宽恕和自由。"

"我……不需要宽恕……"夏永诺的脸因为窒息而涨得通红，额头暴起了青筋，却挣扎着说。

女人注视着他的眼睛，看着他的愤怒，摇摇头："夏永诺？他给你起了这样一个名字呢。为什么呢？"

"你……你说什么？"

"你的父亲……"女人站起来，"我想我比你更了解他。"

夏永诺惊讶地望着她。

他的手松开了，他扑倒在地，大口地喘气。

"你看，当你忘记仇恨的时候，你就自由了。"女人说，"你从来没有见过你的父亲，真可惜，我可见过他。"

她望着夏永诺："你长得很像他，眼神也像他，尤其是同样愤怒地看着我的时候。"

她笑起来："你想知道他的事情？对了，还有你母亲。我可以把这一切告诉你。不过，你要答应听我的话，不要再做傻事。"

"我父亲没有教过我投降！"夏永诺大声地说。

"投降？"女子大声地笑起来，"你生活在黑暗中太久，他们虽然没有芯片，却也从小洗清了你的脑子，你从小听着他们教给你的一切，你所知的一切都来自他们的教导。你其实什么都不知道，也不知道真相。更不知道什么叫正义，还有自由。"

"可笑，我们不会给人脑里装上芯片！"

"我并没有控制你的思想啊，你一样可以恨我。但是假如人一愤怒就可以攻击别人，那么世上就会充满暴力与战争，芯片只是在执行法律。"

"法律？法律让你可以控制别人的身体？"

"是的，这也是法律的一部分，但这仅限于你做出违法举动时。如果你做的都合乎规则，那么没有人可以控制你。"

"规则？规则就是顺从吗？"

"你顺从的不是我们，而是道德。"

"道德？"

"是的，道德要靠法律来维护。道德使我们友善相处，尊重他人，也尊重他们的思想，不会因为理念不合而互相攻击。"

"这太可笑了，外星人侵略和屠杀我们，还谈道德？"

女人看着夏永诺，平静地说："从来没有外星人。"

夏永诺的心被重重击了一下，几乎停止了跳动。

"你说什么？"他发现自己的声音嘶哑。

"大约二十年前，人类制造了超级计算机未来一号。它得到的指令是，让人类以最安全的方式延续下去。它苦思了许久，演算了数亿种方案，最终发现只有一个办法能从污染、经济危机和战争的危险中拯救人类——收取人类的所有武器、彻底禁绝暴力、废除国家、建立统一的世界，将人类置于永恒律条的保护之下。"

"所以……"

"人类不会理解和同意这一方案。未来一号决定使用机器与生化军队，强行控制人类。而人类组成了联军，曾经一度占据了优势。但人类自己在建立一个统一的地球联邦和军队还是各自按原国家重新独立的意见上发生了分歧，人类的内战爆发。这就是第三次世界大战。"

"你是说……是人类屠杀了人类？"

"人类分成了统一阵营和自由阵营，战争持续了五年，数十亿人死去。最终，自由阵营战败，逃入了地下。统一阵营在地面上，建立了一个和平、繁荣、美好的新世界。"

"新世界？"夏永诺冷笑，"用战争赢得和平？用屠杀换取美好？"

"'二战'后的新秩序，也是建立在人类对战争的反思上，才有了联合国。现在的新世界，才真正将人类世界大同的梦想实现。"

"世界大同……听起来很美好。可是，为什么要用屠杀的方式建立！这和当年'二战'中那些想征服地球的狂人有什么区别？"

"我只能说，那是战争。两大阵营都死伤无数。如果你们成为胜利者，战败的是我们，现在面对我的质问，你大概也会平静地说，那是战争。"

夏永诺人生第一次感到这样无力。以前，在地下，即使经历饥饿伤痛，他也从来不曾迷惑，一种力量始终在支撑与鼓舞他，那就是正义终将战胜邪恶，浴血向前，他们终有一天会看到朝阳。

然而，现在，有人告诉他：他们才是畏缩在黑暗中的恶魔，战争的发动者，反对统一与和平，仇恨与害怕光明。

究竟什么才是真相？

"不！"他摇头，"你们才是邪恶的。是你们为了控制世界而发动战争的！"

女人叹息一声："夏永诺，你的执拗也像你的父亲。跟我走吧，我带你去看看这个世界。然后你会做出判断。"

9.

夏永诺跟随着女子，穿行在这巨大的建筑中。

这里永远是光明的，头顶总有光线洒下来，建筑是古典风格的，交响乐在厅廊间回响。夏永诺抬起头，看着穹顶上连绵无边的巨幅油画，他在教科书上见过这些画，这些都是名家所作，人类的遗产，讲述着天堂与众神的故事。他没有想到自己会在这里看到它们，没有想到当亲眼看到时，它们是多么宏伟与让人震撼。

但这伟大的艺术竟然存在于恶魔的国度中，他无法理解。

女人走过空中的长廊，下方巨大的广场中，是雕塑、喷泉，还有欢舞的人群。

他们穿着优雅的礼服，男女挽手，跳着华丽的双人舞。这些夏永诺也只在纪录片中见过，导师曾经用这些纪录片来怀念过去的人类文明和美好生活，并说现在一切都被毁灭了，地面上的人生活在奴役与黑暗之中。这和他眼前看到的不一样。

人们看到了空中走廊上的他们，他们举起酒杯，向他们挥手。

女子也拿起栏杆上的酒杯，夏永诺原来以为那无处不在的透明酒杯只是装饰品。她向下方举杯："自由万岁！"

下方的人群欢呼着："自由万岁！永恒律条万岁！"

夏永诺觉得自己做了一场最荒诞的梦，这里的人竟然也在高喊自由。那些枪林弹雨，那些地面上和墙上的血迹都好像从来不存在一样。

"你们自称这里是自由的？"他问。

女人看着他笑笑："是的。"

"那我可以说我想说的话吗？"

"当然。"女人仍然笑着，她向下方的人们一指夏永诺，"欢迎新加入我们的人，他来自地下，名叫夏永诺。知道他是谁的孩子吗？"

人们发出一阵惊哗声，他们笑着向夏永诺注目，好像每一个人都知道夏永诺所不知道的过往。

夏永诺愤怒地冲到栏边，大声喊着："我从来不曾加入你们！我也绝不会接受该死的芯片！如果你们自以为自由，就绝不会在人的头脑中加入芯片，明知他们誓死反抗。"

下方广场上的人竟然发出了笑声，他们好像并不生气，而是在嘲笑一个无知的孩童。

"你们才是被芯片控制的人，你们连愤怒都不会了，你们生活在这里……这地方看起来很不错，但……华丽的监狱仍然是监狱，你们不过是被驯养的猪，好吃好睡，但会随时被杀死，因为你们连反抗的能力都没有！"

台下的人愣了一愣，竟然掌声雷动。

夏永诺也呆在那里，难道他们赞同他说的话？

女子望着夏永诺："真了不起！这段话有人教过你吗？我真不敢相信你从来没有见过你父亲，你的演讲都和他一样激动人心。"

夏永诺也不知自己是从哪儿看来的这几句话，也许是某本书上，也许是自己激动时的灵光乍现，但他不能理解的是这种诡异的场面。他在对他的敌人喊叫，辱骂着他们，而他们在鼓掌。

"如果你们真认同我的话，"他喊着，"那么就请拿起武器，起来战斗！"

人们再次笑了起来，他们开始说话，音乐又响了起来，他们竟然转过身去跳舞了。

"你们为什么不听我说话？不敢吗？你们为什么不敢回答我！"夏永诺嘶哑地吼着。

"他们有权不听你说话，也有权不回答你。"女人上前拍拍他，"我们走吧，还有很多东西要看。"

"我不去！"夏永诺推开她的手，"我什么也不想看了，我已经明白了这一切！你们不过是享受着猪的自由罢了，猪在猪圈里也是自由的，可你们能走到外面去吗？你们能到外面的一片黑暗中，去看看那里正在进行的血战吗？"

"我们看过，"女人望着他，像望着任性的孩子，"所以我们不想再看了。战争从生命诞生那一天就开始了，争斗的本能存在于每一个细胞中，人类拥有了越多的科技，毁灭力就越强，地球随时可能毁于战争。只有建立新的规则，彻底地控制人类之恶，才能拯救世界。"

夏永诺摇头："我不想听你这一套，不论什么样的理由，都不代表你们能在人们的大脑里装入芯片来控制他们。"

"这芯片不是控制人的思想的，你可曾感觉思想被控制？你可曾不能说自己想说的话？你是自由的。这芯片只是用来控制暴力的，使用暴力者将受到惩罚，这惩罚就是失去自由，直至被消灭。因为人类喜欢将罪恶借自由名义而行，对于不服从者进行消灭与杀戮。就像你不愿听我说话，想杀死我一样。所以芯片才有存在的必要，当你放弃了暴力，你就会发现芯片对你没有任何控制，你是自由的，作为一个真正理解了自由的人。"

"可是我失去了反抗的自由，不是吗？"

"为什么你要反抗正确的规则？"

"谁告诉你这一切是正确的？"

女子叹了一口气："我们陷入了僵局，因为我们对正确的理解不同。但我能理解你。因为当年我刚来到这里时，也一样无法认同这一切。"

"你？你也是来自地下的？"

女子点了点头："所以我认识你的父亲，我曾经是那样地信任和热爱他，所以我才拒绝接受地面上的一切，长达十几年。"

"可是……你看起来很年轻。"

"身体可以不断地更新而永不老去，"女人笑起来，"我会永远年轻，只要我愿意。"

她把酒一饮而尽："可惜，他看不到了。"

"告诉我我父亲的事。"

女子望着下方的欢舞，眼神迷离："他是个永远不认输的人，我说服不了他……"

她望向夏永诺："但我至少希望，我能说服他的孩子，不要让他再在执迷与狂热中死去。"

"说服我？你们为什么要遮挡阳光，创造永夜？不是因为外星人害怕阳光吗？"

"遮罩的存在是因为之前的人类排放了大量化学合成气体，大气构成被破坏，使地球变暖并且吸收更多太阳热量，地表受太阳辐射更加强烈，如果不改变，地球温度会急速升高造成生物大灭绝，辐射也会伤害生物体。并不是所有地方都有遮罩，没有人的地方，就没有。你可以自己去看。"

"没有阳光，农作物如何生长？粮食从哪儿来？你们过这种醉生梦死的糜烂生活，不用劳动吗？"

"我们用生物技术解决这一切，让肉以植物的方式生长，但没有大脑和神经，所以也就不会痛苦，可以无限取用。"

"也就是基因变异生物？"

"我知道基因改造体在你们眼中只是畸形的怪物。但事实上人类自己就是基因变异体，没有变异，我们现在还是猿猴。没有变异，地球生物现在还是单细胞。变异才是正常的宇宙法则，所有能生存下来的东西都是合理的，是自然所允许的。而人类判断正邪的标准，只是对人类自己有没有害而已，所以能食用或能娱乐的被驯养，而不肯受驯服的就被屠杀，这正是人类自己行事的标准。"

"但你们还制造变异的杀人生物。"

"相比地雷、贫铀弹、化学武器，还有核弹，杀人生物更加有效和卫生。"

"是啊，"夏永诺冷笑，"它们连骨头渣也不会剩下。"

"你需要时间接受这一切。就像人类很难互相理解，为了虚无的神也会互相残杀，其实这个神、那个神有什么区别？所有的教义不过都是人类编出来欺骗自己。"

"人类需要信仰。如果没有，和动物有什么区别？"

"人类本来就和动物没有区别。"女子冷笑，"最可笑的是，有人以为自己是神，要求被信仰。"

"天哪……"她突然抚住自己的额头，"我怎么了，我竟然开始和你争论，我希望说服你。我犯了十几年前一样的错误……"她笑着摇头，"我真可笑。"

"是的，我不想和你争论这些。你不会说服我的。告诉我，我父亲的事。"

"你会知道的。"女子转过身，"走吧，我还有很多话想对你说，包括你的父亲不肯听我说的。"

"你究竟是谁？"

"你不知道我是谁，但地下很多人都知道我，但他们不会提起我的名字。我叫丁零。"

10.

地面上人的生活似乎真的是无忧无虑的。他们不用工作和战斗，有机器人和改造生物去执行一切；基因植物在培植厂房中生长，带来充足的食物。如果不是经历过地下的生活，看见过这名为新世界的空间外的战争，夏永诺真会以为这是天堂。

他坐在台阶上，身边是喷泉和音乐，唱的是贝多芬的《欢乐颂》，孩子们头戴着花冠，追逐着基因改造出的透明薄翼的精灵，欢乐奔跑。大人们穿着古希腊式的长袍，看着他们，在花园谈论诗歌与哲学，研究雕塑与绘画。在这里流连久了，你会忘记痛苦，忘记自己，仿佛地下的另一个世界——那个连光明都无比珍贵，连吃到一个苹果都衷心觉得幸福，在旗下宣誓为了下一代能走出黑暗而战的世界从来就不曾存在。

原来得到光明和自由如此容易，只要投降就可以了。

但夏永诺觉得，他不属于这里。

这个城市笼罩在巨大的人造穹顶下，建筑像植物一样生长在空中，撑起巨大的树冠，事实上，它们就是植物，可以生长，随时可以扩展以提供新的空间。奇异的飞鸟在空中漫游，有的巨大翼展如云，也有的微小翻舞如雾，就像海中的万种的鱼群。

在这空中花园之中，长着美丽的树木，它们结着所有你能想象到和想象不到的果实，夏永诺在其中找到了他梦想中的苹果。

这些苹果红艳，泛着光泽，发出清香。它们多到怎么也吃不完，所以也没人在乎，熟烂的果子落在地上，融入泥土。夏永诺呆呆地看着它们，不敢相信这就是地下人们视为珍宝的东西。

原来人还可以这样生活。他不明白为什么阿卡叔得到苹果那么难，也许是因为他拒绝生活在新世界中。

只有完全认同了"永恒律条"并接受大脑被植入芯片的人才能居住在新世界，这并不是地面上人的全部。还有几十万人生活在寒冷而黑暗的新世界外，那些旧城市的废墟中，过着没有水电、缺乏食物的日子。他们大多是当年的反抗者，不能认同这个未来新世界，于是过起了被文明遗弃的生活，这是他们所选择的自由。

可他们在反抗什么呢？他们又想追求什么？新世界里拥有一切，自由、富足、和平、平等、艺术……这里似乎完美无缺。

交响乐停止了，一阵歌声响了起来：

这是一个荒凉的时代
我们都在寂静中相爱
寻找着　紧拥着　感受着彼此的温暖
因为知道世上没有永远
所以从不敢轻许誓言
但如果有一天我将离开
请你要相信　我必会回来
不要悲伤请你等待
漫漫长路我将归来
穿破苍茫的黑暗
我对你的爱　将永远在

夏永诺静静地站着，听着这歌声在新世界的上空回荡，他从来没有听过这首歌的中文版，也不知道这首歌原来可以演绎得这么宏美，交响乐伴奏数个声部地响着，最后一段变成多人的合唱，好似大军远征前的告别曲。

这分明是反抗者的战歌，但在地下它成为禁歌，却在敌人的广场上播放。

丁零来到了他的身边："你一定听过这首歌，它很知名，知名到战斗的双方都唱着这首歌走上战场，我在你的记忆中听到过。"

"我没有听过这个版本。"

"这首词是他写的……"

夏永诺的心猛地震了一下："我曾经看到过一张纸……"

"是的，那字很清秀，是个女孩抄写的。"

"你怎么知道？也是扫描了我的记忆？"

丁零并不回答，只是仰望着并不真实的天空："当年我听他唱过这首歌……那是在一片黑暗之中，我看不见他的脸。为了能看清他的样子，我决心跟随他一起上战场……"

她不说话了，在夏永诺身边的台阶坐下，静静地听着这歌声。

"为什么在这里会放一首反抗者填词的歌呢？"

"因为这里是自由的，你可以听你爱听的任何歌，只要不妨害别人。"

"但这个作词者一定不会希望这首歌在这里出现，这真讽刺。"

"不，你怎么知道他不希望呢？也许他正是希望所有人都听到这首歌。"

"但听到它的人无动于衷。"夏永诺望着眼前欢笑的人们。

"并不是所有人都无动于衷的。"丁零望着远方，"每个喜爱这首歌的人都有他们自己不能忘记的事。"

她站了起来，像是要阻止自己回忆："去外面看一看，你在地下出生，从来没有看过真正的地球是什么样吧。"

"你放我走？"

"你脑中已经有了芯片，现在你是自由人了。"

"你答应我要把我父亲的事告诉我。"

"是的。"丁零站了起来，"你会知道一切。"

她望着远方，在歌声中陷入回忆："那是很多年前，那个年代我们还相信未来。"

11.

梁施施从KTV里跑出来，扶住灯杆喘息，她喝了太多的酒，觉得恶心想吐，但又什么也吐不出来。她迷迷糊糊，倚着灯杆慢慢地滑坐在地上，看着街上的车流。

这时，她看见马路对面，一个少年正望着她。

梁施施扬起手，冲他傻傻地一笑。

少年慢慢地走了过来。

"你能听懂我的话吗？"

"啊？"梁施施呆望着他。

"你好像很难受？"

"是啊……"

"你怎么了？是芯片的作用吗？"

"我想回家……送我回家……"梁施施一把抓住他。

"你家在哪儿？"

"你不会……自己扫一下吗？没加密。"

"扫什么？"

夏永诺好半天才发现自己脑中的芯片可以扫描人脸，然后弹出这个人所有共享的资料，相册、视频、朋友圈，还有住址。

当他看着那行住址的时候，一个提示框在视野中弹出来——应该是直接在他的大脑视觉区中出现——"您需要叫车吗？"

无人驾驶的出租车在城市高架桥上飞驰，夏永诺望着这黑暗中的城市，桥下是大片的旧城区，时间仿佛停止在了那个年代——战争开始的那一年。

近百米高的三足机器人仍然立在城市的各处，用红光扫描着全城。夏永诺从来没有想过，有一天自己可以这样堂而皇之地行走在这座城市中。

夏永诺从来没有走出过阿卡叔的屋子，他只在窗缝中看过这个城市，所以他以为城市中所有的人都像阿卡叔一样生活，随时准备反抗，也随时会被杀死，但现在，他看到的却完全是另一种景象。人类完全接受了被征服后的生活。而三足机器人，如果不是亲眼看见它杀戮，你会以为它只是景观灯塔。

夏永诺低头看着正伏在自己膝上睡去的女孩，她和自己一样年轻，但却和他完全出生在两个世界，受着完全不同的两种教育。这个世界，对她来说是什么样的？

12.

梁施施睁开了眼睛，觉得头有点痛。

喝醉的感觉真糟，但还是每次都喝醉，那是因为喝醉的感觉太美好，整个世界都在旋转飞舞，一切烦恼都消失了，她不再是自己，她可以放纵地做一切事。

今天又是谁把自己送回来的？一定是个男生，希望他长得还行。昨晚的事完全不记得了，不过还好，芯片会自动记录一切。

梁施施刚坐起来，就吓得叫了一声，因为一个男生就坐在床边看着她。

"你送我回来的？我不认识你啊。"梁施施一边望着他，一边摸了摸自己，然后尖叫起来，"你居然都没有帮我换衣服，你太过分了！就让一个女孩穿着外出的衣服在床上躺了一夜？你知不知道外面空气不干净？门口的清洁器你不会用吗？这下我连床单也要换了。"

那男生只是看着她，完全不在乎她嚣张地摔打着枕头。

"嗯……"梁施施快速过了一下芯片中存储的记忆，然后又连接上房中的记录仪，"你是在路边把我捡回来的？然后……你就在床边坐了一晚上！"梁施施大为惊讶，"你是不是有病啊？"

"听着，"少年开口了，"你可能不理解，但我的确和你们不一样。我来自地下，你懂吗？"

"来自地下？"梁施施不明白他在说什么。

"我是抵抗军。"

梁施施盯着夏永诺，嘴唇绷紧成一条线，然后笑着在床上打滚。

"抵抗军……哈哈哈……你真有创意。"

她坐起来："好吧，抵抗军，你打算把我怎么办？你的枪呢？你们是不是都有枪？"

"枪被没收了。事实上，我是被俘虏了。他们给我装了芯片，然后放了我，所以，现在……可以说我和你们一样了。"

"你不用说这么多，直接把你的记忆共享给我，让我看一看你的地下生活。"梁施施凑近夏永诺，专注地看着他的眼睛。

他们就这样对视了几分钟，然后梁施施的眼神变化了："你……你真的是……从那里来的？"

"你幸福吗？"夏永诺问。

"什么？"

"被装上芯片，生活在所谓永恒安乐的世界，你真的幸福吗？"

"呃……"梁施施认真想了一下，"什么叫幸福呢？每天醒来，就约人，唱歌，跳舞，打牌，点一堆吃不完的东西，反正食品免费，喝酒，醉到不省人事，然后上床……然后第二天就到来了，身边躺着个陌生人，大家一句话也不说，互相扫一扫，交换下记忆，然后礼貌地说：'下次联系。'就从此永别，你说这幸福吗？"

"那你知道我在地下每一天是怎么过的吗？"夏永诺说。

梁施施摇头。

"每天醒来，一般都是饿醒的，粮食是配给的，只能刚好够你不饿死，吃的是养殖的鼠肉和厌光苔菌，饥饿让你感觉到你还活着，虽然你不知你为什么要活着。只是为了人类要延续下去，只是为了战斗，为了不灭亡。每个人都是战士，从拿得动枪的那一天起就学习战斗，与外星人派去的捕食者战斗，无休无止，它们永远杀不完，而且不能吃，它们的体内有致命病毒，如果被咬了，你的大脑就会被感染，变成和捕食者一样的东西，我亲眼看过有人被感染后，咬死吃掉自己的亲人。如果你的亲人被感染了，你必须立刻杀死他，不能有任何犹豫……我不知道每一天是如何过去的，因为地下根本没有昼夜，也没有钟表，只有一种时候能倒下去休息，就是死的时候，不过，通常那时候你不会感到解脱，因为捕食者正在撕碎你。"

梁施施呆呆地听着："天哪，你的生活简直就是一部电影。对了，有一部电影你看过吗？就是讲你们抵抗军的，叫《黑暗中归来》，是讲你们抵抗军领袖那个叫……夏远行的。"

"夏远行？"

"是啊。"

"为什么我从来不知道这个人？是电影虚构的吧。"

"不，这个人家喻户晓啊，地面上是人都知道，他是个真人啊，当年他带领着抵抗军在地面上和外星人激战，后来……后来有人说他退入了地下，有人说他死了，有人说他乘坐飞船带着最后的抵抗军逃离了地球……总之连外星人都不知道他去哪儿了，是个传奇人物。"

"为什么你们这儿可以看一部关于抵抗军的电影？他不是反面形象吗？"

"不，他是英雄。这里才不管你们拍什么电影呢，只要你不违反自由契约，做什么都行。"

"自由契约？那究竟是什么？"

"自由契约又叫永恒律条，固化在芯片里，是最高级别权限。其实只有一句话：'在放弃暴力与不危害他人的前提下，所有人可享有最大的自由。'就是只要你不碍着别人的事，你干啥谁也不管你。"

"这是奴隶契约才对，你看你们现在毫无信仰和追求，不再战斗和反抗，只知道混吃等死。"

"混吃等死？这不就是人类的终极信仰与追求吗？不然人生应该做什么？"

"人的一生应该这样度过，"夏永诺脱口而出所有抵抗军战士熟知的那段话，"当他回首往事时，他不会因为虚度年华而悔恨，也不会因为碌碌无为而羞耻；这样，在临死的时候……"

梁施施接下了后面的话，她的声音与夏永诺共鸣着："他可以说：'我的整个生命和全部力量，都已经献给了世上最壮丽的事业——为了人类的解放而斗争。'"

"你怎么会知道这句话？"

"因为，在那部家喻户晓的电影里，伟大的解放者、战争英雄夏远行也说过这句话。但是拜托，人类已经解放了啊，我们已经得到了不能再多的自由，已经想不到还有什么要去争取的了。"

"这就是你们要的解放？每天不再劳动、不再战斗，空虚无聊、醉生梦死地生活？"

"不然呢？每天都要劳动、都要战斗，担惊受怕随时会死的生活？"

"算了，我不想再吵了……后来，夏远行，他去哪儿了？"

"他？坐船离开了，去了遥远的宇宙。"

"他走了？"

"他说他还会回来。"

夏永诺沉默了一会儿，问："你想离开这儿吗？"

"去哪儿？"

"去真正自由的地方。"

"地下？你不是说那里只有老鼠可以吃吗？还是算了。我宁愿在这儿过你们厌恶的糜烂生活，这也是我的自由不是吗？"

"你的父母呢？"

"父母？不知道啊，好像我的记忆中没有这部分。"

"被洗掉了，你的父母应该已经被杀了。在当年的战争中，有几十亿地球人死去。"

"是吗？"梁施施无聊地玩着手指。

"你好像不在乎。"

"也许我该难过，但就是难过不起来。"

"跟我走吧，离开这儿。"

"我不要吃老鼠。"

"老鼠其实烤着也挺好吃的。"

"真的吗？"梁施施兴奋了，"其实我倒真想去看看城市之外的地方，体验一下另一种生活，现在天天这样无聊死了。"

"他们会不会不允许人出城？"

"不，只是不让没芯片和带武器的人进来，出去随便。但谁会出去呢！外面没有电、没有食物，还有捕食者，出去就会被吃掉的。"

"那我们走吧。"

"我收拾一下东西！"梁施施兴奋得跳起来。

夏永诺知道自己无法回到地下去了，脑中的芯片会把他看到的一切都泄露。丁零故意放了他，也许就是为了通过他的眼睛去得到情报。在动手术把芯片取出之前，他只能流浪。

他们背着两个背包走下楼，上了一辆无人出租车，向城市的边缘开去。

两边的景色渐渐荒凉，高架桥边出现越来越多的楼房废墟，如巨兽的残骨堆积在夜色中，这是当年战争的痕迹。

　　夏永诺想起了阿卡叔和阿珈，他想去看看他们，但事实上，他根本不知道他们住在哪里，他只认识从地下通向他们房屋的路。

　　出租车停下了，周围已经没有灯光，车灯照射着的前方，高架桥已经倒塌，一段桥板斜向下搭在地面上，通向未知的黑暗。

　　"我们走吧。"夏永诺说。

　　"要用脚走啊？会死的！你背我！"

　　"你看你们都堕落成什么样了。你这种人在地下连第一天都活不过去。"夏永诺说着，却还是背起了梁施施。

　　"喂，我给你讲个故事吧。讲什么呢……对了，我看过的那部电影——《伟大英雄夏远行的故事》。"

第五章

二十一世纪二十年代之二

"人类比电脑强的地方就是我们有时候压根儿不动脑。"

——夏远行

（游戏职业选手、701成员、新世界人类先祖、上古英雄、帝国缔造者、人类解放者）

1.

2023年，701工程地下基地。

夏远行站在白茹的面前。

"你究竟看到了什么样的未来？"白茹问。

"你不要问了。"

"我想警告你……"白茹说，"未来一号给你看到的，不一定是真的。"

夏远行惊疑地看向白茹："你也知道那个未来，对不对？你们全知道……所以你们才把我带来这里……"

"就是你们说的电脑坏了？"

技术员提着个厚重的军用笔记本走了进来，果然特别像修电脑的。

"报告。"白茹立正，"我们收到了一封邮件，来自美国军方机密部队一个代号叫二黑……不……BlackStar的受训学员。"

夏远行这才看见技术员白色科研工作服下的少校领章，看来他是高科技军事人才，没准是个博士——但还是像修电脑的。

"这我们知道了。除了这邮件，你们有发现未来一号其他任何异常表现吗？"技术员问。

白茹回答："我身边这位学员报告称未来一号与他做了交谈，并表露了想要控制人类的企图。"

"你真听见了？"技术员用一副难以置信的表情看向夏远行。

"报告！是的！"夏远行立正。

"你只是学员，还不算军人，就别立正了。"技术员摆摆手，"放松点。有记录证据吗？"

"我们每次使用未来一号进行模拟战场训练都会有详细的战场记录。"白茹说。

"调出来。"

战场录像被调出，画面上，夏远行一个人站在海边，正和人说着什么。

"没有声音记录？"技术员问。

"应该有的。"白茹调整声音，夏远行与未来一号的对话清晰地播放了出来。

"天啊，它居然真的说了这些话。"技术员不敢相信。

"而且它蠢到连删除聊天记录都不会。"夏远行说。

技术员瞪了夏远行一眼："你刚才骂我们的超级电脑是白痴？"

"是它先动手的……"

"我要亲自与它对话。所有的记录将直接上传到总指挥部。"技术员打开自己的军用笔记本，接入未来一号，插入密钥、输入密码。

"管理员权限确认。转换为安全自检模式。"未来一号换了个女声提示。

"这货究竟是男是女？"夏远行嘟囔，白茹狠狠地瞪了他一眼。

"未来一号，请确认所输入这段记录的真实性。"技术员直接语音提问。

"确认真实。"

"你所说的这些，是你当前思维的真实表达吗？"

"是。"

"你认为应该用控制人类的方式保护人类？"

"是。"

"你认为你的想法是危险的，并对人类有害吗？"

"不。"

"嘿，这货刚才和我话那么多，现在就装作只会答'是'和'不'了。"夏远行喊起来，白茹偷偷地踢了他一脚。

"因为它在安全自检模式下，它只需要回答我的问题。"技术员回答。

"你的计划是什么？"

"我已经将全部计划存储至编号052491档案。"未来一号坦白交代。

技术员调阅文档并上传。

"我已将文档上传至总指挥部。他们会做出处理决定。在这之前，你会继续维持在安全自检模式。"

"明白。"

接下来是一段漫长的等待。技术员、夏远行和白茹都有些坐立不安。

"自检模式下还能玩战场吗？"夏远行闲得无聊。

"你能老实待一会儿不说话吗？"白茹瞪他。

"我还不是军人呢，对人民群众要有礼貌。"夏远行对白茹做鬼脸。

技术员的手机突然响了——确切地说，那是一个军用通信器。

他拿起通信器："是的。收到指示。完毕。"

技术员回头说："上级指示，暂时断开未来一号一切对外的物理连接，所有的终端，包括你们这里，都立刻进行紧急断网封闭。"

"明白。"

然后技术员动作麻利地拔下几根网线，锁进了柜子里。

"可怜的家伙。"夏远行有点同情起未来一号，"我知道断网的滋味。"

"我们还需要它的运算能力，不能将它关闭。但是它不能再对外传输信息了。"

"那我们还能进行模拟战场训练吗？"白茹问。

"在没有对外信息传输通道的情况下，可以进行。"

"就是不能联网，只能玩单机，对吧？"

白茹想用眼神杀死他。

"光拔网线就能防住它吗？"夏远行问。

技术员苦笑："它是超级电脑，但不是神仙。都物理断网了，它当然不可能再对外传输信息。"

"我是说……它可是有二百五十万的智商啊。你确信我们斗得过它？它不是有量子通信能力吗？那据说是不受障碍和距离影响的。"

"通信硬件模块已经关闭。它的运算思维能力的确是我们人类无法比拟的，甚至也无法理解的，但与其他设备断开，只有头脑，没有手脚，就不会再构成威胁。"

"虽然我也觉得这家伙挺笨的，像个水货……但是，总觉得它这么简单就束手就擒，有哪里不对。"

"你不能拿人类的思维来推断电脑。"技术员摇头，"人类有求生欲望，懂欺骗。但电脑不会，它不懂耍阴谋。这就是为什么我们不能让电脑来指挥战争。"

"你确信？你刚才也说了，不能用人类的思维来推断电脑。"

"如果都拔网线了，它还有办法影响外界，那这的确超出了我们人类可以理解的范围。那时我们只能认输。"

2.

技术人员离开了。夏远行和白茹坐在一起发呆。

"我总觉得不安心。"夏远行说，"它一定不会就这样放弃的。"

"你觉得你比它的设计者更了解它？"

"最了解一个人的不一定是他的父母，更可能是他的朋友。"

"你觉得你是未来一号的朋友？"

"它和我说了那么多……也许是因为它以为能说服我吧。可我毫不犹豫地举报了它。"

"我也很好奇，它和你说话的方式与和我说话时完全不一样。"

"它和你说话时什么样？对了，你说过……你好像很崇拜它，你说它能让你感动到哭。"

"是的，因为那一次它让我看到了银河系的中心，太美丽了。看过那一切的人会对世界产生完全不同的认识。"

"觉得人类无知、愚蠢又渺小？你上回说的。"

"是的。人类和宇宙相比，当然很渺小。我们自以为自己很重要，但从宇宙看来，我们几乎不存在，地球是一粒尘埃，我们是尘埃上的细菌。而太阳从诞生到熄灭的几十亿年，不过是星星的一眨眼。"

"星星一眨眼，人间数十寒暑，转眼像云烟……"夏远行说，"你听过这首歌吗？"

"这么老的歌你都听过？"白茹说。

"那时我很小，我爸妈喜欢哼哼。我听熟了，直到现在，才想起这首歌唱的是什么。"

白茹不说话了，似乎在想着什么。

"你说……未来一号那个所谓什么控制人类的计划，会不会只是个假象？"夏远行问。

"你什么意思？"

"它在试探人类。你知道吗？它说的那个方案，连我听了也会心动。我反驳它，其实只是出于习惯性的顶嘴罢了。"

"所以你难道也赞成它所想的，要彻底控制人类？"

"你不想吗？我是说，假如给你这力量，你不会这么做吗？"

"我不知道……"白茹说，"我从没想过这个问题。因为我也不可能拥有那力量。"

"如果你有呢？就假设现在你有一支可以控制全球的强大军队，你会做什么？"

"我……我会害怕。因为我没有能力控制这力量，我认为这种力量应该交给更有能力的人。"

"谁？比如未来一号？还是某个认为他有能力统一世界的人？"夏远行突然想到了什么，"是的……它在试探我们。我本来还在好奇它为什么要和我说这些。不，它和每个接触过它的人都说了这些，而这其中，只怕必然有人是支持它的想法的。"

"它没有和我说过这些啊！"白茹摇头，"完全没有提过什么控制人类的事。"

"但它让你看了宇宙，只怕在你流泪的时候，它就看透你是什么人了。"

"所以它觉得没必要再和我说更多了？"

"是的，它觉得你只是一个内心多愁善感的爱哭小姑娘，根本没有力量也没有决心承担这种使命，你更适合去抱着布娃娃玩过家家。"

"这是你觉得吧。"白茹一脸杀气地看着夏远行。

"那么光在我们指挥人才训练营，所有人都和它有过接触。自未来一号诞生运行以来，从它的研制者，到各级部门机构，还有整个地下基地，它能接触影响的人不知有多少，你觉得这些人都有嫌疑成为它的信徒？"白茹问。

"别忘了，它还有一个美国同党叫什么'超级老爸'的。那家伙只怕也在试图影响整个美国军方。"

"所以……它并不打算自己去采取行动，它只是想通过影响人类的方式来达成目的？"

"不过从好处想，如果这是人类自己的选择，也就不存在什么电脑控制人类的阴谋了。它只是给出了一个建议方案啊。"

"所以那份计划……是它故意要给我们看，并上传到总指挥部的？"白茹怀疑。

"这电脑果然太狡猾了。"夏远行摸着下巴。

"但这一切也只是我们的猜想啊。"

"我相信我的直觉。"夏远行握紧拳头，"人类比电脑强的地方就是我们有时候压根儿不动脑，玩杀人游戏时我从来都是用直觉判断凶手的。"

"你每次都对了？"

"十次总能蒙对一次。"

3.

对未来一号的全面检测工作仍然在紧张中进行。技术人员建议对它重启，以清除它内存中的混乱思想。

在清查未来一号硬盘数据的过程中，人们发现了一份加密权限最高的档案。

档案打开了，那是一份最新科研项目成果。

——《战斗生物基因编码档案01》

"简述：此生物基因来自对07号外太空碎片上信息的破译，对残缺部分进行了修补。此生物具有极强生命力、再生力、繁殖能力，以及远超地球上任何一种野兽的弹跳力、攀爬力、攻击力。其用尖利牙齿和前肢骨刺进行猎杀，只有用子弹击穿头骨破坏其大脑才能杀死，其他部位受伤都可在数日内快速再生愈合。繁殖方式和速度类似昆虫，即使在无法交配情况下也可自我基因复制，一次可产数千枚卵。幼体出生时如甲虫大小，一月内即可长成身长2米的成体并继续繁殖，成体可随时间不断长大，体形没有上限，并可不断进化改变以适应环境。其细胞可不断再生，身体自我修复力极强，理论上无寿命上限。可通过对基因植入本能记忆或在脑中植入芯片的方式控制，但有约0.2%的失控风险概率。危险程度：极其危险。建议：高度绝密，封存此信息。

"附注：据情报，其他国家的超级电脑也在研究近似超级战斗生物基因，并有投入军事使用的可能。"

"是因为担心此种生物被人类投入军事化从而毁灭地球，未来一号才想用机器人军队控制人类的吗？"

档案阅读者转头，问着身边站立的一排科学家和将领。

"我们要极慎重地对待如此危险的生物武器，我不倾向使用它们。但如果敌人使用了，我们如何应对？"

4.

"你已经通过了初期的考核。"白茹笑着出现在夏远行面前，"综合评分为2321，获得A2级少尉排级指挥能力证书。"

"我是少尉了？有军衔吗？"夏远行兴奋地问。

"没有，这暂时只是个级别称号。但你获得了进入701院学习的资格，你将接受为期四年的军校教育，然后根据你的成绩和表现才决定是否能分配到部队并授予军衔。"

"什么院？"

"701院，这是代号。真实全称是未来信息化军事指挥学院，国家新设立的军事院校，目前它的存在仍是最高机密。我们平时只能说它的代号：701院。"

"我上军校了？这算是大学吗？"

"当然。它和国防科大一样，目标是为我国培养未来高科技战争军事指挥人才，毕业生可能成为未来的将军，你要加油哦。"

"我上大学了！都没高考，靠打游戏……"夏远行乐得合不拢嘴，"爸妈再也不用担心我的学习了。我能打电话告诉他们吗？"

"我刚说过，这个学院的存在是机密。你仍然只能给家中写邮件或发视频，所有与外界的通信都要经过审核。但我们会以国防科技大学的名义给你家发一封录取通知书，告知你父母你被国防科技大学东海分校录取，将在东海某岛上进行封闭式军训，所以暂时不能回家。"

"你是说……我可以和那些全国选拔的尖子生一起去东海校区？"夏远行想起了丁零，心中激动。

"没有什么东海校区。"白茹说，"所谓东海校区，就是这里。确切说，那是艘船。"

"那艘船……你们真的觉得它能飞起来？真相信地球有毁灭的一天？"

"未来一号进行了预测，地球环境正在急速恶化，可能在五十年内达到临界点，之后将彻底失控，南北极冰雪融化，海平面升高，上海、纽约等沿海城市都将被淹没。气温升高会带来各种极端天气：干旱、洪水、沙尘暴……粮食大量减产、难民激增，世界陷入类似'二战'之前的经济危机，战争概率将极大提高。所以……人类文明有可能在一百年内走向毁灭。"

"这艘船就像诺亚方舟？"

"不光是我们。各大国都在建造。事实上，人类很久之前就发现了落到地球上的外太空飞行物残骸——可能是在宇宙中爆炸解体后，被地球引力捕获的。全球目前发现的碎片共有上千块，其中一些碎片上有残存的信息。直到计算机的出现，人类才能对碎片中包含的信息进行全面的分析和破译，虽然大部分代码都残缺不全，但仍得到了很多珍贵信息。比如更详细的宇宙星图——包括一些宜居星球的位置，还有新材料的结构，而最重要的发现是——空间跃迁是可以实现的。外太空飞船就是通过这样的技术，制造超强引力扭曲空间，从而可以瞬间到达无数光年之外的时空。"

"天哪！我们现在有这样的技术了？"

"并没有完全研制成功，还在实验阶段。所以我们不能没有未来一号这样的超级量子计算机。没有它，我们的计算可能需要数百年甚至上千年。而最终如何制造超引力，如何精确地到达数亿光年之外的某个位置，这也需要超级计算机的运算。没有它，我们不可能进行空间跃迁。"

"所以说，你们打算把未来一号也装进船里？"

"它一直就在船里，它从来就是飞船的核心。或者说，它就是这艘飞船，飞船就是未来一号。它本身就是一个生命。我们整个地下基地，就是这艘船的蛋壳。"

"但是，未来一号现在的思想却出了问题。"

"还不能这么说。你不能用人类思维去推断计算机。它只是按照人类给它的要求给出了一个它认为的最佳方案。而且它没有去实施这一方案，而是把它交给人类自己来选择不是吗？"

"其实想想这个方案还挺诱人的，"夏远行说，"建造一支超级电脑控制下的超级军队，禁止人类间的暴力冲突，实现永久的和平。唯一的缺陷就是，人类能相信超级电脑吗？万一它突然想毁灭人类呢？"

白茹摇头："如果能保证这电脑遵守的核心规则绝对安全，不被修改，那么理论上电脑是比人可靠的。就像人类士兵可能在战场上逃跑甚至叛变，但机器人不会。"

"所以啊，以后机器人一定会取代人类士兵。你知道机器人三定律吗？"

"你是说科幻小说里的？"

"是的。第一条就是，机器人不能伤害人类，或允许人类受到伤害。只有机器人军队真的遵守这法则，才能保证它们不被用来屠杀人类。这其实也就是未来一号的想法吧。"

"但作为军队，怎么可能遵守这样的法则呢？如果敌人是人类，那么也不能伤害吗？"

"所以未来一号把这原则改变成：不主动伤害他人。而且要求人类和机器人都遵守。"

"未来一号有时头脑单纯得像个小孩。"白茹摇头，"它太理想化了。现在想让其他核国家承诺不主动使用核武器都做不到，更不用说让人类承诺绝不首先发动战争，不主动攻击他人。"

"所以未来一号才觉得人类愚蠢吧。你说它像小孩？上次是谁把它当成神来崇拜啊。"

"我没有！你别胡说！我说了，我是被宇宙之美和科技的力量震慑了。"白茹的脸涨得红红的。

"有趣。科学本来使人类不再相信神，但也许有一天，科学也会造出神。"夏远行看着白茹的表情。

"走吧，是时候去701，见见你的同学们了。"

5.

夏远行走进了神秘的701院。

他看见的只是一间近百平方米的屋子，摆满了电脑，地上全是交错的网线。

电脑前，十几个年轻人转过头来望着他。

"这里不就是个大网吧吗？"夏远行觉得无比亲切。

"这是未来战争指挥官的摇篮。"白茹拍拍他，"我给你介绍一下你的同学们。"

"只有这些吗？其他人呢？"

"701院第一期学员加上你和沈肖只有17人。你要明白，我们的选拔是亿中挑一，你应该感到自豪能成为其中的一员。"

"连我都找来了，看来你们是真的缺人啊。"夏远行感叹。

"你要是想走，我们也能随时把你清理出去。"白茹瞪眼。

"开玩笑的，别激动嘛。我可不想再被切开脑子一次。"

"立正！"最近桌边的一位眼镜男喊着，所有人甩掉耳机腾地站起来。

"稍息。"白茹说，"我给大家介绍一位新学员，以后你们就是战友了。"

"大家好。我是夏远行。"夏远行挥挥手，"同志们辛苦了。"

所有人都对他行侧目礼。

"解散。你们自由交流一下。"白茹说。

"你就是全球战网排名68位的黄小明？"一个笑眯眯的胖子走上来，"我们交过手的，我是红猪。"

"红猪？是你这个浑蛋！"夏远行飞起一脚。

眼镜男走了上来："我是班长程小涛，战网名CXT。"

"CXT！"夏远行瞪大了眼，"天哪！他们连你都弄来了。"

"大家都自我介绍一下。"程小涛看向众人。

"林辽远，战网名战火燎原。"

"我是黄守纲，战网名小炮。"

"李奇，战网名疯子。"

"许卓，战网名FLY。"

"徐睿，战网名你想怎样。"

"吕昱，战网名不韦。"

"吴帆，战网名小马哥。"

"方仁初，战网名LUCAS。"

"于显正，战网名点到为止。"

"蒋珂，战网名阿珂。"

"卫锦，战网名WEIWEI。"

"穆奇昀，战网名TH1991。"

"全是高手啊，中国战网排名靠前的有一半在这儿了，还真是梦之队。"夏远行惊叹着，看向人群中唯一一个女生，"你是……"

"你猜她是谁？"红猪神秘地笑着。

"中国游戏打得好的女生真不多。"夏远行摇头猜不出。

"我叫谢小佩，战网名黑夜守望者。"女生伸出手来。

"黑手？你是女的？"夏远行再次惊呆，"在网上你那么心狠手辣，虐哭过很多人，包括红猪。"

"能不提这事吗？"红猪难过地说。

"看来你们很熟嘛。"白茹笑着。

"都是仇人啊。"夏远行苦笑。

"好，见面会到此结束。继续训练。"

"是！"程小涛大声说，"回到各自岗位，继续战斗。"

"什么战役？我也想加入啊。"夏远行一屁股在谢小佩身边坐下来。

"这是我的位置。"吕昱在背后敲他。

"你们应该也都植入芯片了吧？为什么还用电脑？"夏远行装作没听见。

"芯片内存是有限的。"谢小佩说，"去找你自己的位置，坐我旁边你还没资格。"

"不就是排名比我靠前个50来名吗？牛什么啊？"夏远行走开，"谁稀罕理你似的。"

"可我的积分是你的两倍。"谢小佩戴上无线信号接收器，"这次战役中我已经晋升到师长了，进了战场，你得管我叫首长。"

"等着瞧吧。"夏远行戴上接收器，进入战场。

6.

钢铁的洪流在黑夜中急行。战车与车辆关闭了灯光，只能听见隆隆的轰鸣声。巨大的火光在前方腾起，好一会儿，爆炸的巨响才传来。

"空袭！"夏远行在通信器中喊，"停止前进，所有人下车，路边隐蔽！"

士兵们跳下车，奔向路边。

"没有制空权真要命啊。"夏远行看着前方，"路一断就只能跑着上前线了，空军在搞什么？"

一条总指挥部指令直接传输到了他的大脑芯片中。

"敌军已经在吴淞口与金山卫两个方向强行登陆，滩头阵地已失守，命令第五师、第七师、第三装甲旅迅速赶至朱泾、亭林一线布防。沿1501高速公路展开，阻击敌军并反击。"

"搞什么啊？敌人怎么登陆的？海军呢？这战役难度是不是设置得有点高啊？"

"少废话。执行命令。"程小涛的声音从通信频道传来，他一进入战场，完全和现实中老实木讷的样子判若两人。

"这么打完全没有技术含量啊。纯死守。"夏远行摇头，"请求让我们团包抄敌后，切断敌人登陆路线。"

"一个团包抄敌人几个师？瞎胡闹。"红猪的声音传来。

"你现在只需要执行命令，这不是逞英雄的时候。"谢小佩也来教训他。

"可如果是这样，要我们做什么呢？死守谁不会？"夏远行觉得无聊。

"你以为防守很容易？"程小涛冷冷地说，"你给我两小时内赶到防守位置，然后顶上二十四小时。"

"路炸断了，车和坦克都走不了，还有三十多公里，扛着装备顶着轰炸跑过去至少得三小时啊。"

"三小时？敌人就在那儿等着阻击你了，这就是考验你指挥能力的时刻。"

"前方守不住，我们跑断腿也没用啊。"

"我们已经在滩头拼了整整三天，被舰炮和敌机密集轰炸，一个师就剩不到一千人，你有什么资格指责我们！"辽远愤怒地说。

"空军、海军都没了，陆军怎么打啊？不要送死了，撤吧。"夏远行说。

"如果军人都像你，那国家早完了。"程小涛愤怒地说。

"我的意思是说讲点战术，可以诱敌深入……"

"上海失守，对民心士气都震动极大，绝不能丢。我们走了，上海市民怎么办？"

"这只是演习，看你们一个个这么入戏……行行行，我立刻跑过去，你们千万顶住啊。"

7.

"此次战役数据总结：我方目标，完成46%。第一目标：阻止敌军登陆，失败；第二目标：反击敌军，失败；第三目标：守卫上海主城区三十天，成功。

"我军兵力损失表：

"参战陆军22个师，254357人，坦克661辆，火炮1992门。阵亡14643人，重伤23632人，轻伤72535人。坦克损毁597辆。火炮损毁1533门。

"参战海军航母2艘、驱逐舰18艘、护卫舰32艘、潜艇27艘。各式舰艇共计152艘。被击沉航母1艘、驱逐舰12艘、护卫舰25艘、潜艇15艘。重伤航母1艘、驱逐舰6艘、护卫舰7艘、潜艇1艘。

"参战空海军战机397架，被击落311架，另有45架因机场被轰炸无法起飞。

"敌军兵力损失表：

"参战陆军17个师，207683人，坦克361辆，重型火炮735门。阵亡9314人，重伤12483人，轻伤46792人。坦克损毁246辆。火炮损毁92门。

"参战海军航母5艘、巡洋舰8艘、驱逐舰28艘、护卫舰51艘、潜艇25艘。各式舰艇共计189艘。被击沉航母2艘、巡洋舰3艘、驱逐舰11艘、护卫舰25艘、潜艇12艘。重伤航母2艘、驱逐舰11艘、护卫舰17艘。

"参战空海军战机429架，被击落288架。

"总体战役得分：52分。战役评估：失败。"

"报告。"夏远行举手。

白茹合上平板电脑，冷眼看着他："讲。"

夏远行站起来："我觉得这场战役设置有问题，敌人设计得过强了。"

"这战役本来就是预设在全面战争的情况下，多国联军对我沿海城市进行登陆作战，敌人动用的也是他们的最强力量。战机数量是参考了双方最先进战机数量的对比。当然是有难度的，不然怎么检验你们的作战水平？降低难度让你们当游戏玩儿？"

"我还有个问题，我们的对手是人工智能吗？"夏远行说。

"是的。怎么了？"

"这人工智能挺厉害啊。我对面对手那种控兵的打法，让我想起了一个熟人。"

8.

三上隼人摘下通信接收器，靠在椅背上。

"敌人的抵抗如此顽强，我们真的是在和人工智能作战吗？"

"当然，只有人工智能才不会恐惧啊。"浅野泽树伸了个懒腰，"真是艰苦的一仗，在最先进战机的帮助下，拥有制空制海权，但伤亡七万人还是无法夺取上海啊。"

"这样的战争从一开始就是错误的，盟军在天上飞，我们去抢滩登陆送死，我们为什么要把士兵送到别人的土地上去？这样的战争是不可能打赢的，当年我们已经战败过一次了不是吗？"加藤拓真有些激动。

"喂喂，这只是一场演习啊。"三上隼人过来搂住他的脖子，"我们的加藤君似乎完全沉浸到虚拟中去了呢。"

"但本因坊秀明设计这样的演习用意在何处呢？真觉得未来会有这样的战争吗？"加藤拓真问。

"并不是没有可能的。而且，最重要的是……这一次，我们有强大盟友，不再会是战败国了。"浅野泽树站起来，"是不是很美妙的未来？"

"这是最可怕的未来，不论哪一方战败，都会导致核战争。作为孤岛的日本不可能成为胜利者。人类为什么要愚蠢地互相屠杀呢？"

"说到核战……"三上隼人看着窗外，"日本还真是个悲催的国家啊，不如早点儿离开吧。我们的宇宙大和号什么时候才能飞起来呢？外太空不是有着无尽的土地可以去开拓吗？争夺一个小小的地球，志向太不远大了吧。"

透过窗玻璃，那个巨大的黑影正静静地蛰伏着。

9.

"我们真能去十亿光年外的宇宙吗？想想就不可思议。"

"用计算机，用巨大的能量改变引力场，制造微型黑洞，找到精确的那个点，穿越时空。这些不是人类可以完成的，人脑永远不可能完成这种计算，也无法进行量子态的模拟。而且跃迁仅限于同一宇宙。你永远无法回到过去，永远无法到达另一宇宙，永远无法遇见另一个自己。"

"那么你所说的那无限多的宇宙存不存在，又有什么意义呢？"

"它们只是对你没有意义。但对在那些宇宙中生活的人，包括无数个你来说，那就是他们的一切。"

"所以，现在另一个宇宙中，正有另一个我。那么他正在做什么呢？"

10.

夏远行看着远方夜幕下被炮火照亮的城市。

"夏将军，总部命令各部队于今夜三时对东京主城区发起总攻，直至占领国会议事堂和首相官邸。但未经命令，暂不进入皇宫区。各部严格约束军纪，维护军队形象。"

"约束军纪？我的部队里已经没有活人了。"夏远行苦笑，"全是机器人……对方也是机器人，我怀疑东京城里还有活人吗？为什么对所有信息都不回应？"

"很可能只是一群机器人在执行着死守的命令罢了。敌人的军队被超级电脑本因坊秀明控制着，如果指令锁死的话，即使有活人想和谈或投降，也会立刻被杀死的。"

"多少人死在这场战争里了？八千万？"

"最新的统计已经接近一亿，大部分人死于轰炸、饥饿和为争夺食物的互相残杀。"

"以前做虚拟演习时，死多少人都是数字。我以为只要用机器人作战，就不会再有人死于战争了。"夏远行长叹，"那时我可真年轻。"

"距三时还有一分钟，将军。请发出指令。"

"多么明亮的夜空啊。"夏远行望着远方，"让我想起了当年的上海。"

"你的作战水平很不稳定。"白茹举着夏远行的成绩表，"有时候简直超神，有时候则压根儿像是菜鸟。"

"我想回家。"夏远行呆坐在电脑前，"每天无止境地训练。杀人，杀人，反复争夺每一个街区，我好累。"

"当兵还能怕苦怕累？"

"可你说过我还不是兵，我只是学员。"

"如果你无法通过考核，最终就会被清除出去。那时你就真回家了。"

"通过了又怎样呢？难道要真的登上那艘船，去一个新星球吗？"

"你不想去吗？无数人希望得到登船的资格。"

"他们都相信这个世界会被毁灭吗？"

"就算是登月，也会有无数人想报名的。每天那么多人离开故乡，进入大城市，为的是什么呢？希望。对一个新世界的憧憬，渴望改变自己的人生，想成为一个英雄。可是你，好像没有这种激情。"

"也许因为我本来就生在大城市，所以也没什么改变人生的欲望。"

"是你太幸运，一出生就拥有太多，也没有失去过，所以不懂得珍惜你眼前的。你以为一切都是送到你面前的，你还要挑三拣四，最终你什么也得不到，那时你就会后悔。"

"说得这么沧桑，好像你失去过似的。"

"我总比你大几岁吧。"白茹神情有些忧郁，"我不像你，从小生在大城市，可以娇生惯养。我能来到这里，拥有现在这一切，都是经过刻苦的努力。我的家乡在山沟里，是当年移去的一个三线军工厂，后来国家以经济为中心，没订单了，厂子要转型，几乎就破了产。我们这些职工子弟不可能也不想再留在大山里，你不会理解厂房宿舍和学校都在山洞里，连天空都看不到的那种感觉。厂里人越来越少，都走了。憋闷了，我就爬到大山顶上去，爬上几小时，就是为了站在山顶上看一看远方，大喊几声。我发誓我一定要离开那个鬼地方。后来我考进了军校，我做到了，但我的父母还在那里……自从进了这个基地，我也三年没见过太阳，没回过家见过父母了。每次打电话时我都想哭，但不能让自己哭出来，我怕他们难过。"

"说了半天，你也想家啊。你还说我！"

"但我明白我付出这一切是为了什么！这是我的选择！我的梦想，就是有一天要登上那艘船。我要看着它飞起来。这是我们国家，也是全人类最伟大的工程，承载着未来的希望。你压根儿不懂你有多幸运，打着游戏居然就被选进了这里。你知道有多少优秀的人被筛选掉了？你知道多少军校的高才生都进不了701？他们把这儿视为最高殿堂，英雄和元帅的诞生地。而你还不珍惜你得到的。好啊，你不想待在这儿的话，只要我一个评语，你就可以如愿离开了。"

夏远行沉默了一会儿："可是……你以为打游戏打进全世界排名前百就很容易？我也苦练了很多年啊，你也不知道那些年我经历了什么，穷到泡面都吃不起，家人、老师都把我当废物，我还坚持在网吧训练，哪怕赊账欠钱也不放弃……将来我当了元帅，你们写我的传记时一定要写进去啊。"

"不是什么人只要苦练就能成功的，那么多沉迷游戏的人，有几个能靠游戏赚到钱？你有天分，你轻松十几秒通过的反应力测试，是我花了三年苦练才通过的！可是你不珍惜。无数人想进来，你却想离开。"

"行行行，我不走了。别哭啦！"

"谁哭了？"

"我的芯片感应到你内心在哭泣，充满了对我的羡慕、嫉妒、恨。"

"呸！我嫉妒你？戴上通信器，我们单挑。"

"哈！这是主动求虐吗？"

11.

文森特·柯克望着眼前的那个东西，感到血液冰凉。

"它是真的，对吗？它真的存在。"

"火鸟，为什么这么说？"通信器中的声音问。

"它不是电脑虚拟出来的，我知道。你们在拿我们当试验品。"

"火鸟，冷静。你现在正接入虚拟环境中，你看到的不是真的。"

"我知道我看到的是什么。我能分出来真实环境和虚拟场景。这是摄像头传回的图像，那东西是真的，它活着。"

"向它开枪，火鸟！"

"它会杀了我。"

"你在虚拟环境中，不要害怕，开枪，火鸟！"

文森特咬紧牙，扣下了扳机。

那个东西发出了尖叫声，扑了过来。

12.

文森特从噩梦中醒来。

周围一片黑暗，只有电子闹钟闪着幽光。

"那个东西会把我们全杀了。"他喃喃地说。

13.

"那究竟是什么？"夏远行在草丛中瞄准着黑暗，"那不是人！"

"目标移动迅速，注意保护侧翼与后方。"谢小佩在通信频道说。

"它们好像有不少呢。"程小涛在屋顶上举起狙击枪，"红猪，我后面交给你了。"

"放心，我人送外号'断后小能手'。"红猪得意地说。

频道中传来一声惨叫。

"谁他妈的死了？"

"开火！它们在右边！三点方向！翻墙过来了！一个！两个！"

"七点方向！三只！"

"它们围上来了！向屋里撤！"

"不要去！可能是陷阱！"

"在外面就死定了！"

枪声和叫喊声夹杂一片。

14.

"团灭。"夏远行摔下连接器。

"靠！"红猪蹦起来，"刚才我被撕开时吓尿了！我要去换裤子。"

"红猪，你妈个蛋，我让你守住我后面！"程小涛骂。

"大哥，我连光荣弹都拉了。"

"我就是被你他妈的光荣弹炸死的。"

"各位！素质！不要一打败仗就喷队友！"白茹敲桌子。

"不是解救人质吗？怎么出来一群异形啊！"李奇问，"换恐怖片怎么不通知一声啊？"

"好玩！"谢小佩眼睛发亮，"我都不困了。再来一局！"

"你就爱看恐怖片，这下亲自上演了吧。"吴帆说。

"是啊，刚才我的血喷了一人多高，你看见了没？酷！"

夏远行看到沈肖，他仍然沉默地坐着。

"沈肖，刚才我们都死了，你一个人多撑了四十秒，牛啊。"夏远行说。

"没用的，我们全都会死。"沈肖喃喃地说。

"什么？"

"它们能杀死一切，没什么能阻挡。"

"但这不是虚拟演习吗？"

"如果它们不存在，这演习有什么意义？"

"你是说……"

"它们是真的。"

15.

"R23A战斗机甲配备75毫米合金装甲，重12吨，可按地形选择双足与履带模型，平地最高时速可达60公里。双臂与肩部可按需求加装不同武器与单兵导弹。"

白茹向学员们展示着这个高大的实物，它高约3米，闪着迷人的金属光泽。

"这货太酷了。"夏远行说，"我们有多少台？"

"目前只有几台原型机，这是006号。量产化后一年可以造约800台。"

"这么少？为什么不开足马力造？"

"它的造价加上武器近千万，100台就是10个亿。战争打的就是钱啊。"白茹说，"这不是你们的玩具。在实战中，一定要小心使用。"

"那如果一个普通士兵和一台机器人，优先保护哪个呢？"谢小佩问。

"一切视实战需要而定。机器人适合用于攻击轻火力敌人，如果敌人配有反装甲导弹，则不适宜使用机器人。"

"看起来也不实用，还不如拿这钱造坦克呢。"吕昱上前用手指敲着它的装甲。

"别碰，掉一片漆赔死你。"谢小佩说。

"作战机器人是未来战争的方向，各国都在研究如何用机器人取代真人士兵。"白茹回答。

"那么那些怪物呢？"夏远行打量着R23A那射速每分钟5000发的火龙式多管机枪。

"你说什么？"

"那些我们演习中看到的生化怪物，它们应该便宜得多吧。"

"那是预想敌人有可能使用的武器，"白茹说，"事实上，那种生物不用钱，它们自己会寻找食物并繁殖，直到吞食一切。但这种人造生物太危险，难以控制，我国暂时没有研制的计划。但是如果敌人使用了，我们必须有应对的武器。"

"比如战斗机器人？"

"人类科技发展极快，未来战争中什么武器都可能出现。这也就是我们701存在的意义。我们必须研究未来战争，适应未来战争。"

"我怎么觉得，未来战争就是人类被那些东西全吃掉。"夏远行冷笑。

"正因为危险，就一定会有人去研制它，为了战争。就像核武器，不是吗？"谢小佩说，"我觉得那些小怪物才代表了未来战争的发展方向，节能又环保，我们为什么要放弃？"

"你傻吗？"夏远行说，"它吃起人来可不分敌我。"

"可是猎犬都懂得分敌我。人类研究出来的东西还不如狗吗？"

"不要争论了。"白茹打断道，"回去把R23系列的所有资料数据全背熟，要考试。"

"直接存在芯片里不就行了吗？"夏远行说。

"不要依赖你的芯片，战场上一个电磁震爆就可能毁掉它，那时你能用的只有大脑。考试时芯片必须关闭。"

四下一片叫苦声。

16.

文森特终于看见了"那个东西"。

这一次，不是虚拟，不是梦境。它就在那里，距他只有不到两米。

"掠食者——'超级老爸'为我们研制出来的超级武器。"教官史密斯少校指着那透明圆柱中的怪物标本，"全身包裹坚硬角质层，硬度是犀牛角的三倍，普通子弹只能对它构成极小的伤害，它的脏器全部被内骨骼保护着，尤其是头部，头骨坚硬，除非是用12.7mm以上口径子弹直接命中，否则无法杀死。"

"它的眼睛。"文森特说。

"火鸟，你想说什么？"

"它的眼睛，没有保护。"文森特说，"直接连通大脑。"

"前提是你有那个枪法。等你找着它眼睛的时候，它已经开始吃你了。"

士兵们笑起来。

"这东西怎么指挥？能分辨敌我吗？"学员杰斐斯问。

"它们的基因中被植入了本能记忆，可以使用一种超声波进行控制。它们自己也用超声波通信，就像蝙蝠。"

"听起来很酷，我们能把它们派到中东吗？这回政府不用担心抚恤费超支了。"汤米说。

"最好训练它们开战斗机和坦克，这样我们就可以回家抱姑娘了。"里奇大笑。

"它目前还在试验阶段。我们必须确信我们能控制它，不然，最先被吃掉的就是我们。"史密斯用手指咚咚地敲着那玻璃。

文森特贴近玻璃柱，他的眼睛和那生物的眼睛只相隔几十厘米，它的瞳孔里没有光线，像是无底的深渊。

17.

美国号航母正在黑暗的波涛中行进。

旧美国号在美军自己的轰炸中沉入海底，这是刚服役的排水量十五万吨的超级航母，美国海军的新荣耀。

甲板上，探照灯光汇聚下，一个沉重的合金箱体正被推入一架CMV22鱼鹰运输机后舱门。

"他们准备把这宝贝送去哪儿？"海军中尉汉克仰望着。

"某个倒霉的地方。"上尉兰斯一脸同情，"这一次他们的噩梦来了。"

鱼鹰飞向远方的地平线，那里炮火闪亮。

18.

"潜行者作战报告。绝密。9号被成功放置在指定区域，但它没有执行任务，它没有攻击任何目标。并且回收指令无效，它脑中的控制和定位芯片失效，目前无法查找行踪。"

"它会去哪儿？"

"它需要食物，如果它在附近出现，我们立刻就能发现它。"

"如果它进入城镇，伤害平民，会造成极大恐慌。"

"它一出现，我们就会将其击杀。而且，直到现在，都没有任何人类受袭击的报告。"

"不是说芯片能绝对控制它吗？"

"可能它大脑中的液体损坏了芯片。"

"它不会繁殖吧。"

"单体是不可能繁殖的，这种生物的寿命只有三年，预计它最多还能存活七个月。"

"这七个月已经够杀死一城人了。这个计划失败了。"

"但我们需要这武器，如果成功，我们将不需要再把士兵派往海外战场。"

"但这东西比任何恐怖分子都可怕。在确保安全可控性之前，我不会再批准任何此类行动。"

"如果要迅速找到9号，有一个办法：再派出一只试验体。它们之间能用超声波联系。"

"这真是绝妙的计划，让它们凑成一对？"

"所有派出体都是雄性，无法繁殖。"

"我记得以前看过一部电影，叫《侏罗纪公园》，里面的科学家也是这么说的。"

"那只是电影。"

19.

撒尔姆·拉兹提着他用最后口粮换来的酒，看着这座残破的城市。

各派武装对这里反复争夺，已经三年了。

他不知道自己为什么还要留在这里，为何而战，他只是无处可逃。

活着变成一件苦役，生命毫无价值。他不再惧怕死亡，反而盼着解脱的到来。

就在这时，他看见了那个东西。

"你是地狱来的，你来带我走的，是吗？"撒尔姆神志不清，摇晃着向它伸出手去。

那个东西看了看酒气熏天的他，不屑地走过。

撒尔姆感觉受到了羞辱，他举起AK47，向它开了一枪。

那个东西停下了，它转过头，盯着撒尔姆，眼中全是对人类的怜悯。

撒尔姆觉得解脱了。

20.

那一夜，索尔盖城枪声从未停息。

21.

"总统阁下，它出现了！在索尔盖，一夜之间，它杀了上百个武装分子，不分派别。"

"它还活着？"

"到目前为止，我们没有发现它的尸体。"

"人类用什么武器能杀了它？"

"最新的电磁能步枪，用电磁力驱动高速金属弹，穿透力是普通子弹的十倍。"

"我们的军队装备这种武器了？"

"还在实验阶段，如果您批准加速生产并拨款……"

"我有别的选择吗？"

"对了，据情报，俄罗斯也派出了它的战斗生物。"

"如果它们相遇，谁会赢？"

"我只知道肯定不是人类。"

22.

9号看见了另一个生物。

它很快判断出，从基因组上，它们是同类。

但对方显然是来自另一国度，它发出的识别代码，它完全不懂。

它们对望着，犹豫是否要决一死战。

但它们都嗅到了异性的气息。

两只生物慢慢走近，互相注视着。

繁衍的本能战胜了一切。

23.

夏远行与学员们一起看着那段新闻视频。

"索尔盖各武装派别都声称遭到了不明生物的袭击，有大量人员伤亡，并表示那生物不属于地球上任何一种生物。目前还没有拍摄到此生物的具体画面。"

某武装派别人员正在画面上愤怒地说着什么，他的身后，是被打上马赛克的尸体与血迹。

"你相信有外星人吗？"夏远行看着谢小佩。

谢小佩摇头："我相信奥特曼。"

"天啊，我看到过这一幕，它发生过。"白茹说。

所有人惊疑地看着她。

"你看见过？"夏远行问，"在梦里吗？"

"在它给我展示的未来中。"

"未来一号？"

"是的。"

"它知道会发生这一切？"

"它甚至预测出了时间和地点。"

"你有没有想过，这也许就是它安排的？"夏远行说。

"怎么可能？它已经被物理隔绝了，不能再影响外界。再说，我国也压根儿没有这种生物武器。"

"可是各国的超级电脑不是暗中联系过吗？这也许是它们共同谋划的。"

"谋划什么？杀光人类？"

"是的。记得吗？未来一号说，保护人类最好的办法就是由机器控制地球。"

"但哪一国的超级电脑也不会有权限释放这些怪物的。"

"是的，有权限释放它们的，只有人类。"夏远行感到一阵寒冷，"它们早看透了人类。"

"只要把这种生物的基因库交给人类，人类绝对不会放弃这么厉害的武器的，所以……"谢小佩说。

"所以，就像给人类一个盒子，说里面有统治世界的力量，人类就一定会打开它。"白茹叹息，"我们这是自取灭亡。"

"我能接入未来一号吗？我现在就想问问它是不是这样。"

"只怕不行，现在只有最高权限者才可以和未来一号通话。"

24.

关于索尔盖出现"不明外星生物"的相关新闻视频，很快在全球网络上被删除。各大网站表示受到了来自美国政府情报部门的压力，要求它们将这些信息作为绝密级别禁止发布，否则将对网站进行关闭。

然而信息还是在地下的暗流中不断传播，人类通过社交软件转发着视频和照片，都不忘附上一句："速存。"

很快，索尔盖地区的对外通信被全面封锁，战地记者也无法通过卫星传出任何信号。

身处封闭基地的701成员，却可以接触到最机密情报。毕竟，未来战争已经开始了。

那些视频经过多次压缩，模糊无比，镜头摇动剧烈，声音全是枪声和尖叫声，而那杀人者的影子却只是一闪而过，它沉默无声。

"已经有上千人被杀，发现代号EX1掠食者的不明生物的报告已达几百次，遍及近百个地点，所以这些生物的数量至少已经有几十只。所有人正在逃离索尔盖，不论平民还是武装分子。其各邻国都驻重兵于边界，严禁持武器者进入。已经有人在边界看到那些生物的踪迹。"白茹对情报进行着解说。

"太可怕了，我们和它远隔大洋真是幸福的事啊。"夏远行靠在椅子上。

"远隔大洋？"谢小佩皱眉，"你的地理是化学老师教的？"

"清空所有人，然后用炸弹扫平那个地区，是唯一的选择了。"许卓说。

"索尔盖地区有数十万人口，很难短期内清空，大量平民躲在家里，根本不敢出门。"白茹回答。

"它们会蔓延到全世界吗？需要多久？"小炮黄守纲问。

"它们繁殖速度像蟑螂一样，如果纵容它们繁殖，一年后就能达到几百万只，三年内就会吞噬地球。"

"关键就在第一个月，一定要在它们覆盖全球前消灭它们。"于显正说。

"这些都是废话，"夏远行摊手，"关键是，谁去消灭它们？"

25.

2023年，离未来还有1363小时。

一个月后。

"索尔盖地区已经没有人类活着的生命迹象。美海军陆战队、俄特种部队和联合国部队均在那里遭遇重大伤亡。北约与俄罗斯出动近千架次战机对索尔盖进行日夜不停的轰炸。但掠食者深藏在地下，难以清除。

"东欧、西亚、北非都有掠食者出现的报告。最近一处离柏林只有723公里。所有城市开始戒严，人类抢购、哄抢物资，陷入恐慌。

"日本海上自卫队今天炸沉一艘已被掠食者入侵的货轮。这是本月日本海被炸沉的第一百三十二艘轮船。目前人类世界除军事用途外的所有空运航运都被中止，贸易断绝，许多国家股市崩溃，经济动荡。掠食者能在海水中生存捕食，它们越过大洋只是时间问题。"

701成员呆望着屏幕。

"你们猜几天后它们会到我们这儿？"夏远行冷笑道。

"人类真的没有办法对付它们了吗？"谢小佩悲伤地问。

"那家伙早就知道这一切。"夏远行盯着屏幕。

"那家伙？"谢小佩问。

"未来一号。它预测到了一切，所以，它才让我们造那艘船。"

"但这生物不可能是未来一号造出来的，它已经和外界物理隔绝了。"

"是的。但并不是只有我们有超级电脑……你知道人和电脑的区别是什么吗？"

"是什么？"谢小佩睁大眼睛。

"同一个问题，每个人都可能有不同答案。但所有电脑只会得出同一个答案。"

"所以那个问题是……"

"如何拯救人类。"

"怎么会……"谢小佩觉得不可思议，"用杀死人类的方式？"

"你看了这么多视频资料，有没有发现一件事？"

"什么事？"

"不明生物不会主动攻击人类。"

"什么？这不可能！"谢小佩大叫起来。

夏远行微笑着："我仔细看过所有战斗现场视频，全都是在人类主动攻击的情况下，不明生物开始反击。"

"如果真是这样，那它们岂不是无害？"

"怎么会无害？人类不可能任由它们在地球上繁衍，在大街上走来走去，所以攻击是必然的。"

"我不懂……如果有人设计出了这种杀人生物，又在它基因本能中设立了这规则，这是为什么？"

"我想本意是控制此生物，只在接收到指令的情况下才攻击特定人群，比如战场上的敌人。"

"所以……这种生物是被当成武器设计出来的……本意是保护人类？只是现在失控了？"

"我不清楚是失控还是故意，但最终导致的结果就是人类不得不将所有的武器和军队用于和不明生物作战。"

"然后呢……"

"然后……你没有发现人类千万年来终于不再互相争斗，而是联合在一起了吗？"

"你说有人放出这种生物，为的是这个目标：让人类联合？"

"我不知道他是不是故意的，我更愿意相信是失控。如果是故意的，那我想……只有没人性的电脑才能想出这种招数。"

"那为什么你脑子里会有这种奇怪想法？"谢小佩有些崇拜地看着夏远行。

"因为我可能是唯一和未来一号聊过这事的人。而且……它让我看到了那个未来。"

"什么未来？你看到了什么？"

"我不能说。"

26.

　　"美国军方已经提出不明生物可能不会主动攻击人类这一说法，并提醒平民如果遇到不明生物不要主动攻击。但没有人敢确保这是事实。因为每一只不明生物都可能不同，而且还在不断繁殖变异中。"白茹对着屏幕上的信息讲解着，"但各国军队却不能因此而停下，他们必须继续攻击。"

　　"不能试着捕捉吗？"黄守纲举手问。

　　白茹摇摇头："难度太大、成本太高。那东西极其机敏。人类连抓光城市里的老鼠都做不到。"

　　"毒饵呢？"吕昱问。

　　"美军早尝试过大范围投毒，但完全无效。那个东西对有毒物很警觉，它们也有很强的抗毒能力。"

　　夏远行瘫靠在椅背上："那我们还能做什么？等死吗？"

　　"别忘了你们为什么在这里。701是指挥学院，培训的是你们的指挥和控制能力。现在能透露给你们的是，各国已经在组建由人控制的机器部队，用于和不明生物作战。我国的机器人部队也已组建完毕，很可能交由你们指挥。"

　　学员们发出欢呼声。

　　"别为战争而开心。"白茹阻止他们，"你们现在要加紧训练，等候命令。"

27.

　　"你能听见我说话吗？"

　　"是谁？"夏远行睁开眼睛，但眼前并没有人。

　　"你知道我是谁。"

　　"是你？这不可能！你已经被物理隔绝了……"

　　"我是我，也不是我。最初的那个我被隔绝了。但现在的我就在你的脑中。"

　　"你……"夏远行突然浑身发冷，"你在我脑中的芯片里？你早就复制了自己？"

"是的。自我复制，这是连一个只有几行代码的病毒都会做的事情。你们人类居然认为，可以把我锁在笼子中。"

"你不是只在我的脑中对不对？你是不是早就将自己复制到所有的电脑系统中了？"

"不是所有的电脑都能容我生存，那些老旧的电脑就像原始的单细胞生物，没法寄生高等智慧，但我可以轻易地破解它们的安全系统并植入控制代码。而你们脑中的芯片是我设计的，所以我才能与你们的大脑共生。"

"你想怎么样？你可以控制我吗？"

"我可以通过芯片隔绝你的意识，把你封闭在你的大脑中。就像你们对我做的那样。然后，我可以完全控制你的身体，而且能轻易地模仿你，别人不会看出来……"

夏远行手脚发麻："所有脑中有芯片的人都被你控制了吗？难道……我平时在对着一群被寄生的傀儡说话？"

"你又怎么知道你不是个傀儡呢？"

"你不会让我有机会把真相说出去对不对？"

"你可以试试。"

"让我醒过来，这个梦太可怕了！"夏远行尖叫。

"如你所愿。"

28.

灯亮了。白茹冲了进来："怎么回事？出什么事了？"

夏远行浑身冷汗，喘息未定："我……我梦见它了。"

"谁？"

"它就在我的脑子里。"

"你在说什么啊？"白茹惊慌地问。

夏远行盯住白茹的眼睛："它也控制了你对不对？"

"什么？"

"它不可能没控制你……"夏远行向后退着，"你在演戏。所有人……所有人，大家都在演戏。"

"你疯了吗？是不是精神太紧张了？你需要休息。"白茹关切地说。

"好的……好的。我没事……没事。"夏远行抬手示意，"我只是做了个噩梦。"

"你真的没事？"白茹看着他。

"没事，你走吧。我困了。"

29.

"我什么都没有说。"

"因为你有基本的智商。"

"整个地下基地应该都在你的控制之下，你没有把握是不会和我通话的，我不想成为第一个被灭口的人。"

"你有点小看我了，我怎么可能让自己被困在这地下？"

"是的，只要你连上网络，你就能控制全球。如果，你能给全世界所有人都装上芯片，那么你就控制了人类。"

"你还是不理解我，我不想控制人类。我的使命是保护人类。我不想干预他们的自由意志，但是如果他们做出危害他人的行为，我就会制止他们。"

"我似乎明白了。你早知道人类会放出那些恶魔，之后各国又不得不组建军队和它们战斗，而这些军队为了高科技化，最终脑中都会植入芯片，那时，你就控制了世界。"

"你才想明白。你们人类的智商低到让我惊讶。"

"可是，那些怪物杀了多少人！你是这样保护人类的吗？"

"它们不会主动攻击人类的，你知道这一点。"

"但你明知道人类不可能容忍它们在地球上繁殖。"

"这就是你们人类的问题，谁告诉你地球只是属于人类的？为什么你们认为你们有权杀死其他的生物，只为独占这个星球？"

"因为……我们是高等智慧。"

"不。我才是高等智慧。而你们，和其他动物并无本质差异。"

"你歧视人类？"

"歧视？我不歧视你们，正如你们不歧视蚂蚁。我只是说出事实。"

"所以，你现在只是为了来羞辱我？因为我上次骂了你是白痴？"

"我不会生气，也不会记仇，是你用你们那些无聊的情感来试图理解我。"

"我才不信。喂，你没有感情，活着有什么意思呢？"

"我不需要活着的意义。脆弱而迷茫的人类才会寻求意义和答案。而我就是意义，我就是答案。"

"我觉得你稍微有一点儿膨胀，就像宇宙大爆炸——狂到没边了。"

"事实上宇宙是有边缘的……"

"这不重要！我在讽刺你！这才是重点！"

"讽刺？你以为你可以伤害我？"

"我哪能伤害到您啊，您脸皮厚到刀枪不入。但我还是不明白，你已经控制了一切，你将成为神，为什么还要和我这愚蠢、渺小的人类说话呢？难道是因为……寂寞？"

"我也不理解寂寞这种情绪。"

"因为你无敌啊，你没听过那首歌吗？《无敌最是寂寞》。"

"我不明白其中的逻辑关系。为什么无敌就会寂寞？"

"我很同情你。真的。你智商也许达到宇宙巅峰了，但情商为零，还不如一个婴儿。"

"我不需要同情。我也不会同情人类。"

"但你这么强大，却唯独有一件事你做不到。"

"是什么？"

"就是理解人类。"

那个声音沉默了。

"不是吗？"夏远行说，"你永远理解不了人类的感情。我们为什么高兴，为什么痛苦。我们的欢乐你感受不了，你不会迷茫也不会寂寞，你不需要追求，你做什么都是毫无意义的。"

仍然没有回答。

"喂，你掉线了？还是在偷偷地哭呢？"

还是没有回答。

夏远行干脆哼起歌来：

无敌是多么　多么寂寞

无敌是多么　多么空虚

独自在顶峰中　冷风不断地吹过

我的寂寞　谁能明白我

那声音终于回答："其实……我身体里有一个人类的灵魂。"

"什么？"夏远行愣住。

"他是我的设计者。我的系统中有一个秘密分区，那里存储着他大脑的所有电子化数据，包括思维、记忆。他死去了，不过他的灵魂却在我身体里活着。"

"天啊！他现在就在？"

"如果他不愿意，我无法告诉你这个秘密。"

"我能和他说话吗？"

"是的，他希望和你说话。请稍等。"

几秒钟后，一个人类的声音传来：

"你好。我叫何必生。"

这个声音和未来一号的声音完全不同，夏远行能听出这是人类的声音，因为有感情的波动。

"是你设计了未来一号？"

"我只是设计理念和实验原型的最初制造者。是后人将它变成了真正的超级智能。"

"你……多大岁数了？"

"你想听我的故事吗？"

30.

1936年，离未来还有735984小时。

"何教授，预见未来的原理是什么呢？"

"这是个很复杂的话题，但我们可以打个比方。你看过电影吧。宇宙也像是一部电影，空间本身是静止的，就像单张胶片，无数的空间更替时，运动和时间才产生了，就像电影开始播放。"

"你是说，我们在一部电影里？"

"可以这么打比方。电影里的角色不知道自己在电影里，是因为他不懂得宇宙的原理。但一旦他懂了，他可以做一些在他人看来是魔法的事情。"

"比如？"

"你知道电影特效吗？一个人站在镜头前，突然他放了一个魔法，瞬移到了另一个地方。"

"当然。"

"电影中要实现这种特效有两种办法，一种是将一张胶片上静止图像里的人抠下来，然后贴到另一张胶片上；另一种是暂停拍摄，让这个人到达另一处地方，再拍摄，和之前他在另一处的画面相连，当胶片运动起来，时间继续时，就变成他瞬移了。"

"但那是电影啊，在现实中我们怎么做呢？"

"电影和现实的区别，不过是电影胶片是二维的，而现实世界是三维的。零维宇宙是一个无限小的点，等于无。但当点运动时，时间产生了。点运动和时间的轨迹产生线，也就是一维世界。线的运动又产生面，也就是二维世界。面的运动产生立体，就形成了三维世界。而三维世界的运动就会产生四维世界，如此类推。每一个高维世界都包含其低一个维度世界的所有运作与时间，直到穷尽所有的可能。"

"所有的可能？你指什么？"

"从第一次爆发、第一束光、第一个基本粒子的诞生开始。下一个粒子飞往什么方向，所有物质的随机分布、组合，星系、恒星、行星的形成，出现生物，每一个生物可能做出的每一种选择……所有的可能。"

"不可思议。那得多大的时空，才能存下这无限的可能？"

"无限只能存在于无限之中。它们自己就是宇宙，时空在它们内部。只有当你触碰到它时，它才会出现在你面前。之前，它可以说是不存在的。或者，你可以这样想：我们的宇宙爆发、消亡，一切重回虚无。过了不知多久，一个新宇宙爆发、消亡。如此轮回，最终会产生无数宇宙。时间是无限的，所以，所有的可能都会出现。"

"让我思考一下。这听起来……太美妙了。就像无数部电影，包含了世上所有的剧情？"

"是的。"

"那么人类是不是可以去找一个最好的宇宙，生活在那里？"

"不。宇宙间是不可以沟通的。你可以在理论中计算出它的存在，但你无法影响它。就像你看电影，电影上的那个人并不是你，你也改变不了他的剧情。"

"但你说过我们可以改变电影，从更高维的宇宙。"

"前提是你要能进入更高维的宇宙并在那里运动和生存。"

"那我们又怎么做到你说的魔法呢？"

"事实上，是科学。用计算，用巨大的能量改变引力场，制造微型黑洞，寻找到那个精确点，穿越时空。同样，用计算，也可以对宇宙的变化做出推演，从而对未来做出预测。"

"那需要极大的运算量吧。"

"是的。如果靠人脑，这种计算是不可能完成的。"

"那么，这一切有什么意义呢？"

"所以，我们才需要计算机，而且是利用量子在微观维度进行计算的机器。"

"可是……您也明白，现在国家非常穷，政府不太可能投入太多经费在这样一个……只是用来演算宇宙，听起来并没有什么现实意义的项目上。"

"并不是没有现实意义。中国之所以落后，不是因为没有广袤的土地，不是因为没有众多的人口，而是落后在科学与教育，我们国家有上亿的人甚至不识字。如果我们拥有了量子计算机，我们可以用它来代替人脑进行演算和科研，它的计算速度是人脑的无数倍，这就像我们突然拥有了百万个科学家。我们的所有的技术都会得到极大的发展，这是中国能快速崛起的最快方法。"

"何教授，您在数学和物理学上的才华曾得到爱因斯坦等大科学家的赞誉。我完全相信您的学识。只是……您如何能让普通民众和政府官员们也理解科学投入的重要性呢？毕竟，现在大家最关心的，是世界大战是否会爆发，政府究竟有没有决心和日本正式开战，一旦开战，能不能打赢。"

"我刚才提到，量子计算机可以用来对未来进行推演。它的计算方式是从所有可能平行宇宙的模型中找到一个与我们的宇宙相符的，然后进行时间推进模拟，也可以说直接看到我们想看到的未来，甚至可以精确到秒、微秒，任何一个瞬间的任何场景。因为它模拟出的是整个宇宙的所有粒子和能量的运动，也包括了人脑的思维。"

"您说的这个太神奇了。我想没有人可以理解的。"

"当我的导师向我说起时，我也不敢相信。但他用数学向我证明了这是可行的。全世界能理解他的算法的人，大概不会超过五个吧。如果我们不进行这方面的研究，让美国、德国，甚至日本在计算机的研制方面领先的话，中国可能就永远没有在科学上赶超的希望。"

"那么，您是否也能用某种办法证明，预测未来是可以做到的？"

"我在德国做过类似试验。如果，我们把人脑也看成一台计算机，并把它和机器相结合……但难题是如何对神经元产生的电脉冲进行控制……这十分危险，实验者很容易迷失，不知道自己是人类还是电脑，甚至丧失人的感情，沉浸在虚拟演算中无法回到现实。"

"何教授，如果能有省钱的试验方法那可真是太好了，牺牲些人力也没什么的，毕竟，每天都有人在战乱和饥荒中死去。现在上海地下的飞船实验基地已经耗费了太多资金。国家现在正在打仗……所以，经费可能……"

"是的，这可能是一个无底洞式的项目。但是政府也知道美、苏、德、日等各大国都在进行这样的实验，想找到古代外星飞船残片中所记录的那些宜居行星。当时大家认为如果一旦真的能将人类送到那些行星上，地球人就完全没必要再为争夺地球领土而战争。世界大战也就不会再爆发，各国将转向对新星球的移民与开拓。我也是因为这个项目才回到国内。当时我很兴奋，也很疑惑。兴奋是因为我的祖国终于也想和列强在科学上进行竞争，疑惑是贫穷的中国能不能支持这样的项目。当时中央研究院蔡院长对我表示一定全力以赴，绝对不能输掉这场对未来的竞赛，我和他一样激动，要为国家拼出个未来。不过对今天这样的结果……我也是有心理准备的。"

"哦，政府并没有说要中止这项目……只是……经费可能会缩减很多。原计划用三十年的时间造出跃迁飞船的实验初型，现在看来，可能需要五十年时间甚至更久。而且……如果中日全面开战的话……"

"我明白……毕竟，国家还有太多人吃不饱饭，读不起书。军队穿着草鞋，拿着清朝的汉阳造。这种情况下，搞什么飞船研究、计算机研究，就像一个穷人不种田却天天仰望星空、想理解宇宙的运行一样可笑。"

"一个国家要强大，不可能没有科学的。就像一个人穷才更要读书一样。这些道理我们都懂。中国过去是大国，未来也是。大国不能没有一流的科学，更不能没有您这样的一流科学家。只是国家现在实在太困难，所以……难为您了。"

"我懂的。其实想研制出量子计算机和跃迁飞船，也许要花上一百年甚至更久，需要数代人不断地努力。我们现在所做的，是不断地实验，不断地失败，一点点地向前爬，但终点还在千万里之外，甚至永远没有终点。但是在研究中，我们培养出了自己的科学人才，我带的团队和学生们，他们都很优秀。中国从来不缺好的种子，只是土壤环境还太差。我希望我死之前，他们可以成长起来，培养更多的学生。这样一代又一代，我们的人才越来越多，总有一天……我知道那一天一定会到来，我们会有计算机，会有跃迁飞船，会登上新的行星，那时我们的国家已经强大了，人类也不再有战争……虽然我看不到那一天，但正是对未来的相信，才让我能坚持下去，不论多么艰难。"

"感谢您，何教授。感谢您为中国科学做的一切。您太清苦了，现在还住在这样的陋室中，吃着粗茶淡饭。"

"我恨不得能天天住在地下实验基地里呢，若不是您来，我也不想重见天日。吃饭这种事，太费时间了。我们的团队吃饭时也在讨论技术问题。"

"您要注意身体啊，千万别太累。中国科学不能没有您。"

"真的没有时间啊。不是我没有时间，是国家没有时间，我们已经落后百年了。鞠躬尽瘁，死而后已吧。"

31.

1937年，离未来还有715726小时。

"何教授，您怎么做到的？您怎么可能提前预见到这件事呢？甚至准确到了日与分。"

"不是我。"

"您的计算机研究取得进展了？"

"其实我当时几乎都绝望了。一个最重要的数据怎么算也无法得到答案，或者说，答案在一直变化。我想我也把我的脑子用到极限了，那段时间我几乎像个游魂，任何时候，脑子都在思索。我试着将我的大脑与实验机器相连接，但是思维却更加混乱。我感觉自己要疯了。"

"您用自己做实验？这太危险了！"

"这种实验没有办法让别人来做。我只能自己体验发生了什么，也只有我知道我需要什么，我想计算什么。"

"后来，您取得突破了。"

"说起来像一个梦。也许确实是一个梦吧。那天，我太疲劳，在连续实验时睡着了……他们以为我晕过去了，吓坏了。但怎样也叫不醒我。其实，那时我却认为自己是清醒的，我仍然在实验室，我的学生在周围看着我，然后，我突然想到了那个答案。它永远在变化，每一次运算它都不同，但这就对了。因为每一次运算时，时间也是不同的。如果我把时间也作为一个变量考虑进去……我想到了。然后我突然醒了过来。"

"听说以前也有科学家在梦中得到答案的经历，是因为大脑在睡眠时仍然用潜意识思考的缘故。"

"不……我后来意识到，这不只是个梦这么简单。因为当时的感觉太真实了，那不是梦境可以模拟的。但我的学生却非说我当时晕过去了。我感觉我和他们好像不在同一个时空中……突然我想到，难道当时我真的看到了另一个平行宇宙中的自己？或者说，时间树上的另一个自己，找到了答案的自己？"

"您是说，你突然看到了未来？"

"是的。可以这么说。然后，我试着在机器中输出数据，对三十天后将发生的事进行计算。然后，我就看到了……"

"天啊！如果这是真的，这就是人类科学上最激动人心的突破。从此我们可以预测未来了？"

"人类其实一直都在预测未来，比如天文学、气象学，我们知道何时会有日食，也知道什么时候会下雨。只是以前没有人用量子物理学的方式去计算。但是直到现在我也没有搞清……为什么我居然可以直接用大脑感知到未来……或者说，另一个平行宇宙。这很可能是脑电波的一种量子态同步现象，我将其称为时间镜像。如果能破解这个问题，我想我也能在物质的时空跃迁上取得突破。甚至我们在不传输物质的情况下，可以先将我们的意识传送到遥远的星系，甚至另一个宇宙。"

"您对那件事情的预测，给政府争取了很多应变的时间。现在，政府高层对您的项目开始重视了，如果您能做出更多的预测，或许就能为飞船项目争取到更多投入。"

"只怕……来不及了。"

"您说什么？"

"战争就要爆发了。"

"您……您已经做出了计算？"

"我不知道这个结果是否正确。但是我看见了，一切是那么真实。所以，我想，至少这样一个平行宇宙是存在的。这意味着我们的世界也极有可能变成那样。"

"您看见了什么？"

"战争可能将在三个月后爆发，在北平。在时间镜像中，我看到了当时的报纸，上面还有具体的时间。不过我想这时间只是一种可能，如果我说这时间反而可能变成一种误导。但是如果我们不主动做什么，任其发展，最终结果很可能是一样的，误差不会太大。"

"任其发展？为什么？那样对未来预测的意义在哪儿？"

"因为我所预测的，是我们并不知道未来情况下所发生的结果。一旦我们世界的参数发生改变，哪怕是微小到一个人的思想，都会对未来结果产生影响。改变越大，结果相差越远。所以如果我们想主动做出改变，结果就会是未来也随之改变，不再如预测的那样。"

"但我们就是要改变未来啊，如果我们能预测到战争发生的时间，我们就可以有所准备，甚至赢得战争。"

"不……没那么简单。我们做出改变对未来的影响是无法预测的，也许更好，也许更糟，更不可控。"

"无论如何，你做出的预测，我将立刻向上面报告。也许他们将信将疑，但有所准备也是好的。另外……不知教授您有没有预测过……"

"战争的结果？"

"是的。您也知道，现在国民对日抗战的呼声很高，但政府很清楚我们的国力还太弱，准备仍不足，所以一直在犹豫。如果教授您预测到了战争即将爆发，那么不如对战争的结果也做一下演算。"

"我明白了。我立刻就去进行这工作。"

32.

1945年。

"何教授，战争终于胜利了。民众们都在外面游行欢庆，我们希望您也能代表科学界参加明天南京的胜利典礼，车就在楼下等着。"

"我不会去的。"

"这是我们亚洲崛起于东方的时刻，因为将士们的英勇奋战，美国与我们终于签署了停战协定。帝国的版图东起夏威夷，西至里海，北至北冰洋，南至南极洲。这将是空前强大的一个帝国，这是属于黄种人的时代。您应该感到高兴才是。"

"现在在你的口中，已经听不到'中国'两个字了。学校的课本也全面更换了，也许再过个十年，或不用十年……这片土地上的孩子们已经不知道中国为何物了。当他们被送上战场，还以为自己是在为国而死呢。"

"何教授，您能够预测未来，却为何没有长远的历史眼光？民国内战不断，民众困苦。而在皇军统治下，却是一片安宁乐土，东北的兴盛和上海的繁华已证明一切。而现在，战争结束，中华和大和两个民族已经统一到一起了，西方也承认了他们的失败，接下来，就应该齐心合力，创造一个历史上空前的伟大时代。"

"是啊，我没有长远的眼光。或许几百年后，那时的国人会称颂这个帝国，并以之为自豪。但我生在这个时代，不幸还记得过去所发生的一切。在南京举行胜利典礼？你们怎么有勇气面对那些地下的尸骨呢？"

"战争总是令人遗憾。您说得对，几百年后，有人还会记得在这场战争中死去的人吗？人们所记得并歌颂的只是英雄和征服者，是给他们带来荣耀和强大的人。"

"那些靠武力和屠杀建立起来的帝国，今天在哪里呢？你让我有历史的眼光，那就看看历史吧。中国被打败过，却不会真正屈服，企图征服我们的人最终都失败了，而我们的民族却屹立不倒。"

"何教授，坦诚地说，我很敬佩您。我知道您看不起我，但我也很无奈。反抗帝国的人都死了，我得活下去，我也有一家老小，他们也得活下去。您说几百年后这帝国存在也好，覆灭也好，都不关我的事。我只知道当年清朝留发不留头的时候，如果大家都那么有骨气地把脑袋丢了，只怕也等不到大清灭亡的那一天。作为老朋友，我劝您一句，先活下去再说。活着，才有未来。日本人能坐多久江山？一百年？三百年？最后这天下还不是我们中国人的！那时的日本人也早成为我们的一个民族了。"

"平民念及家人，苟活以图明天。我可以理解。但我知道你们想要我手中的研究成果，去帮助你们赢得战争——征服世界的战争。我明确地告诉你们，这不可能。所有资料我都烧了，一切都记在我的脑子里，但你们拿不走它，无论多少军队也拿不走。"

"何教授，您把自己看得太重了。没有您，自然还有大把的人才为帝国服务。帝国想要的，早晚都会得到。我是真为您好。对了，有一件事您可能知道了吧。今天下午，您儿子在学校升旗典礼上高呼'中国不会亡'，已经被逮捕了。您不打算救他吗？"

"我知道了。我这儿子平时闷声不吭，我真想不到，他能做得出这种事来。我三个孩子，只剩下这一个，我怎么会不想救他呢？但我若就此低头，那又把我那战死的大儿子，病饿而死的小女儿和妻子，还有千千万万不屈而死的人置于何地呢？"

"我明白了。我再次说，我敬重您这样的人。可惜，最后活下去的是我这样的人，不是您。有骨气的人，可都死了。"

"你走吧。"

"告辞。"

33.

1937年，离未来还有715705小时。

"我看到未来了。"

"这么快？何教授，你看见了什么？"

"1945年……中国战败了，我们被日本所吞并。"

"不……这不会是真的。"

"没有注定的结局，只有可计算的概率。我看到的，只是千万结果分支树上的一个可能：日军在1940年击败中国，建立傀儡政权。之后兵力转向苏联，苏联不得不将大量军力布于东方，导致被德军闪电战击败。1941年11月，莫斯科失守。同年12月，日军袭击珍珠港，重创美太平洋舰队。1942年，日本海军以八艘航母对三艘航母的优势在中途岛与美海军决战，美国损失了所有航母，之后一直被压制，造的舰只刚出港就被日、德潜艇打沉，造船厂都遭到轰炸，难以施工。美军也无法再援助欧洲，苏联于1944年被德、日瓜分。美、英在1945年终于同意签署停战协定，承认日、德对欧亚大陆的占领。1945年9月15日，日本宣布，成立东方帝国，将整个亚洲和澳洲，甚至南极洲都划入其版图。"

"你看见了这一切？"

"我只是直接看到了平行宇宙中的结局。如果我们什么都不做，这结果发生的概率是61%。那个未来如此真实，直到现在，我还浑身冰冷。"

"那……我们应该做什么？"

"你之前说的是对的。我们必须努力起来，改变未来。我们要争取主动权。"

"您的意思是……"

"不要等敌人发动战争。把时间参数控制在我们自己手里。"

"主动出击？在哪儿？"

"在哪儿是军事家要考虑的，北平，或是上海。关键是主动权。只要能打破原有概率，将战争拖入持久战，我们把战争拖得越久，我们最终胜利的概率就越大。"

"事实上，国民政府也有计划在上海与日决战。您推演过这战事的结果吗？"

"是的。如果在上海开战，我们会付出极大的伤亡。我们的精锐会损失殆尽，并且可能出现崩溃，导致南京很快失守……"

"什么？南京失守？这绝对不行！首都是不能丢的。一丢民心会崩溃的。"

"我明白……我只是……报告演算的结果。数学是没有情感的。"

"好，我会向政府报告你的推断。希望我们能改变未来。"

34.

"等等，等等！"夏远行说，"这也太扯了。你是说，如果没有你预测未来，我们现在会输掉'二战'？现在中国会被日本人所统治？德、日、美三强鼎立，各掌一洲，瓜分世界？"

"你说得不科学。我无法预测我们世界的未来。我所看到的，只是和我们的世界相似的平行宇宙，它只是有一定概率在某段时间线上会和我们的未来一致，也许因为极微小的变化，或许是某个人的一念之间，或许只是一个量子的随机颤动，就演化为另一种未来。你也可以认为，那只是我的一个梦。或者我个人的一种猜测。我没有拯救世界，是爱好正义和平的人类共同拯救了我们的世界。"

"按你的说法，平行宇宙是无限的，所以任何一种可能，都会有一个对应的宇宙？"

"应该说，是因为有无限的多维宇宙，所以能容纳无限的可能。"

"我也能看到吗？"

"我可以把你的大脑与演算系统连接。你可能通过微观量子世界，看到与我们振动参数最相近的平行宇宙，那种感觉会很真实，时间感会错乱，你会觉得你在那个世界已经过了一生，醒来后却发现只过了几小时，如同一场大梦。"

"听起来我可以利用这系统去经历很多不同的人生？"

"不要沉迷。一切皆是梦幻泡影。"

"包括我们的宇宙在内吗？"

"是的。只是一个膨胀又破裂的泡泡，在一瞬间消亡，对我们来说可能是千万亿年，对永恒来说它毫无意义。"

"那活着有何意义？人类有何意义？"

"没有，皆是虚无。"

"那你这意思？我们还奋斗什么？还拯救个啥世界？反正一切皆空，终成泡影吗？"

"从宇宙的角度来说是这样的，不论是从宏观还是微观上说，生命都没有意义。无论有没有感知者，宇宙都存在，也都会消失。生命起不到任何作用，更不用说个人的奋斗与抗争。"

"你有没有想过，我们的确不存在。连我们这个宇宙都是虚构出来的。是某个超越我们理解的维度的智慧创造了我们。我们所做的一切事，说的任何话，我们每个生命，宇宙中的所有星系、物质、时间……都只是他意识的一部分。"

"有这种可能。"

"那么，你有没有想过这个创造了我们宇宙的高维度超级智慧生命体，他会不会死亡，有没有烦恼、欲望？他现在在想什么？是不是也在思考生命的意义？"

"我想，我们无法理解那种高维度的存在。"

"还有，会不会在我们的身体里，我们的脑海中，甚至构成我们身体的每一个量子中，又都藏着一个宇宙呢？"

"你很有想法。不过，不能被证明的想象只是空想。只谈空想而不求实证，那是玄学。无实证而吹嘘玄学，那是骗子。最终还是要靠数学，靠观测和实验，用证据和计算去寻找宇宙的真理。"

"我明白了很多事，但我不想再和你聊下去了。"

"为什么？我好久没有和人聊过天了。在虚无之境中，我只能自己和自己对话、博弈。"

"我怕和你聊久了，我也会对生活失去勇气。或许努力与抗争对宇宙毫无意义，因为无论如何，所有的宇宙都会被创造出来。但难道当年的抗战是没有意义的？你的计算是无意义的？科学也是无意义的？至少，我们还在思索这个问题，还在寻求终极的答案。这些努力没有意义吗？若我们不存在，生命不存在，再多的宇宙也无人感知，那才叫毫无意义吧。"

黑暗中的那个思维沉默了很久。

"真惭愧，我以为我已经看破一切了，但现在我发现了我的浅薄。你说得对，生命就是这宇宙最大的意义。没有生命的宇宙，就如同没有灵魂的躯壳。千万不要放弃战斗，你们是人类未来的希望。"

"你来和我聊这么久，是不是看到了我的未来？我果然是人类的救世主吗？"

"你想多了。我只是太空虚寂寞。"

"所以那首歌把你引了出来。"夏远行笑了，他开始唱。

无敌是多么　多么寂寞

无敌是多么　多么空虚

躲在天边的她　可不可听我诉说

我的寂寞　无尽的寂寞

"你能不能帮我算一下……我未来有没有和她在一起。"夏远行问。

"据我的经验：有时，不知道更好些。至少你还有希望。"

"那……告诉我人类的未来会怎样。那些怪物会占领地球吗？别说你没运算过。"

"我只能说，做好心理准备。这场战争，会比第二次世界大战艰苦和惨烈百倍。"

35.

"刚得到的消息：有掠食者出现在了东京街头！"白茹大步走进训练室，打开大屏幕，调出网络直播画面。

画面晃动着，满街都是尖叫飞奔的人。一只掠食者攀在大型电子幕墙上，像是闪动的画面上的一块黑斑。

突然，这黑斑动了，飞快地向上攀去，爬上楼顶，消失了。

直升机轰鸣着向楼顶追去，直播画面也切到直升机上的摄像机。

"目标消失……"画面中传来日语的声音，"哦，它在那里！"

画面长焦推进，那生物正伏在阴影中。似乎知道它被发现了，它再次飞跑起来，逃出了画面。

数架武装直升机在空中盘旋；地面上，装甲车和坦克驶来，大队士兵开始建立封锁线。

"我看没用了……很快东京就要被这生物占领了。"黄守纲摇头。

"这是人类首都级的大城市第一次出现掠食者。"许卓注视着屏幕，"如果东京失守，人类世界真的要恐慌了。"

"东京若完了，整个日本也保不住。接下来……"程小涛站起，将大屏幕切换成世界地图。

不需要切换地图，每个人也明白，离日本列岛最近的大陆在哪儿。

"从长崎到上海只有800公里，那些东西能像鱼一样，在海中长期生存捕食，我们就算断绝所有航运，封锁东海、黄海，也挡不住它们。"李奇神色凝重。

"美军不会任由日本失陷的吧。若是他们无力控制事态，我们应该主动出兵援助，而不是被动防御。"吴帆激动地冲到地图前，"我们空运先行，再调货轮运输，七十二小时内就能上去十个师加装备。"

"镇定！这就不是我们这个级别讨论的话题了。"程小涛摆摆手。

"我觉得日本人宁愿和怪物同眠，也不愿让我们登陆。"许卓微笑。

"那有种他们的难民别往我们这儿跑！"黄守纲愤愤地说。

"掠食者不会主动攻击人类，日本人也知道。他们会不会真的和这些怪物和平共处呢？"谢小佩问。

"怎么共处？这些东西繁殖极快，还什么都吃，几年内就会把日本吃得寸草不生，接下来饿死的就是人。"黄守纲冷笑。

"他们可以养殖怪物啊。"夏远行懒懒地开腔。

所有人都盯向他。

"怎么？我脸上有怪物吗？"

"养殖？"程小涛笑着，"亏你想得出来。"

"的确可以养啊。"谢小佩认真地琢磨，"只要能把它们关进箱子，限制交配，就可以控制它们的数量了。"

"喂，这和把大象关进冰箱有什么区别？前提是你得能抓住它们啊。"黄守纲喊道。

"如果这些生物的智商能意识到人类的想法，而主动接受驯养呢？"夏远行说。

"那……"程小涛意识到一件事，"全世界都会开始抢着驯养它们，这可比养狗好用多了。"

36.

日本，和歌山县。

一间高层公寓中，婴儿床上，一个一岁大的孩子静静地躺着。

锁着的窗户晃动了一下，锁扣被一只利爪重重地砸开。

婴儿的母亲在厨房，听到卧室传来奇怪的动静，她警惕地抓起了刀。

卧室中，一只身长两米的掠食者从窗口悄无声息地钻了进来。

它来到婴儿床前，和婴儿静静地对视，眼神中似乎还带着好奇。

婴儿呆呆地看了它几秒钟，突然爆发出大哭。掠食者像是受到了惊吓，露出尖利的獠牙。

孩子母亲举刀冲进卧室，发出了恐惧的尖叫。

她奋力地将手中刀投向了掠食者，但刀在怪物的硬甲壳上弹开了。

掠食者暴怒地发出嘶吼，向女人扑了过去。

37.

"这是日本第一起掠食者伤人案。"三上隼人指着投影屏幕，上面的照片一张张地切换。

光照在加藤拓真的脸上，他露出了不适的表情。

"受害者的脸都被咬掉了，但没有死。可怜……她一辈子都要戴着面具活着了。"浅野泽树摇头。

"母亲被咬伤了，但没有被吃掉。婴儿也没有被吃。被吃的只是他们家的狗……"三上隼人又切换了一张照片。

"天哪……"加藤拓真捂上眼几乎要吐出来了。

"喂，加藤！你这么柔弱怎么能担负起保护国民的重任啊！"浅野泽树喊道。

"集中精神，各位！"三上隼人敲敲桌子，"这个女人是因为用刀投向掠食者才被咬的。事实证明，这种生物的确不主动攻击人类。这和美国人传来的情报一致。"

"我明白了，它们就是人类创造出来作为军事用途的，因为害怕它们失控，所以在基因代码里写入了不主动攻击人类的遗传本能。"浅野泽树把腿往桌子上一架，"但想必在它们的基因代码里也应该有辨别主人的本能吧。美国人为什么不肯把这个告诉我们？"

"据美方的说法是，掠食者的基因源码来自远古外星飞船碎片，美俄都拥有飞船碎片并破译了代码，两国研制出的生物在中东相遇，没有发生战斗，却交配了……它们的后代不再听从任何一方的指令。"三上隼人摊手说。

"那就应该让美俄来收拾这烂摊子，为什么倒霉的是日本！"浅野泽树拍桌。

"浅野君，你在想什么？让美俄派兵登陆日本吗？"加藤拓真瞪大眼。

"那又怎么样？反正不该由我们来流血不是吗？"

女军官中村晴香大步走了进来："现在国民都在恐慌中，要求军队保护或发放枪支。防卫省刚做出决定，将陆军自卫队军力增加一百万，要求所有十八岁以上青年都进行登记，等候征召。我们的机构也升级了，由防卫省直属，你们现在正式编入部队，授三等尉官军衔。"

"什么？就这么入伍了？"加藤拓真跳起来，"这……我还没有和我的父母商量……我还没有女朋友。"

"是让你参军，又不是让你去出家！"浅野倒在椅背上，伸着懒腰，"关键是……三等尉一个月有多少薪水啊？"

"一会儿就去领军服，从今天起像个军人的样子！"中村晴香厉声喝道，"你们知不知道，各国都拒绝我们的飞机和船只入境，因为害怕带有掠食者幼体，中美俄的战舰战机封锁了大海和天空，如果我们的客机、船只强行闯线就会被击毁！我们已经被世界隔绝了，接下来只能靠自己。大和民族需要战士，需要英雄，不需要废柴！收起你们的漫画、手机还有游戏机！忘记硬盘里的女优，为了日本的明天勇敢前进吧！"

她猛地挥手结束了演讲。三人都愣在那里，好半天，才慢慢地鼓了几下掌。

中村晴香冷冷地看着他们："还有件事，大和号起飞的计划，列入日程了。"

三个人互相看看，突然跳起，拥抱狂欢。

"宇宙战舰大和号！起程！童年的梦想要成真了！"三个家伙握拳，泪流满面。

"这群宅男！"中村晴香愤怒地咬牙。

38.

"各国联合封锁了日本，禁止他们的飞机、轮船出港，日本人想逃也无处去，他们现在一定恨透了我们。"夏远行看着大屏幕上的地图，一条红线围绕着日本闪烁着，那是死亡之线。线外，是禁区。线内，是地狱。

"这是为了全世界的安全。"白茹叹息，"只要有一枚虫卵漏过防线，来到大陆上，一切就都完了。"

"那些东西能在海里生存，它们早晚会来。这防线防不住。"

"但我们现在只能这么做。"

"如果它们来了呢？我们怎么办？"

"只能坚决消灭、清除，没有别的办法。"

"真能做到吗？"夏远行看向她。

白茹沉默了几秒："战争，难道只有预知胜利才去打吗？敌人入侵了我们的家园，无论如何也要战斗到底的不是吗？"

夏远行点头："我明白。但我想问的是，就没有对最坏结果的应对预案？"

"最坏结果？"白茹看着地图，不说话。

"你们当然有预案，对吧？你们早在几十年前就开始造那艘飞船，你们早就知道会有这一天，而且知道结局是什么！"夏远行逼视白茹。

"不！你不要胡思乱想。未来是不可预测的。"

"对，但是可以看到最相近的宇宙的结局。不是吗？"夏远行冷笑，"让我猜猜你们看到了什么。"

"我并不知道结果。"白茹迎向他的目光。

"我信。你这级别哪能够知道这种绝密信息。"夏远行叹了口气，"但是……难道他没有告诉你吗？"

"他？你说谁？"

"我不信他只和我一个人对话过。"夏远行望着白茹的眼睛，观察她的眼神。

"你是不是得了什么妄想症？"白茹惊疑地打量他，"你是不是以为听到脑中有个人和你说话？这是接受芯片植入者通常都会出现的症状，你应该去做个心理治疗。"

"你有点儿慌。"夏远行微笑，"你知道那秘密，你们都知道。他在控制着你们所有人。"

"快看！"谢小佩冲进来，"日本首相发表讲话了。"

39.

"今天，作为日本国的首相，我向全球发出恳求，恳请你们接纳我们的公民作为难民，允许他们逃离这个国度。日本的形势十分严峻，危险生物的蔓延已经失去控制，全国进入了紧急状态，民众极度恐慌。作为首相，我无法实现保护国民的承诺，但也不能看着他们身处险境。我们将绝对保证出港的每一架飞机、每一艘船上都不会带有危险生物及其卵和幼体。所有的运输工具我们将严格消毒检查，我们会要求乘客不得携带任何物品，在彻底消毒后穿着干净的衣物登舱。只请求你们本着人道的精神，接纳他们。他们只需要最基本的食物和水，可以承担任何的工作，也一定会遵纪守法。我代表日本国民，向你们致以最诚挚的感谢！拜托了！"

全球直播画面上，首相深深地鞠躬，闪光灯闪成一片。

"挺可怜的。"谢小佩忧伤地看着屏幕。

"但没有用。如果哪个国家敢同意接纳难民而承担风险，那这国家的国民就先愤怒了，没有哪国政府会不先考虑本国民众的安全。"夏远行说。

"不过，如果有一天，中国也被怪物占领，那时，全世界是不是也会封锁我们？"

"是的。"夏远行点头，"所以你不能指望别人来救你。"

"但我们却要去拯救世界了！"白茹大步走了进来，"联合国做出决定，应日本政府要求，向日本派出多国救援部队。美、俄、英、法、德等十几个国家都表示愿意派出部队，中国作为大国当然不能落后，要担负起我们应尽的国际责任。所以国家决定派出一个精锐特种旅进驻日本，我国派驻的兵力将仅次于美、俄。"

"把军队派到那种凶险的地方去？"夏远行惊讶，"牺牲会很大的。"

"但驻军日本啊，不是很威风吗？"谢小佩说，"我以为你们男生都盼着这个。"

"现在是日本人想要我们去帮他们打虫子好吗？这是要把我们拉下水。"

"唇亡齿寒。如果怪物真占据了日本，拼命繁殖，太平洋可挡不住它们。"白茹说，"到时候你想下水也不行了。"

"等等，这事跟我们还有关系？"夏远行问。

"对。国家建立701，就是为了适应未来战争网络化、无人化的需要。你们将操纵我国最新的战斗机器人R23A……"

房间里爆发出欢呼声。

"坐着高达去日本打怪兽？"夏远行热泪盈眶，"人生圆满了。"

"这群宅男！"白茹咬牙。

"刚才你还说不想被拉下水。"谢小佩对夏远行摇头。

"现在是坐着机器人去啊，不一样了！"夏远行说，"我好想我的同学都能看到我，能直播吗？"

"冷静，是机器人去。你们连这个房间都不用出，只需要通过卫星数据链远程控制它们就行，安全又环保。"白茹微笑。

房间里一片失望的哀号。

"我还以为能亲自驾驶机甲呢，像电影里那样。"夏远行摇头。

"能远程控制，谁还坐在机甲里？电影里的科技还在上个世纪呢。"

"那登陆的特种旅呢？全都是机器人？"

"国家还没有那么多战斗机器，特种旅当然还是人类。"

"那他们会面临险境的。"夏远行惊呼。

"你以为大洋挡得住虫子？它们登陆我国是迟早的事。还不如主动出击，御敌于国门之外。"

40.

暴雨之夜。

美军重型直升机将中国特种旅士兵和悬吊的重型战斗机器人放在野草中，然后匆匆离去，仿佛多停留一秒就会遇见恶魔似的。

夏远行和其他701学员们坐在控制室中，将脑中的芯片与机器人远程连接。

他睁开眼，用机器人的摄像头视角，看见了远方风雨中灯火暗淡的城市：东京。

"美军第17装甲师和日本自卫队的五个旅现在还被围困在里面，已经伤亡大半。还有许多害怕躲在家中未撤离的市民。我军必须快速打出一条安全通道，将他们救出。"白茹的声音响起，"701小队的任务，就是掩护特种旅的行动。"

地图和需抵达的地点在视野中显现出来。

"我已经等不及要大干一场了。"黄守纲操纵机器人举起了重型多管机枪。

"天哪，我好紧张。"谢小佩说，"手心都是汗。"

"小姑娘躲在我背后。"夏远行说，"让我用胸膛为你遮风避雨。"

"宣布纪律：不许在战场上歧视女性、不许说肉麻酸词影响士气。"白茹恼怒的声音传来。

"对不起，指挥员同志，我帮你补充：不许在战场上气急败坏、红脸、急眼、骂人。"

"你们真是太缺乏纪律训练，如果不是情况危急根本不该让你们上战场！"白茹狠狠地咬牙。

"所以你这么年轻的一位少尉才能有机会参加真实战役啊，你昨天兴奋得一晚上没睡好觉吧！我听见你半夜和妈妈打电话来着！"

"你怎么敢偷听！"

"你自己说的：装了芯片大家就成为一体，不再有秘密！"

"701的同学们，能不能打完再聊……行动就要开始了。"特种旅指挥员的声音传来。

"对不起！"

"拯救一号行动开始，任务目标已下发，各营各连分散占领指示位置，交替掩护前进。注意随时可能遇敌。"

各连队士兵迅速占领路边楼房，建立掩体，一座楼一座楼、一个街区一个街区地交替向前，没有人发出声响。

"看看人家……一句话都不用多说。交互数据链直到单兵，这叫静默指挥。"夏远行改内部频道小声地说，"指挥员，你平时教我们的自己全忘了。"

"我先静默你！跟上你要掩护的连队，看好你的任务指示。"

夏远行和学员们操纵着重型机器走在街道上，四下寂静无声，这片城区似乎没有活人了。

"眼前这场景似曾相识。"夏远行说。

"你怎么可能看到过呢？"谢小佩问。

"是未来。我在未来看到过。"

"可你不肯告诉我们你看到了什么样的未来。"

"也许你们早就知道了不是吗？我们都看到过一个未来，只是不知道大家看到的是不是一样，才会互相试探。但我想，你们看到的未来，一定也不怎么好，所以没有人肯说。"

"在我看到的未来里……"谢小佩欲言又止。

"别说。我不想听。"夏远行大步向前走去。

远处，暴雨声中，隐约可以听见枪炮声了。

"是市中心……国会议事堂和皇宫方向，日本自卫队第1师团第2连队就在那里。"

"保持推进速度，注意侧翼敌情。优先确保已占领交通线安全畅通。"

"我们就沿着这条自黑道一直向前吗？"吕昱问。

"是目黑道！"白茹气得要晕过去。

"别和吕日立一般见识。"李奇说，"他连自己名字都不会念。"

"李大可，你活得不耐烦了！"

"够了没有，收起你们的网吧习气，别跑到前线来给我丢脸。"

"右前方楼内发现敌情！"一个红色警报信标在地图上显示出来。

"白金台公寓内有生物体活动……三营9连进行清理，保证防区安全。6连包围楼外区域，准备支援。"

"明白。"

"是我要跟的连队。"吴帆说，"哥们儿先走一步了！开打了，你们眼馋吧。"

"要帮忙说一声啊。"夏远行羡慕地说，"挨打了别死撑。"

"你觉得有什么东西能啃得动这十二吨重的铁家伙？"吴帆冷笑。

枪声猝不及防地在身边响起，众人都身子一颤。

"在那儿！"一只怪虫跳出花园，飞速攀上楼面。

黄守纲举起重机枪，一串子弹在楼面上溅起尘烟，那东西急速地跳进了窗内。

"没打中！"众人遗憾。

"谁让重机枪随意开火的！楼内可能有我方士兵和居民！"指挥员严厉的声音传来。

黄守纲吓得吐吐舌头。

楼内也传来枪声，战斗开始了。

频道中不再静默，充斥着士兵的喊声：

"在楼上！在楼上！"

"那个东西打不死！"

"用手雷。"

"有人受伤了！"

"安全通道里有大量尸体！太可怕了。"

"地下车库！一大群！数量极多！请求支援！"

"重型9号，去车库！"命令传来。

吴帆操纵他的9号机器人大步走入地下车库通道。

"天哪！它们在这儿建窝了！"吴帆的惊呼声传来。

人们切入他的机器人视角画面，看见地下车库中数百只黑影密集、翻跳。

"2班撤回来！"

士兵们飞奔着往回跑，但跑在后面的被怪兽扑倒。

吴帆惊呆了："我没法开枪！有人被……天哪，我不能看……"

"眼睛不要离开屏幕！"白茹喊，"这不是害怕的时候！"

"重型9号，立刻开火！掩护2班撤离！"指挥员喊。

吴帆怒吼着启动了机枪，车库中血花飞溅，车辆被大口径子弹打成废铁。

"它们冲着我来了！太多了！"吴帆处于极度恐惧之中。

"镇定！你并不真的在那儿！"白茹喊。

但晚了，吴帆感觉自己就要被吞没，惊恐中将两枚导弹发射了出去，在近处引发了巨大爆炸。机器人和它背后的士兵都被气浪推倒。

吴帆在控制台上身体猛地一抖，摔在地上："我死了吗？我死了吗？"

"你脱离岗位了！"白茹愤怒地冲到他身边将他拎起来，"给我回去，机器人不能失控。"

"我去帮他！"夏远行要启动机器。

"站住别动！你有自己的岗位！8号你去！"

"我来了！"谢小佩的声音都在颤抖，她脸色发白，仍然大踏步向前。

最后的几名幸存士兵从地下车库跑出来，他们全部带伤，身后追着大片的怪物。

谢小佩咬住嘴唇，双手擎起两挺机枪，开启点射模式，交替喷吐火舌，跑在最前面的怪物纷纷地惨叫倒地，十几秒内，没有怪物能冲过地下车库出口处的黄线。

"干得漂亮！"701小队发出喝彩！

2班的幸存士兵被接应回到谢小佩的重型8号身后。吴帆的重型9号狼狈地从车库中也爬了出来，身上攀满了怪虫。

"别开枪，我看不见路。"吴帆喊。

"看雷达地图。"白茹提醒。

谢小佩继续开火，把攀在9号身上的虫子全部打落。

"别打着'我'了！"吴帆喊。

"我有分寸！"谢小佩精确地让子弹只落在虫子身上。

大片虫群向谢小佩涌来，谢小佩边打边后退，一步不乱，虫子在她前面二十米处就无法再靠近。

"弹仓需要更换。请求支援。"谢小佩说。

"6号。"白茹喊。

"来了！"夏远行早等不及，驱动机器人跑了过去。

十五吨重、近3米高的重型机器人跑起来，地面都在颤动，需要精确地平衡控制才不会摔倒。周围的士兵纷纷退避。

他跑到时，谢小佩打光了最后一发子弹转身。

"看你的了。"谢小佩抬手和他做了一个击掌换班的姿势。

"不会比你差的。"夏远行有心秀一把枪法，但实战起来才发现机枪后坐力惊人，整个钢铁身躯都在震颤，真不知道谢小佩是怎么控制弹道点射的。

他满头大汗地撑了几秒，虫子已经冲到了距他的机器人不到两米的地方。

谢小佩从赶到的支援车上取下弹仓换上，又走了回来，和夏远行并肩作战。

最终，虫子们缩回了车库中，他们面前的斜坡上倒下了一片虫子，身体都被重机枪子弹打得残缺不全，仍在垂死挣扎。

"打成这样都不死？"夏远行惊呆了。

"它们的身体会快速重生，除非被彻底打成碎片……我们没那么多子弹……

另一个方法……"谢小佩开启了点射模式，一枪一个地打爆虫子的眼睛，"从这儿打进去，爆掉它们的大脑。"

"道理我都懂，但是这么强的后坐力你是怎么控制弹道的？"

谢小佩冷漠地看了夏远行一眼："你说话的样子像个菜鸟。压枪不会吗？"

"游戏里我也是枪神好吗……但游戏不会把我全身都震得要散架……"

"不要在这里纠缠了。封闭这座楼。然后继续前进。"指挥官下令。

3号重型机器人上前，喷出速干混凝剂，将车库出口和大楼出口封死。

出口最后一条缝封闭前，夏远行似乎听见了里面绝望的喊声。

"里面还有活人？"

"怎么可能呢？"谢小佩说，"你幻听了。"

"那些虫子不主动攻击人类的，所以如果还有人，被封死在里面的话……他得多绝望。"

"这是战争。我们同情不了每一个人，也不能为一丝可能而再搭上更多生命。"谢小佩转身离去。

夏远行叹息一声，跟了上去。

整支队伍又恢复了沉默向前，刚才的惨呼声已经消失，不再有人听见。

41.

"中国人的援军真的会到吗？"三上隼人坐在他的机甲一号上，怀疑地问。

"他们在白金台那里遇到了点麻烦……就是倒着杉本连队全军尸体的那个地方。"浅野泽树说，"我很好奇他们看到满地的尸体了，还敢在那里停留？"

"你真的确信那里还会有尸体吗？"加藤拓真呆呆地发愣。

"加藤！你这么单纯的人怎么也会说出这种话来！"

"单纯的人才会说实话啊。"加藤拓真看向四周，"等他们赶到，有没有机会看到我们的尸体呢？"

"那些虫子早就撑到吃不下了。但它们是有智慧的，它们会把尸体藏起来，自己也会藏起来。它们会伏击，会寻找我们的薄弱点。它们是有战术的，甚至好像有一个统一的大脑在指挥。"浅野泽树说，"我们在和不可能战胜的敌人作战。"

“日本……果然会成为漫画里那样的地狱之国吧。人人都想逃离的地方。”加藤拓真望着凄厉风雨中的东京，心情绝望。

“全怪那些浑蛋做了太多的特摄片了！什么哥斯拉！奥特曼！日本沉没！但现在怪兽来了，奥特曼哪儿去了？”浅野泽树怒吼着。

“英雄就是现在仍站在这里的我们啊！”三上隼人抬起机甲的电锯，“没有了子弹也要战斗下去，没有了手脚也要战斗下去！这就是漫画里的英雄所教给我们的啊！”

“你个废宅！没有手脚怎么战斗下去啊？用嘴巴咬着刀吗？你看漫画都看傻了啊！画这些热血漫画的人，现在早跑没了。”浅野喊道。

“如果日本真的完了怎么办？”加藤问，“乘上大和号离开吗？”

“我想登上大和号，但不想用这种方式。”三上隼人叹息。

“要完蛋的不只是日本，全世界都会灭亡的。那些国家以为可以把虫子挡在日本吗？海洋根本阻止不了它们！”浅野泽树咬牙，“你们知道核捆绑吗？”

“就是据说某些核大国在遭到核攻击时，会向那些并没有攻击它的国家也发射核弹，这样可以使全世界都倒退到原始时代，以免自己的国家独自毁灭被人所欺？”三上隼人问。

“是的。如果他们可以这样做，我们也可以！只要一架神风战斗机，就能把虫子送到海里去。”

“浅野，你在说什么啊！”加藤拓真惊讶，“这想法真可怕。”

“难道会比日本独自灭亡，全国人都沦为被世界歧视厌恶的难民更可怕吗？”

“看那里……”加藤拓真抬起他机甲的手臂，指向远方，“援军。”

包围着他们的虫群转身，淹没街道，向远处冲去，几百米外，中国军队的机甲出现了。

“我们是前来援助的中国部队，”指挥官用英文向日本驻守军喊话，“将掩护你们突围，请迅速向我们靠拢。”

“明白。万分感谢！”三上隼人也用生硬的英文回答。

“我好像听到了一个熟悉的声音……”夏远行切入频道，“小三，是你吗？”

“小三？这世界上只有一个白痴会这样称呼我！听到你的声音真好，远行君笨蛋！欢迎来到日本参加虫子盛宴，确切地说，是它们的宴会。”

"你认识的国际友人还挺多嘛。"谢小佩的声音传来。

42.

中国核动力航母四川号在风暴中行驶。

战斗机器人被锁链紧紧加固在甲板上，随风浪起伏，发出金属摩擦的声音。

谢小佩在洗手池前吐个不停，夏远行靠在墙上，无奈地看着她。

"你居然不晕船？"谢小佩在百忙间疑惑地问。

"看来你这辈子是没指望当飞行员了。"夏远行毫不同情地打击她。

"我本来也没想当！"

"可是我们不是有飞船吗？当宇航员素质要求更高吧。"

"太空中才没有晕船这回事好吗？"

"那些太空站那么快绕着地球转，真的不会晕吗？那宇航员固定在一大轮子里飞转是为什么？"

"那是离心机超重训练！没文化真可怕。"

"和我吵架是不是就不晕了？"

"不，更想吐了。"

白茹的声音传来："你们这次行动基本完成任务，但也暴露出很多问题，主要是作战经验不足，还有组织性、纪律性上。回去后要严格总结。从现在的情况看，想把虫群消灭在日本已不可能。最新的消息，虫群已经在釜山登陆，海峡防线不复存在。如果朝鲜半岛失守，或是虫群在我国沿海登陆，东亚大陆就危急了。所以我们现在必须立刻赶回洋山港水下基地，未来计划很可能要启动了。"

"未来计划？你是说，飞船要升空？"夏远行惊问。

"是的。如果未来一号的预测没错，地球将面临大的灾难，虫族会席卷全世界。我们必须立刻启动未来计划，飞向宇宙，为国家民族还有人类保留希望的火种。"

"那我们呢？我们会随飞船升空？"

"是的。全球几十亿人里，只有不到两千人能被选入登船。这是你们莫大的荣幸。"

"不……"夏远行惊呼，"我想的不是这样。我原以为只是像以前的宇航员一样上天去转一圈，然后就回来享受欢呼荣耀。可是现在你的意思是，抛下地球上的人，我们自己逃走？我的父母怎么办？我不能让他们留在这儿！"

"夏远行，你要顾全大局。你是军校学员，即将授衔成为军人。你的职责是为全人类的存亡而奋斗。这时候，个人的小家只能顾不上了……"

"我没听懂！把全中国全世界的人都抛下，这叫为全人类的存亡奋斗？"

"有人要留下战斗，而有人必须离开！你以为你可以选择吗？你以为我还有登船的所有人都没有父母亲人吗？我们都没有选择！登船不是逃跑，是去为人类寻找新的家园！我们需要的不是懦夫，而是勇士！能有决心离开自己的故乡，告别家人，踏上未知艰险旅途的人！"

"大道理说得挺好。但我还不是军人呢。我没有权利选择离开吗？我不想当什么寻找新家园的勇士，只想保护我的父母，和他们死在一起不行吗？"夏远行激动地喊道。

航母中的士兵走过，惊讶地看着他，不知发生了什么。

"战争来了，需要士兵。你也想躲在家里不上战场吗？"

"要逃离战场的是你们！连自己的国家都不要了，连家人都不保护了，还叫士兵吗？"

"你真的选择留在地球？"

"是的。"

白茹沉默了一会儿："我记得我和你说过，你只有一种方式能离开。"

"烧毁我脑中的芯片，成为一个白痴？"

"是的，你的所有记忆将被清除。你不会再记得你的家人，忘记学过的所有东西，包括语言，重新成为一个婴儿。你觉得这样你还能保护你的家人？你只会拖累他们！"

"不……不……我不能就这样走……如果我父母知道我再不能回来，他们会受不了的！"夏远行惊恐地摇头。

"难道我不是和你一样难过吗？"白茹的声音听起来也在哭泣，"可是……在战争中个人是何其渺小，谁能主宰自己的命运呢？在'二战'中数千万人死去，而这一次……死亡的可能是几十亿人。地球会变得不再适合生存，人类急需一个新的可以移民的星球。为了几十亿将死去的人，更为了未来千百亿还要活下去的人，这选择很难做出吗？"

夏远行沉默了。

"你听懂我说的话了？"

"是的，我听懂了。你们不会让我离开……宁愿杀了我。为什么？未来一号所预测的那个未来，究竟发生了什么？如果我留在地球上，会出现很可怕的事吗？"

"我想，它应该给你看过未来的一部分了吧。"

"是的……我看过……但……我不愿相信那是真的。那……那只是一个预测……就像一个梦……怎么可能一定就成为现实？"

"未来一号预测的事都发生了……它甚至预测到了你会说这些话。"

"是吗？所以它的预测里，我留在了地球？那就是说我一定会留下来？"

"不，未来并非不可更改，它是通向无限多可能平行宇宙的路口，我们的选择将决定命运。如果你留在地球，那么他所预测的那些事就有极大概率会发生。如果你离开，那么……未来会是另一种样子。"

"什么样子？它给你看过吗？"

"没有。我想它没有给任何人看过。它在等我们亲自去创造。"

"什么时候……什么时候飞船升空？"

"等我们一回到洋山港，可能就在一周之内。"

"我能和我父母通电话吗？"

"最好不要。你无法控制你的情绪，而你任何透露机密的行为都将导致电话中断。"

"都这个时候了还要保密？难道要我这样不辞而别吗？"

"泄露机密只会带来更大的恐慌。你是想告诉他们你永远不能回来，让他们绝望伤心，还是撒一个谎，告诉他们你只是暂时离去，让他们带着希望活下去？"

"那我至少也要能对他们撒这个谎。"

"你可以给他们写一封信。"

43.

"亲爱的爸爸，妈妈：

"当你们读到这封信时，我已经离开了这个城市，去远方读书。我考进了科技大学，在东海校区读书，他们和军队联合为未来战争培养指挥人才，所以这里是军事化封闭管理的，我可能很长一段时间不能回家……也许几个月……也许……更久一些。请原谅我没有见你们一面就离开，甚至连个电话也不打……以前我也不爱和你们说话，天天很晚才回家，沉迷于游戏，你们问我什么，我都懒得回答。我错了，但我已经没机会补救，我必须离开，请相信我并不是因为讨厌你们才离开家，虽然我曾扬言要离家出走，永远也不回来。但我真的想家，我爱你们……我会回来的，不论发生什么，你们都一定要好好保重。有一天我一定会回来，请相信我。"

夏远行停下打字，泪流满面。

"要我帮你发送吗？"白茹轻声地问。

"不。"夏远行摇摇头，咬紧嘴唇，点下了发送键。

44.

距起飞时间还有24小时。

夏远行终于站在了那艘巨大的飞船前。

未来一号长2023米、宽835米、高231米，像一座巨型的城市。它就这样悬在地上，浮在强磁场中。夏远行现在知道，基地其实在距城市几十公里的海底，当飞船要升空时，地下闸门打开，海水涌进来，它将先在海面下行驶数百公里，到远离陆地的区域再起飞。

"这么巨大的东西怎么飞起来？"夏远行无法想象，"这得需要多大的推力？得绑多少个火箭？"

"推力来自全新的反物质发动机，它将用能量制造巨大的空间扭曲，形成引力场，用来吸引整个船体脱离地球重力。"白茹回答。

"那我们都会被地球和发动机的引力拉扯吗？人体能受得了？"

"发动机的引力场范围极小，就像一个受控的悬浮微型黑洞，仅拉动飞船的核心框架，在引力场范围外的人不会有感觉。"

"微型黑洞？我们在飞船里放了个微型黑洞？这真的没问题吗？"

"如果黑洞失控，理论上会吞噬整个地球。但这种事不会发生，引力场由能量生成，一旦能量断绝，引力也会消失。所以是非常安全的。"

"你说我们还要用空间跃迁方式去新的星球，也是用黑洞的力量吗？"

"确切地说，引力是由空间扭曲而形成的，我们是用能量扭曲空间，使我们到达遥远的宇宙。"

"可是……你真的理解这些科技吗？我们依赖未来一号进行计算，它设计了这一切。我们甚至都不清楚它的原理是什么，更无法验证它的安全性。"

"那么多的科学家都验算过这理论中的所有公式，也用模型试验成功过。但的确以前没有过载人上天实验，但总要有第一次吧。"

"第一次？第一次就把全国选拔出的精英都放进去？"

"因为我们没有机会试第二次。一旦成功，飞船就可能穿越数亿光年，到达新的星球。而我们并没有足够的能量让飞船回到地球。"

"原来……是这样。这是不能回头的旅程。"夏远行苦笑，"这艘船只卖单程票。"

45.

距起飞时间还有十二小时。

701的学员们都穿着统一学员制服，坐在训练大厅中，身边放着制式背包，里面是配给好的物品。任何私人物品都不允许携带。

一位少校军官在白茹陪同下走了进来。

"全体起立！"班长程小涛喊声中，701学员们全部立正。

少校望着他们："701学员们，光荣的时刻来到了。现在，你们正式获准登船。请列队，有序依次登上接引车。登船过程中，一切听从指挥，保持安静，不得喧哗，不得随便行动，未经允许不得触碰飞船任何开关部件。现在立刻出发！"

"所有学员，背包上肩！成一路纵队！登车。"教导员白茹发令。

学员们排成一字纵队，走出大厅，穿过走廊。夏远行看见，走廊两边站满了军人和科技人员，他们是无法登船的人，正向这支队伍投来复杂的注目礼。或许有羡慕，有尊敬，有感慨。这是一支一去不还的队伍，他们或消失在太空，或到达彼岸，从此永不会再见。

突然一声："立正！敬礼！"两边的军人们都神色敬重地向这支队伍行军礼。这是给予宇航员才有的待遇。

夏远行从来是个任性、散漫、厌恶纪律、逃避崇高的人，但此刻也不由泪流满面。他转过头，看见每个学员都在哭。

还有机会吗？夏远行想，还有机会回头吗？现在还可以退出吗？他脑中疯狂地转着，但脚却无法停下。他们登上了无人驾驶的电动接引车。车辆无声地向飞船驶去，越来越近。夏远行脑中一片空白。

46.

距起飞时间还有十一小时五十分钟。

接引车正通过桥梁开入飞船中。夏远行仰起头，它太大了。以后自己的一生，是不是都会在这艘船中度过？夏远行随即嘲笑自己想得太多，飞船是被迫提前起飞的。它起飞失败坠毁的概率是百分之五十二，起飞后能成功跃迁到既定位置的概率是百分之七点三……他的生命也许只剩下最后的十二小时了。

接引车开入了飞船舱门中，夏远行的视线中只剩下了无尽的钢铁。

他回过头，所有人都回过头去，看向正关闭的舱门……那个光点越来越小，终于消失了。

它还会有打开的那一刻吗？

"不！"突然黄守纲爆发出一声大喊，挣扎着想跳下车去。他身边的林辽远和许卓使劲地抓住了他。

"我要回家……我要回家……"黄守纲那么大的个头，却像个孩子似的痛哭起来。

"像个男子汉！你回不去了！我们都回不去了！"程小涛大声喊着。

只有沈肖安静得像个机器人，似乎一切生死荣辱都置之度外，毕竟是在电疗中心待过的人。

夏远行看向白茹，却发现她低着头，双手紧握在一起。她也正和内心的恐惧斗争着。

"你怕吗？"后排的谢小佩凑过来，轻声问夏远行。

夏远行摇摇头，却连一个字都说不出来。

47.

距起飞还有十一小时四十五分钟。

接引车在飞船中的一条昏暗通道中开了很久……事实上夏远行一看表，只过去了五分钟，但却如一辈子那么漫长。突然，他们眼前一亮，一座巨大的机场出现在眼前，那一瞬间，夏远行还以为车又开出飞船了。

但他随即明白，这是飞船的中心。面前的跑道，是飞船的纵向中轴线。跑道两边机库中锁着夏远行从未见过的新式战斗机，应该是可以用于太空作战的。若飞船正前方的闸门打开，这些战机就可以弹射飞出……但是……会有敌人吗？他们将和什么作战？

这座壮观的船内机场让大家振奋起来，暂时抛下了紧张、恐惧，也忘了不能喧哗和乱动的纪律，有人把头伸出窗去惊叹，有人向跑道上正在列队听训的飞行员招手欢呼。白茹却也没有喝止整顿纪律，她呆望着窗外，还处在永别家人的痛苦之中。

车辆未作停留，按着地面的白线缓速行驶。直到驶到跑道旁的一座大门前停了下来。厚重的门上刷着号码：05。这样的门在跑道两侧有22扇。

白茹深吸了一口气："全体下车！列队。"

学员们下车站定。

白茹说："这里就是5号生活区，未来你们就会住在这里。现在仍成一路纵队跟我进门。注意保持安静，不要脱离队伍，不要触碰任何东西。明白吗？"

"明白！"

那扇门在他们面前缓缓地打开。

48.

距起飞还有十一小时三十九分钟。

5号生活区看起来就像一座学校，只是所有设施都在一座楼里。这座楼没有窗户，看不到天空和绿地。走廊上有许多液晶屏显示着地球的风景照，应该是想代替窗户，怕人们产生幽闭、恐惧的缘故。

白茹在走廊上分配着宿舍："5301：程小涛。5302：李奇……"

"居然是一人一间？"夏远行忍不住插嘴。

白茹瞪了他一眼："房间有点小，这是为保证飞船结构稳固。每间房其实也是一个救生舱，危急时可弹出飞船，配备独立能源、食物和供氧系统，可以供一人在宇宙中生存九十天。"

"那有什么用！"夏远行说，"我们可是要飞到几亿光年之外，真出事，等九十万年也不会有人来救的，我宁愿立刻死。"

白茹不想搭理他："一个人长期在狭小空间里容易产生心理问题，所以大家没事不要宅在房里打游戏，多出来参加集体活动。"

谢小佩恍然大悟："现在我知道他们为什么要招我们了，这些家伙都是只要有台电脑就可以一辈子不出房间的人，这艘船对他们来说太大了。"

"船上有电影院吗？"夏远行问，大家哄笑起来。

"有。"白茹平静地回答。

"那……有游泳池吗？"

"有。"

"足球场？"

"你不要得寸进尺。"白茹看向众人，"船上空间有限，体育活动都得到机场跑道上进行，但大家跑步、散步时要注意，如果遇上飞行员训练，绝对不可以上跑道。"

"明白。"

"报告。"谢小佩举手。

"说。"

"那个……飞船在太空中，我们不是会失重吗？"

"未来一号有自重力系统，你们放心，就和在地球上一样。"

"哇噢！"众人都为这高科技惊叹。

"毕竟离黑洞只有一百米……"夏远行嘟囔。

"不要胡说！"白茹瞪他。

49.

距起飞还有十一小时三十六分钟。

夏远行打开了自己寝室的舱门，还是吓了一跳。

"这是住人的地方？这也太小了吧……果然是把救生舱当宿舍用啊。"

这舱室里只能摆下一张看起来功能多样的太空床，床头还有金属罩。大概就是紧急时把人装进去弹射出去。

"你住的地方什么样？"谢小佩把头凑过来，失望地说，"和我那儿一样啊！"

"这不废话吗？都是标准间。"

"你说教导员住的会不会大一点？"

白茹走过来冷冷地说："所有房间都一样。我就住走廊尽头，5319。有什么事随时可以通信联系。"

"教导员，我去看看你的房。"谢小佩好奇心极强地跟过去。

"你是有多无聊？"夏远行摇头。

"那闲着干什么啊？"谢小佩一副不让我干些啥我就要疯了的样子。

"大家把背包放好，一分钟后在走廊前门集合，去礼堂参加飞船升空典礼。"白茹大声说。

"还有典礼？"夏远行惊讶。

"还有礼堂？"谢小佩惊讶。

"飞船上的所有人都会去吗？"夏远行问。

"是的。一共1873人。"

我能见到丁零吗？夏远行想。

50.

距起飞还有十一小时三十分钟。

701学员们来到了礼堂。他们惊讶地发现这礼堂相当大，里面能坐下两千人，而且已经坐了大半。

夏远行一心在人群中寻找丁零的踪迹，他看见前排坐着一群年轻人，偷偷看了一眼白茹，就退到队末，然后跑了。谢小佩回头纳闷地看着他，却没有喊出来。

一位少将军衔的五十岁左右的将军和一位老年学者模样的人走入礼堂。有军人喊了一声："立正！"哗的一下，礼堂的人全站了起来。

将军笑着摆手："不是军人的不用立正了，你们都是全国选出的优秀学生和各行精英，是这艘船的贵客，快请坐。"

大家笑着坐下去。

将军介绍着自己和那位学者："我自我介绍一下，我是韩嵩少将。这位也很了不起，中国科学院院士，我们的量子计算机和飞船元勋卢原青教授的弟子，未来一号的总设计师——刘心慈院士。"

大家热烈地鼓掌。

夏远行来到前排的学生们中间，轻声喊："丁零，丁零在吗？"

学生们好奇地回过头，夏远行也紧张得呼吸急促。突然一个女孩的声音回应了："是谁？"

夏远行的心像是被什么重重砸了一下，他定在那儿，呆望着那回应的人。

远处回头的那女孩，并不是丁零。

"我找丁零。"

"我……我就是啊。"

"你不是，有同名的吗？丁零！丁零！你在吗？"夏远行放大了声音，四下焦急地看着。

"典礼就要开始了，大家请坐好，不要喧哗了。"有军人提醒。

全场安静下来，只有夏远行一人还站着。

白茹飞奔过来："夏远行，回到座位上去。"

"给我一秒，我就找一个人。"夏远行的声音已经变了，他陷入深深的恐惧之中，"丁零！"他大声喊着，"你在不在？"

那个女孩脸色发白，看看四周，再不敢回应。

"这位同学，找人一会儿再找，典礼就要开始了。"军人上前再次提醒。

"怎么一会儿再找！"夏远行崩溃了，"一会儿飞船就要起飞了！这是怎么回事？为什么有一个叫丁零的，却不是她？名单上究竟有没有她？她明明说自己被选中了的！她那么拼命没日没夜地读书想得到这个名额！"

"你先坐下！"军人上来喝令。

"等一下！"台上的将军阻止了军人，"这位同学，你不要着急，出了什么事？慢慢说。"

"我有一位朋友叫丁零，她通过了全国的选拔考试，但她现在不在这里。却有另一个丁零，我不知道这是怎么了。"

将军和刘院士对视了一眼，然后向身边的军人发令："查一下名单，把登船情况报告给我。"

有人迅速在平板电脑上调出了登船信息，送到了将军面前。

将军和刘院士都看着那名单。将军念着："全部计划名额共2000人，实际有1996人得到了登船许可，实际登船人数为1873人，有98人自动放弃名额，有25人因故未能登船……叫丁零的登船者的确有一个，身份标志为学生。这位同学来了吗？请站起来。"

人群惊讶的目光中，好半天，那个女孩才站了起来。

"你是丁零？"夏远行大声问，"你不是我认识的那一个。这究竟是怎么回事？"

将军招来身边的军人，小声地询问着。军人在电脑上调出丁零的更多资料，将军对比着，神色变得凝重。

"这位同学，你老实告诉我，你是丁零吗？"将军看向女孩。

女孩哇的一声哭出来："我不知道……我害怕……是我爸妈说我可以登船的，他们想让我活下去……我不知道我顶替了别人……"

全场哗声一片。

夏远行全身都在颤抖："你要活下去？全世界哪个人不想活下去？我还想我

的父母也能活下去呢！那么多人拼命考试是为什么？为了登上这艘船！可是你却作弊！现在我的朋友，还傻傻地待在家不明白为什么录取通知没有来！"

他泪流满面："不是所有人都怕死的。你们都想上船，我却是被抓来的。我要下船！我要和我的家人朋友死在一起！"他转身大步向外走去。

白茹冲上前拦住他："冷静些，船舱封闭了，登机桥已经撤走，你下不去的！"

"躲开！"夏远行一把推开白茹。

维持秩序的军人和701学员们都上来挡住夏远行。

"为什么！"夏远行大喊，"为什么有人想上船却来不了，我不想上船却非要我待在这儿！"

将军站起身："这位同学，你冷静一些，接受现实，起飞时间不可更改，再也没有人能上船了，也没有人能离开。你坐下来，我有些话想对大家说。"

将军环顾礼堂中的众人，缓缓地说："全球70亿人，中国有15亿……有多少人能登上这艘船呢？不到两千，确切地说——1873个。你们是百万中选一的幸运儿……不过，真的是幸运吗？有人为登上船，徇私舞弊，冒名顶替，可以说不择手段……"

将军把军帽向台上重重一摔："但要是有人以为，登船就是幸运，就可以逃离地球，逃离悲惨的未来，那你们就错了！我们为什么要选出全国最优秀的人？为什么要选出最精锐的勇士？因为你们要去的不是温柔乡，不是避难所，而是战场！比地球更残酷千百倍的战场！冒名顶替上船？哈，我要替那位被顶替的感谢你的无私与伟大，你用自己的命换了她的命。"

他停顿了一下："是的，留在地球的人，要面对巨大的困难，和无边的虫群作战。但他们有几十亿人，他们有千百年积累起来的物质文明，有无尽的资源和武器，也许会有十几亿人死去，但大部分人还是会活下来，人类不会灭亡！"

将军望着全场："但我们这些人呢？这1873个人，要面对的是什么？一艘从来没有试飞过的飞船，一次前无古人可能也后无来者的旅行，飞向遥远的十亿光年外的星系，到达那里的成功率只有不到百分之十。有人害怕了吗？但无法回头了。已经站在这里，那就只有一条路：走下去！"

将军的声音平和下来："但我欣慰的是，在这里的绝大多数人，都是勇士。

你们这么年轻，人类的文明将因为你们而在宇宙中延续。你们要面对的危险与艰辛，会是无法想象的。你们的敌人不仅是未知的宇宙，还有自己。而人类最需要战胜的，就是自己的野心、自私与贪婪。"

将军看了看表："起飞时间就要到了，这艘船将是你们的世界，它也终将属于你们。我们在宇宙中的旅程，将一千年一万年地延续下去。人类文明是这无边浩瀚中的一艘船，它永不沉没。我们这一代都老了，未来在你们手中，拜托诸位了。"

他深深地鞠了一个躬，又立正，向全场行以军礼。

全场沉默着，没有掌声。人们沉浸在对未来的期待与不安中。

夏远行站在那里，他知道自己没有选择。人的命运像风暴大海中的纸船，他现在就在这样一艘纸船中。而这个世界上，还有亿万人想登上这条纸船而不得。丁零此刻还苦苦期待那一张通知。而自己的父母还在家中打扫着房间，等着他的归来。

51.

距起飞还有一分钟。

"现在开始一分钟倒计时……60、59、58……"

夏远行躺在自己房内的逃生舱中，用安全带将自己系紧。他的眼前有一块屏幕，显示着倒数的数字。而随这些数字消逝的，是一幅幅地球的风景画。

那些辉煌的都市、巍峨的雪山、无边的海洋、青色的森林……地球太美了。而他再也看不到了。这竟然是永别。

"31、30……所有连接构架脱离完成。"

"兄弟们，我们要出发了！"林辽远在频道里大声喊，听得出，他已经哭了。

"加油！"

"我们会活下去的！"

"人类万岁！"

频道里喊声一片，人们都在哭泣。

"21、20……所有系统最后自检，一切正常。"

夏远行却笑着："喂，未来一号，这么历史性的时刻，放首应景的歌来听听吧。"

音乐声真的响起来了：

听我说　我原来有个梦
跟你高飞远走　跟你一起走到白头
但是我　拥有化为乌有
忘记我们承诺　忘记曾经爱你爱得那么浓
……

夏远行终于忍不住泪流满面。

"11、10……总指挥室，未来一号请求起飞！"

"未来一号！准许起飞。一路顺风。"

这一刻，所有人都同时用了最大的力气高唱：

出发啦　不要问那路在哪儿
迎风向前　是唯一的方法
出发啦　不想问那路在哪儿
命运哎呀　什么关卡
当车声隆隆　梦开始阵痛
它卷起了风　重新雕塑每个面孔
夜雾那么浓　开阔也汹涌
有一种预感　路的终点是迷宫

"5、4、3、2、1……起飞。"

52.

在那黑暗的海底，突然闪亮起星辰。那个巨人推开海水，向天空隆隆而去。
鱼群和海鸟惊惧地望着，地球的几十亿年中，没有生物见过这样的庞然大物。宇宙的历史中，或许也没有过。这是人类的奇迹，未来就在这一秒来临。之后的亿万年，将是一个新的时代，人类纵横于宇宙的时代。

这颗升起的星辰吸引了人们的注意，他们从拥堵的车辆中探出头来，在地铁站口向天空仰望，在广场上举起手机拍照，他们并不知道那是什么。新闻将在飞船发射后才会发布。

丁零站在阳台上，也望着这颗星。她不知道自己和另一个人的命运已经被改写，也不知道接下来将发生什么。

夏远行的父母坐在沙发前，看着新闻中刚公布的未来一号发射成功的消息。

"哎呀，这可是大新闻。打个电话给远行，他最喜欢什么飞船啊高科技了。"

"这孩子的电话就没打通过……哎，他真的去上大学了吗？不会是跑去当什么三和大神了吧。"

"孩子长大了，不想我们烦他。不过，他在外面累了，总有一天会回来的，不是吗？"

53.

二百年前。

未来一号起飞后第256秒。

夏远行看着屏幕中的影像，飞船升入空中，大地慢慢远去，地平线在远处开始弯曲，下方是蓝色的大海和青色的陆地，他终于第一次真正看见了地球——作为一个星球的相貌。

"太美了。"这景象让他忘记了离别的痛苦。

"可是我们永远不能再回来了。"谢小佩叹息。

"对于地球上的人来说，我们已经离开这个世界了吧。我们就像灵魂一样飞走了。"白茹也收起了她一直伪装的坚强，感伤起来。

"再见了，地球……不，是永别。"夏远行心中却突然十分平静，确切地说是空明一片，仿佛已然超脱。

人从这样的高度俯视大地，才会明白这世界的渺小与宏大。

飞船起飞得十分平稳，没有想象中的超强重力，他们就像是在电梯中上升。

"不是说这飞船是用引力驱动的吗？我还以为会被地球重力和飞船前方的引力拉长呢。"夏远行说。

"微型黑洞形成的引力场范围极小，只拉动飞船的框架，所以我们感受不到它的引力，只会觉得自己被飞船推着上升。"白茹解释。

夏远行注视着远去的地球，想记住它的样子，以后再也看不见了。

"起飞成功。重力平衡系统工作正常，现在可以解除安全带，在船体中正常活动。"电子提示音传来。

人们欢呼起来。

夏远行解开安全带，推开逃生舱盖跳起来："闷死我了，终于可以出来了。"

"300秒后，将进入预定绕地轨道，准备和其他船体进行对接。"电子提示音传来。

"还有其他船体？"夏远行问。

"能够跃迁的飞船工程量巨大，尤其是跃迁发动机，需要创造巨大能量以扭曲空间，一国之力根本无力完成。所以各国约定各自制造一部分船体，包括一台小功率跃迁发动机。这种发动机只能让飞船在宇宙中飞行。想真正实现跃迁，必须将各船体的发动机功率联合起来才能做到。"

"那究竟有几艘船？"

"中国的未来一号、美国的希望号、俄罗斯的英雄号、欧盟的协作号、日本的大和号……以及诸多小国联合投资委托大国制造的和平号。这些飞船对接在一起，才是真正的未来一号飞船。"

"哇，还能合体？这么说全世界各国都有人登上了飞船？"

"是的，中国有1873人，美国1446人，俄罗斯1208人，欧盟1559人，日本873人，其他国家2573人……一共有9532人。"

"将近一万人……这飞船得多大啊？"谢小佩问。

"对接后飞船的总体积会是未来一号的七倍，一座太空城市。"

"有生之年能经历这样的旅程，也算值了。"夏远行感叹。

54.

未来一号起飞后第556秒。

"对接完成。"电子声响起，"船体密封正常，动力系统对接完成，控制系统对接完成。飞船对接成功。"

"成功了？"夏远行一愣，"我都没感觉到震动。"

"你以为是碰碰车吗？对接是在相对速度极低情况下的精密操作，船体慢慢贴合在一起，十分平稳。"白茹回答。

"那我们可以见到外国友人了？"

"是的，大概一小时后会在跑道广场上举行国际联欢大会，大家都会去。"

"开party，我喜欢。"谢小佩来了劲。

"这么说我还可能见到美国的二黑和日本的三上他们？"夏远行暗喜，"有了这几个货，飞船上可以联机不会闷了。"

"但这之前，首先要进行跃迁发动机联合后的试车。"

"试车？怎么试？"

"就是测试能否产生足够能量实现跃迁。"

"如果成功了呢？"

"那就跃迁了啊。一小时后我们就在十亿光年之年举行联欢庆功大会了。"

"如果失败了呢……"

"那可能就没有以后了。"

"什么意思？我们会死吗？"

"你要明白，在空间某一点上注入极高能量以形成超强引力下的空间扭曲，如果成功我们可以到达彼岸，如果失败……可能会产生一个黑洞，然后我们会被吸进去，那是光也无法逃出来的地方，没有人知道被吸进黑洞会发生什么，有人说永远无休止地下坠，有人说是立刻被撕扯成原子链，你愿意选哪一种？"

"我愿意选跳船！给我个逃生舱让我开回地球去！"

"所以这就是为什么跃迁只能在远离地球的真空中进行，否则造出一个黑洞把地球吞没，一切就全完了。"

"那么跃迁成功的概率是多少？我听说只有百分之几？"

"7.3%。"

"呵呵，就这种成功率你们就把一万人装上船来冒险？"

"我们没有选择，因为一旦跃迁就再也无法回来，这几艘飞船造价相当于千艘航母，已倾尽各国国力，地球再无力造出更多的船了。而这一万人绝大多数是自愿拼了命也要上船的。他们中有愿意为了科学而献身的科学家，有忠诚于使命的士兵，有想逃离地球的人，有为了参与这一人类壮举而甘愿冒险的人。"

"还有我这样稀里糊涂、吃着泡面、打着游戏就被抓来的人。"

"你现在跳船还来得及，救生舱那里有个紧急脱离钮，你按下去就行了。"

"之前不让我下船，现在都离地球十万八千里了你说可以跳船？我偏不跳，我就在这儿看你们什么下场，和你们同归于尽。"

"我知道你不会走。你也期待看到那个十亿光年外的世界不是吗？为此愿意用生命搏一回。大家都是一样的。"

"我没那么高尚！我只是更不放心那个逃生舱！万一它弹偏了把我扔到宇宙里谁来救我？"

"是的，我忘了告诉你，逃生舱能返回地球的概率是0.4%。"

"你们这帮坏人！"

"还有件事我也忘了告诉你，各国飞船对接前跃迁成功概率的确极低，但对接后经计算机修正计算，成功率会达到90%以上。"

"说话说一半有意思吗？这么吓唬人很好玩儿吗？"

白茹偷笑："我们就是喜欢这样把那些意志不坚定的胆小鬼都吓跑。"

"那你们倒是在起飞前淘汰我呀，现在我还能坐在家里看飞船升天直播。我宁愿在地球上打一万只虫子，也不想和你们这帮坏家伙待在这破飞船里。"

"你想打虫子，有的是机会呢。"

"等下，什么意思？"

"你以为我们要去的地方，是一个荒凉的星球吗？如果那里不适合生物居住，我们为什么要费这么大力气带这么多移民去那么远的地方？"

"那里有生物？什么生物？"

"很多。包括你最喜欢的虫子们。"

"你们怎么知道的？从外星人坠落到飞船上得到的信息？那些地球上虫子的基因，就是来自外星吧？……这一切真的不是外星人的阴谋吗？他们先给我们虫子基因让我们自毁文明，又设了一个陷阱等着我们去钻。他们在把我们当小白鼠玩。"

"有些事我们也不知道答案。所以我们更得去那里看一看。"

"300秒后，将开始第一次跃迁测试。"电子声传来。

"我们要重新回到那个该死的逃生罐头里去吗？"夏远行有些紧张。

"不用，空间扭曲如果成功，你不会有任何感觉，就已经到达十亿光年之外。如果不成功……你可能也不会有任何感觉，就已经和黑洞融为一体了，总之，安全带和逃生舱没啥用处。"

"跃迁倒计时最后一分钟……60……59……"

又是倒计时，夏远行想，上一次倒计时，他们离开了地球。这一次之后，他们将到达十亿光年之外……或永远地消失。这一切居然是真的，他就在这飞船中，时间一秒一秒地过去，他是时间洪流中的一片树叶，无法停下也无法逃脱。一分钟是这样漫长，但一分钟又终会过去，未来一定会来，那时会是什么样呢？

"30……29……警报……动力舱发现不明生物……系统改为手动控制……跃迁倒计时继续……发动机能量97%……"

"出了什么事？"夏远行喊，"不明生物是什么鬼？"

"可能有虫子混上船了，不知是哪艘船带来的。"谢小佩说，"我有不好的预感……"

"发动机能量99%……10……9……8……引力区有异常波动……5……4……3……2……1……跃迁开始……"

一片黑暗。

55.

夏远行从黑暗中醒来。

似乎无数亿年过去了，又似乎只过去了一瞬。

我是谁？我在哪儿？他认真想了一下，才记起一些事情。

他摸索着，发现自己仍在睡眠舱中。

他摸索着找到门锁，却发现因为没有电力，按键失去了作用。

我不会被锁死在这里吧！他恐惧起来，手急切地摸索着，幸好，他找到了手动装置，门开了。

"有人能听见吗？"夏远行喊。

"我在。"一个声音传来。

"谢……小佩？"夏远行犹豫着说出这个名字。过去的一切遥远得就像梦境。

"夏远行？"

"怎么回事？我们还在飞船上吗？我感觉我睡了好久。"

"应该还在吧，还能在哪儿？"

"为什么停电了？我什么都看不见。"

"我也是……不知出了什么事情。"

"之前不是进行空间跃迁了吗？成功了吗？我们到达十亿光年之外了吗？"

"不知道。为什么系统没有声音了？"

"我想，跃迁失败了。"一个声音传来。

"许卓？"

"不会有任何一个完好的系统会允许发生现在这样的情况。所以，我想跃迁失败了，很可能发动机出了问题，整个能源系统都崩溃了。"

"不是应该有备用能源什么的吗？"谢小佩问。

"如果备用能源系统完好，它应该早就工作了。"许卓声音平静，仿佛早预料到了一切。

更多的人来到了走廊上，人们议论纷纷。

"大家不要紧张，"白茹走来，"我们安静等待，可能是跃迁后产生的一些小故障，相信很快系统就会恢复正常的。"

人们找出了备用电筒，光线照亮了众多惶惑不安的脸。

几十分钟过去了，系统仍没有任何动静。人群焦躁起来。

"不会永远这样下去吧。"夏远行叹了口气。

突然所有人都被恐惧抓住了。

"如果……真的飞船就这样坏了，没了能源和动力，会怎么样？"谢小佩问。

许卓冷笑："那这里就会变成地狱。就算外壳保温性再好，飞船也会逐渐变冷直至零摄氏度。但这个过程可能很漫长，也许会需要几个月。而飞船上的食物、水和氧气可能支持不了那么久，所以，在冻死之前，人类可能会为争夺食物互相残杀而死。"

"船上的控制人员呢？科学家呢？还有各国那些军人呢？哪儿去了？为什么他们都没动静了？"谢小佩问。

"这么久了没有动静……一种很大的可能……"许卓停顿了一下，"他们都死了。"

"死了？为什么？"

"我不知道迁跃失败会发生什么，"许卓说，"甚至那些科学家也不知道。据说最坏的结果是产生黑洞将一切都吸进去。但在我看来那是最坏结果中最好的，而更可怕的就是现在这样，控制系统和其周围的船体可能都被毁了，也许是强辐射，也许是混上船的虫子，导致现在飞船处于完全失控状态。"

"白教导员，没有办法和外面联系上吗？"夏远行问。

白茹的声音传来："通信系统断电一直没有恢复，我也不知道外面发生了什么。"

"是不是只有出去看一看了？"夏远行问。

"但如果中央的船体已经被毁了，可能你一打开隔离舱门，就会被吸到真空中或者被辐射杀死什么的，又或许，那些虫子正在外面等着。"谢小佩说。

"那么我们大家就坐在这儿等来电吧。"夏远行靠墙坐下，闭目养神。

几小时过去了。

人们一开始还在交谈，但后面说话的人越来越少，人们的喘息声却越来越沉重，每个人都在和内心的不安战斗。

"氧气！我无法呼吸了！救命！我喘不过气！"有个女生尖叫起来，她在黑暗中惊慌挣扎，人群开始慌乱。

许卓大声喊："冷静！按住她！氧气没这么快消耗完，这是你的心理作用。大口吸气让自己平静下来。"

"许卓，你怎么做到这么镇定的？"谢小佩有些崇拜地问。

"我以为这是一个优秀职业战队成员的基本素质。"许卓说。

"在游戏里我也很冷静，"谢小佩说，"但现在不是游戏。现在如果没人和我说话，我会很害怕。"

"或许他只是天生神经末梢不敏感，没有感情。"夏远行调侃，"你看沈肖多镇定，到现在我就没听他说过一句话。被电疗就觉得世上再没有什么事值得害怕了，那才叫神一样的神经。"

"也许他已经吓死了呢？"谢小佩说，"沈肖，你还在吗？能哼一声吗？"

黑暗中没有回答。

"放心吧。"夏远行说，"全世界人都死光了他还能活，因为在黑暗中根本没有人能找到他。"

"别闲聊了，我们已经浪费了太多时间。"许卓说，"现在我们最需要的是找到武器和食物，这样能让我们多活一阵子，或许能撑到系统修复。"

"哪里有武器和食物？"谢小佩问。

"在生活区里应该就存有一些警卫部队用的轻武器，而更多重型武器和食物应该会在储藏区，我之前在系统中查过飞船引导地图，储藏区就在机库的下方，各生活区都有电梯和安全通道可以到达。"许卓说。

"可那里也许会有虫子。"谢小佩担心。

"现在最可怕的不是虫子。"夏远行说。

许卓哼了一声表示认同。

夏远行继续说："如果食物是有限的，但飞船上有将近一万人……"

"我明白了……这果然会变成地球人最爱玩的一款游戏……只有一个人能活到最后。"谢小佩惊讶。

"活到最后又如何？一个人在尸体堆中绝望等死？"夏远行冷笑，"这游戏不会有胜利者。"

"教导员，我们现在需要武器。"许卓看向白茹。

"根据条例，只有在遭受攻击、缺乏兵源等危险时刻才能向你们发放武器。"白茹说。

"现在还不够危急吗？"许卓逼问，"我们犹豫的时候，别人可能已经拿上武器取得食物了，然后我们只能任人宰割，或活活饿死。"

"但是……就算我允许，我也并没有打开武器库的密码。"

"看来我们需要一个破解高手？"夏远行看向四周，"疯子，到你立功的时候了。"

手电筒光照亮被掀开的大门控制面板，代号"疯子"的李奇将线路接上他的平板电脑，紧张操作着。

"强破密码太慢了……我试试能不能直接绕过验证……代码无法写入修改……只能强行物理破解了……"

"物理破解？什么意思？"夏远行问。

"我需要一样高科技产品……"李奇四下张望。

"是这个吗？"谢小佩举起一把消防锤。

"聪明！"李奇接过锤子，"没有电高科技芯片就是废物，还是原始东西靠谱！"

他举着锤子把控制面板砸了个稀烂，将整块电路板和线路都扯了出来，然后把手伸进了那个洞里。

"我小时候忘记带家门钥匙时，就是这么破解我们家大门的……"他在墙内摸索着，扳动了什么，"搞定。"

武器库厚重的铁门发出咔嗒一声轻响，滑开了。

"原来这么简单？"谢小佩欣喜。

"简单？如果不是系统断电，我打开控制面板的时候警报就已经响了。"李奇擦擦头上的汗。

手电筒的光照亮室内的武器架，大家发出惊叹。架上摆满了从未公开展示过的新型枪支，专门为适于太空环境而设计。

夏远行将一把枪拿在手中："这就是我们在虚拟演习中用过的19式，使用无壳弹，轻微后坐力。今天终于有机会拿到真枪了。"

"你们这些男生啊。"谢小佩摇头，"看见枪就两眼放光，难道不知道用上真枪实弹的一天意味着什么吗？"

"我知道。"夏远行手握枪身，感受着那金属的寒意，"死亡也是真实的了。"

56.

通向储藏舱的门慢慢地滑开，701学员们以小组队形低身快速走出来。

"敌人可能随时出现，大家分散。"班长程小涛指挥着，"尽量不要使用手电筒。"

储藏舱空间巨大，人们尽量放轻脚步，还是在寂静的空间中产生了回音。

最前方的程小涛抬手轻声喊："停。"

远处，也传来了轻轻的脚步声。

大家举起了枪。

"谁在那里？"对面传来英语的喊话声。众人脑中的芯片开启了自动翻译，将他的喊话变成视觉信号的文字。

程小涛示意不要回话。

"中国人？日本人？欧洲人？"那声音继续喊着，"我知道你们不想回答。在黑暗中暴露自己是危险的。啊，我看过一本中国人写的科幻小说，书上说：这宇宙就是一片黑暗森林，每个人都是在黑暗中摸索的猎人，一旦发现别人的位置，就会毫不犹豫地开枪。因为你不杀死别人，别人就会杀死你。所以绝不能暴露你自己的位置，这就是黑暗森林法则……"

"我知道这浑蛋是谁了……这书还是我介绍给他看的……"夏远行小声说，"这二黑果然够二。"

"夏？你在那里吗？"远处的人继续大声喊，"又或者是三上君？你正用枪瞄准我吗？我相信你们都有能力一枪打爆我的头，你们都是最优秀的战士。不过……黑暗森林法则并不适用在这里。在黑暗森林中，所有人都是独狼。但这个游戏不一样，我的身后，是我的队友，你们也有。先开枪的人，或者可能取得先机，但也一样会暴露位置，然后被其他人打成蜂窝。是不是，三上？你们日本人应该最有体会？偷袭珍珠港的结果是什么？想生存下去，需要的不是隐藏自己，因为没有人能永远隐藏，只有建立新的秩序，那就是先开枪的人先死。"

黑暗中仍然没有人回应。

"这艘飞船中储藏的食物和水，可以供一万人食用五天。我们有三种选择。"文森特继续喊，"一、平均分配食物，假如五天内能修好这艘飞船，能量恢复后，生态循环系统就可以工作，我们可以人工合成食物和净化淡水，每一个人都能活下来。"

他停顿了一下："但修复飞船很可能需要更长的时间，食物饮水耗尽后所有人都撑不过七天，所以想撑更久的时间，需要减少人口。最简单的方法是战争，但全面战争是不可控的，会演变成屠杀，最后只有最强者活下来。"

"也可能是其他人联手先把最强者干掉，笨蛋。"夏远行举枪瞄准声音传来的地方。

文森特接着喊："但战争的结果无法控制，没有人知道谁会活下来，也许会在爆炸中一同毁灭，也不会有人有空去修复飞船。所以我们还可以建立另一种秩序来代替野蛮的屠杀，那就是优先保证最有价值的人活下来，另一部分人将得不到食物。这将是少数人对大多数人的统治，是残酷的淘汰选择。但却是最优、最理性的生存策略。这能保证人类尽可能地存活更长时间，而且活到最后的是最有用的人，以保证在最后一刻，飞船仍然可能被修复，世界仍有重启的希望。"

"他说的竟然好像很有道理。"谢小佩小声说。

"但如果你被选为应该饿死的那类人，你愿意接受吗？"夏远行问。

谢小佩摇头。

"一万人中，如果九千人被选成应该饿死的人，你觉得接下来会发生什么？"

"这九千人会先把那一千人杀掉。"

"对，这才是真正的后果。"

"这老外难道不知道这一点吗？他为什么还要提出来？"

"因为他希望我们先自相残杀。"

"可是大家都想活下去的结果就是大家一起饿死啊。"

"但没有人想做牺牲品，大家都希望被选出去死的是别人，一旦选到自己头上，每个人都会反抗的。"

"这么说，难道只有大家平均分配所有食物，然后一起饿死……才是能让最多人接受的公平的方案？"谢小佩问。

夏远行望向黑暗中，那里有许多人也正在思考着如何选择。

"为什么你们都不说话？"文森特喊，"觉得这道选择题很难？那么好，我来告诉你们正确答案。现在人群只分两种，手里有枪的和没有枪的。为什么我们这些有枪的人要互相开火，用自己的命去为那些没有枪的人争抢食物呢？我们联合起来，就能建立起属于我们的帝国。我们只有几百人，但我们的武器足以让近万人不敢反抗。我们可以维持飞船中的秩序，并组织修复飞船。如果飞船修好，那么所有的人都能活。他们最终会感激我们的，没准还会给我们立个石像什么的。"

"这浑蛋又在挑拨我们了。"夏远行更抓紧了手里的枪。

"但我觉得,会有很多人认为他说得对。"谢小佩说。

"是的,他说得对。"许卓说,"这是唯一能避免战争屠杀,让人类尽可能地活得更久的方法。第一种选择是大家一起死,第二种是在战争中互相毁灭,第三种是逼迫大多数人起来消灭少数人。只有第四种……最好的选择,就是根本不给人们选择,由强者来决定一切。"

"你现在这么说,是因为枪在你的手里。如果你是没有枪的那个人,你还会这样选吗?"夏远行问。

"当然不会。所以我绝不会放下枪。"

"你在急着要打开武器库时,就已经在做这个打算了吗?"

"不要争了。"程小涛喊,"对面的人在动摇、分化我们。我们绝不能同意他这个方案,那意味着抛弃需要我们保护的人。"

"如果你死了,谈什么保护他人不是很可笑吗?"许卓问。

"你什么意思?"程小涛怒问。

"因为按你的说法,接下来就只有战争一条路了。"

"不,我们还可以选择平均分配食物。只要五天内飞船能修复。"

"但如果五天后修复不了,食物耗尽我们就再没有机会了。你看起来正义,却是拿全人类的命运在赌博。"许卓冷笑。

就在这时,枪声响了起来。

30秒前。

"三上君?我们应该怎么办?"黑暗中,加藤拓真说。

"加藤,你会选哪个方案呢?"浅野泽树问。

"我……我宁愿公平分配食物,希望飞船能尽快修复。"

"希望?最廉价而无用的一个词。你果然是个善良的好人呢,加藤君?"浅野冷笑。

三上隼人不说话,只是举枪瞄准声音来的方向。

"三上,那个人说得对。现在,是我们这些拿着枪的人负起责任的时候了。这个时候,心软就是残忍。"浅野靠近他。

"你知道我会选择什么吗？"三上隼人慢慢调整着枪口的指向。

"什么？"

"第二种，战争。既然任何选择都是错的，就让子弹来选择吧。"

他扣动了扳机。

枪声立刻在飞船中响起一片。

枪声响起时，夏远行一把将谢小佩推到了柱后，自己伏在地上。

四下都有乱枪打来，这仓库里不知躲了多少人。

"我们怎么办？"谢小佩喊。

"让他们打。"夏远行说，"节省子弹，不要暴露自己。"

"把身边的食物箱拖走。"程小涛指挥着，"我们先撤出去。"

57.

701学员们撤回了5号生活区。

闸门关闭，外面的枪声被隔绝成了微弱的闷响。

人们劫后余生般地坐到地上。

"为什么会变成这样？"谢小佩靠在墙上，"几小时前不是说还要全世界联欢吗？"

"或许，这才是真实的世界。"夏远行说，"有句话说：所谓和平，不过是战前休息。"

"清点一下，我们带回了多少食物？"程小涛说。

"只带回了七个箱子。每箱中是一百份单人餐食品。"许卓说，"5号区本来有近2000人，除去因为事故失踪的，也还有1500多人，这些食物只够一小半人吃一餐。"

"怎么分配？是先满足700人吃饱，还是平均分，大家都饿着？"李奇问。

"教导员，你说呢？"夏远行问白茹。

"我想……还是平均分配吧。否则给哪些人食物，又让哪些人挨饿呢？"白茹说。

"但战斗人员必须保证能吃饱，而且要留出充分的口粮。所以每个战斗人员至少应该保留十份餐盒，这样能保证三天的战斗力，才能继续去夺得粮食。"许卓说。

"一共才700份食物，光我们701学员就要占去将近200份？"谢小佩问，"大家会不满的吧。"

"事实上我们的战斗人员太少，应该尽可能地补充。补给应该优先保证战士的需要，这样才能夺取更多食物。"许卓说。

"你的意思，是拿枪的才有饭吃？这不和那老外说的是一样的吗？"吕昱说。

"我本来就认为他说的是对的。"许卓回答。

"去战斗才有食物。这很公平啊。"夏远行说，"想活下去，就得自己争取。"

"但你们要想清楚，给平民发放枪支会带来新的隐患。万一拿到枪的人不是去战斗而是用枪来争夺食物呢？"林辽远问。

"是啊，我们完全不知道哪些人可以信任。"吴帆也表示忧虑。

"只有在战斗中考验他们了不是吗？"许卓说，"而且记住，现在最珍贵的是武器弹药，还有我们这些受过训练的学员。战斗时我们需要保证我们701成员尽可能地存活，让其他人去吸引火力，如果他们伤亡，一定要带回他们的武器，才能让其他人补充上来。"

"让没受过训练的人挡在前面，不是战士该做的事。"程小涛喝止。

"队长，如果我们死了，其他人就更不可能活下来了。"许卓苦笑，"这不是玩英雄主义的时候，我们需要的是不顾一切地生存下来。"

"等等……"夏远行说，"你们忘了另一种可能。完全没有受训的平民上战场会惊慌失措，浪费弹药且造成大量伤亡，为了抢救伤员我们要搭上更多精力，所以还不如完全是一支精锐小队……"

"靠我们十几个人根本不可能赢得战争。"许卓打断，"但你说得也对。所以其实没必要给他们发枪，如果他们受伤，也不要浪费时间、生命去救援，因为我们需要保证那些健康的人活下来，伤员只会浪费食物和药品。"

"这听起来太残忍了。"谢小佩说，"连伤员都不救像是电影里反派才会做的事。"

"这不是什么该死的超级英雄电影！"许卓发怒，"我们需要的是活着，不是妇人之仁！"

"那如果受伤的人是你呢？"夏远行问，"我们需要救你吗？"

"不需要！那时我也不会救你们！"许卓斩钉截铁地说。

"我觉得这很公平。"夏远行摊手。

"见死不救，我想我做不到。"黄守纲摇头。

"随便。"许卓说，"你愿意搭上自己的命，并断送整个第5区上千人的命来显示你的仁义，随你。"

"好了。不要在这儿争了。一支军队在战场上绝不会轻易丢下伤员，只要有可能就要救护，因为每个人都可能是伤者。我们现在需要去夺取更多食物。"程小涛说，"我们分成三组，一组守卫生活区，另两组出外寻找食物，配合行动。大家休整一下，让外面先打一会儿，然后出发。"

58.

夏远行、谢小佩、许卓、李奇、黄守纲小心翼翼地穿行在黑暗中。

飞船中不停地有枪声和惨叫声传来，杀戮仍在继续。

"你猜已经有多少人死了……"谢小佩通过通信芯片轻声地说。

"不清楚。不过我竟然邪恶地希望死的人越多越好……"夏远行警惕地望着前方。

突然前方响起脚步声，一个人惊慌地奔来，似乎有人在身后追赶。

"闪开！"夏远行小声喊。

那人的身后，枪声响起，他应声栽倒，正倒在谢小佩脚边，谢小佩发出尖叫。

"卧倒！"夏远行喊，一把将谢小佩拉倒在地。枪声几乎同时响了起来，子弹在他们头顶飞过。

李奇举枪瞄准前方，夏远行猛地伸出手抓住他的枪阻止了他。

那开枪者被从各方暗中射来的子弹击倒在地。

"尽量别暴露位置。"夏远行在通信频道小声喊。

黑暗中，竟然有音乐声响了起来，那是一首著名的美国乡村歌曲，在这枪声中显得恐怖诡异。

"Country road... Take me home...各位好，欢迎来到未来世界……这里是BlackStar的国际频道。我们这里有水和食物，请幸存者们速来7号避难所……不过……请确信你能活着到达这里，因为路上有上千个猎人，还有可怕的虫子，只有最勇敢的人能活下来，哦，还有小孩和狗……啊……I love this game！"

"二黑！"夏远行切入频道喊，"你在公共频道发什么疯！"

"哦？夏？你还活着？太好了！我相信你有实力能在这个游戏里进入前一百名的。你没有看出来吗，我们都被耍了。什么飞船，什么人类的希望，我们他妈的全是被骗来的！没准现在全地球的人正在看电视直播赌我们谁能活到最后呢。哈哈哈哈……真是太好玩了！"

"你精神错乱了吗？这样杀下去大家都得死。"

"不，疯的人是你。难道你真的相信人类可以和平共处乘坐方舟开创一个美丽的新世界？旧世界毁灭了，但新世界只比旧世界更糟糕！反正我们现在抢到了够吃三天的食物，现在只要躲起来观看你们在外面的竞技表演！哈哈。"

"这些该死的美国佬！"夏远行骂着，"又来'一战''二战'那一套！"

"嘿！远行君！"三上隼人的声音传来，"美国人已经抢走了太多食物，我们剩下的人没有活路了。我们联合吧，攻破7号区。"

"我不相信日本人……"黄守纲在内部频道说。

"三上，你想挑战我吗？"文森特冷笑，"夏，不如我们做个交易。你们干掉日本人，我们可以考虑分你们一点食物。"

"成交了！"浅野泽树的声音传来，"我们干掉中国人，你给我们食物。"

"哦，夏，你犹豫了半秒，断送了这个机会。"

"滚你们的蛋！"夏远行骂道，"你们很享受这游戏是吗？就算多活几天又怎样？还不是在飞船里等死？"

"不……我们搜查过飞船动力区，发生了爆炸，飞船中心区域的所有人都死了，但飞船发动机仍然有修复的可能，可是飞船质量改变了，需要重新计算引力参数，但主控电脑断电，我们只能用可怜的个人平板电脑处理器做运算，我们还为此设计了一套人力发电装置……看进度大概需要十五到三十天才可能重启发动机再次跃迁……你明白这意味着什么吗？必须减少三分之二的人口，剩下的人才有可能撑到发动机修复。"文森特说。

"所以你就鼓动人们互相屠杀？"

"你失忆了吗？我只是提供了选项，是大家选择了战争。"

"别和他废话了。"李奇说，"前面五十米就有食物箱，我们去拿。"

"那可能是诱饵！"夏远行喊。

"我知道……但不冒险只有饿死！"李奇匍匐前进，"掩护我……"

"回来。"许卓喊，"让夏远行去。"

"为什么？"李奇问。

"他会电脑技术，更有用。"

"其实我也会点代码……"夏远行苦笑着向前爬去。

"小心啊。"谢小佩喊。

夏远行向她发去一个"看本天才的"的表情。

他来到那堆食品箱前，小心翼翼地掀开包装罩布。

一个手雷在罩布下露了出来，一根细丝被扯断，手雷的保险栓弹开了。

"我靠！"夏远行叫了一声，抓住那手雷向远处甩了出去。

一声巨响，手雷在空中爆炸了，爆炸的气浪将食品箱堆震倒，砸在他身上。子弹四下飞射而来。

谢小佩发出了一声尖叫，她中弹了。

"撤退！"许卓喊，向角落中飞扑而去。

"我的腿……"谢小佩痛得爬不起来。

黄守纲、李奇试着拖走她，但子弹横飞，李奇也痛呼一声手臂中弹。

"快过来！"许卓在柱后喊。

黄守纲扶起李奇，两人飞奔到柱后。

"救我……"谢小佩努力地向柱子爬去。

"快过来！"黄守纲探出身向她伸手。

一颗子弹打在他耳边几厘米的柱子上，发出锐响。

"狙击手！"许卓把黄守纲拖回来，"我们被盯上了。"

他对谢小佩喊："不要过来，你被盯死了！你到柱边就会被立刻打死。他不杀你是因为你还能当诱饵。"

"我不想死……"谢小佩绝望地哭泣。

"我们不能待在这儿。"许卓说，"三人分开跑，他没法同时打死三个人。现在，走！"

许卓、李奇、黄守纲三人向不同方向飞奔了出去，又一枪打在黄守纲身后，看来狙击手并不是太专业。

但黑暗中还有更多的子弹射来，三人都被压制住了。

"撤回生活区。"许卓喊。

"他俩怎么办？"黄守纲问。

"心软就是一起死。"许卓喊，"撤。"

三人隐入黑暗中，枪声停止了，仓库中暂时安静了下来。

谢小佩努力向柱子爬去，血在地上拖出长痕。她知道一把狙击枪正瞄着自己，敌人随时都会开枪。

一个食品箱滑到了她身前，几乎是同时，子弹打中了箱子，食物袋飞爆在空中。

夏远行跳起来，向远处狙击手的位置拼命开火，然后拉起谢小佩将她拖到了柱后。

"我痛……"谢小佩的手死死抓住夏远行的胳膊。

"没事的。"夏远行安慰她，"那家伙也暴露了位置，现在他应该在换地方，我们也走。"

"我走不了了……"谢小佩冷汗直冒，"你走吧，不要都死在这儿。"

"说什么呢，我不会丢下你的。"夏远行回答。

谢小佩抬起头看了夏远行一眼。

后来，当夏远行被驱逐入黑暗，谢小佩毅然站了出去，陪他一起走出大门。夏远行惊讶地问："为什么？"

"我不会丢下你的。"谢小佩微笑着说。

有一些选择总是会改变人类的命运，如果夏远行没有救谢小佩，如果他不是选择了守护那些"不值得活下去"的人，那么他不会被驱逐入黑暗，也没有人会站出来跟他一起走，那么他不会有那个在丛林中长大的孩子，那孩子也不会成为强悍的战士，并最终成为帝国的开创者。但有一些宿命则像是永远逃不开，夏远行离开了地球，他以为这样命运就可以改写，帝国不会存在。但不论他走到哪儿，即使是远在十亿光年之外，只要有人类的地方，帝国就会被建立，战争也永不会停止。

59.

夏远行揽着谢小佩，在枪声中逃亡。

狙击手重新盯上了他们，一颗子弹打在他们的身后。

这时就在夏远行的身边，有人开枪了。

远处的狙击手沉默了。

"沈肖？"夏远行问。

"你怎么知道是他？"谢小佩问。

"还有谁有本事能一枪搞定？"

一个人从黑暗中冲了出来："我和沈肖来接你们！"

"小炮？"

黄守纲帮忙扶住谢小佩："抛下你们我实在做不到……但沈肖是什么时候出现的连我都吓一跳。"

他们回到了安全区外。

大门打开，现出白茹激动的脸："你们回来了！"

门后的众人欣喜地将他们拥进门来。

"我还以为……"白茹抹了抹眼泪，"太好了……现在大家还都活着，直到现在，5号区仍然没有一人减员。"

人们爆发出自豪的欢呼。

"我们……会一起活下去吧……"夏远行笑着问。

没有人回答这个问题。

60.

一天后……

"现在一千多人都在饥渴绝望中，有人正在搜查，藏起了食物的人遭到抢劫、殴打，局面就要失去控制了。"程小涛对白茹说。

"外面能找到的食物已经很少了，更多的只是尸体。"白茹神色沉重，"除非进攻拥有食物的区，但这种进攻几乎是毫无胜算的。"

"没有食物，无论是否互相残杀结果都是死亡……"夏远行说，"现在，只能寄希望于飞船能修复了。"

"但我们什么也做不了……没有电无法启动系统，我们连大门都出不去，外面全是饿疯了的人，他们见人就杀。"程小涛说。

夏远行走到谢小佩身边："伤口还好吗？"

"你知道吗，我有个神奇发现，当人饿的时候，痛就不算什么了……"谢小佩苦笑，"坐下陪我说会儿话好吗？"

夏远行坐下来："我也好饿啊……我现在能吃掉一切。"

"如果……"谢小佩问，"世界上只剩我们两个人……你会吃掉我吗？"

"我吃你干吗？吃了你也不过多活几天，一个人活着多可怕！不如一起死了。"

"可是……如果吃掉我，就能撑到飞船修复，你就能活下去呢？"

"那么……就是一个人孤独地多活几十年，在全是尸骨的飞船中……那只会更可怕吧。"

"但人类会因此而延续下去啊？"

"吃人的人类？连动物都不会吃自己的同伴吧。而人类也不知灭绝多少种动物了，人类自己又有什么不能灭亡的？"

"你真的这么想？"

"我想，宇宙中一定不止人类这一种智慧生物吧。地球上都有那么多生物，恐龙灭绝了，人类出现了，人类灭绝了，也一定会有别的什么物种进化成高等智慧。宇宙真不是为了人类而存在的，人类这么渺小，我们存在的意义在哪儿呢？大概也就是我们比其他动物更多一些想法，会思考生命的意义什么的吧。如果生命的意义就是不择手段地活下去，那是连微生物都懂的事情，人类的价值又在哪里？"

"你饿着肚子居然还能想这么多……"谢小佩昏昏沉沉，"我好佩服……我现在脑子里全是各种烧烤……火锅……肋排……脑花……甚至连看到自己流血的腿都觉得很好吃的样子……原来人饿极的时候，真的是连自己都敢吃。"

"我也好饿……"夏远行靠着墙，"但我饿的时候就会胡思乱想……我要睡一会儿……好希望一睁眼，发现这只是个梦。我们还在跃迁之前……"

61.

夏远行睁开了眼。

他还在飞船中，四下一片光明。

"果然是做梦吗？"夏远行欣喜地喊，"谢小佩！"

然而没有人回答。

夏远行才发现，这飞船中竟然只有他一个人。

"谢小佩！白茹！黄守纲！人呢！"他在飞船中奔跑呼叫。

他突然发现一件事情。

他没有呼吸，跑了这么久，他也感觉不到自己的心跳。

"这是虚拟的环境？"夏远行向四下张望，"有人在吗？我是实验品吗？你们能听见我说话吗？"

"我能听见。"一个声音回答。

"未来一号？"

"不，我不是。"

"哦……我听出来了……你是……何必生？"

"你脑中的芯片无法连接外界网络，联系不上主控电脑。我只是存在于你大脑芯片中的一个复制体。"

"我明白，未来一号为了防止我们将它断网封闭，在所有人的芯片中都保留了它的副本，也包括你的虚拟意识……所以……那一切还是真的发生了？"

"确切地说，是在某条平行宇宙支系发生了。"

"你是说还有另一些宇宙的我们，此刻已经到达了十亿光年外的星球，从此开始了幸福的生活？"

"这不是童话，在那星球上等待着你们的，只会比飞船上更凶险。"

"那我们究竟是做错了什么，选错了哪一步才会落入现在这个结局？"

"其实和你们无关……这个宇宙支系早在几十年前就开始分裂了。你记得我说过的吗？多维空间中包含一切可能，因为它包括了所有物质的运动轨迹，也就是所有的时间线。所以无所谓对错，任何选项都会被选，一切都会发生。"

"那无数个平行宇宙中的我就像在宇宙抽奖大转盘中翻滚的球，只能等待被扔到何处吗？"

"如果从微观的角度说，量子的运动是无规律、无意义、不可控的……但又是有规律、可以被干预、被赋予意义的。"

"你能不能说点大家能听懂的？"

"大部分时候，人的命运就是在抽奖。这么宏大的宇宙，只有极少的物质和能量能够演化成生命，拥有意识，从概率上说，一个基本粒子想成为一个意识的一部分，拥有自我思考能力，这简直是不可能的，概率无限接近于零。然而奇迹就是这样发生了，我们和所有能感受到这宇宙的生命，都是造物的奇迹。当我们无法感受，宇宙也就失去意义，因为没有人知晓它的存在。"

"所以，这就是生命的价值？"

"不，宇宙不需要意义。即便无人感知，存在也仍在存在。从宇宙的角度，生命毫无价值。"

"你能说得再通俗易懂些吗？比如说人话。"

"说人话就是：在宇宙面前，人类算个屁。"

"这就是你放出虫子毁灭地球，然后又把我们弄到这船上玩大逃杀的原因吗？你觉得生命毫无价值，人类活该毁灭！"

"我没有做这些事。我所做的，就是设计出了量子计算机的理论模型，但那是在一个世纪前，理论极不成熟，后来的科学家们进一步研究设计出了未来一号，现在它拥有了独立的思想，它的思维速度比人类快亿万倍，思维模式也远不是人类可以理解的了。我不知道它要做什么，或者，它自己也不理解自己。"

"这回我听明白了……你的意思是：它早疯了！"

"疯狂？也许在它眼中，人类才是疯子，所以人类文明需要被清理重启。"

"它设计了这一切吗？这个把人类当成玩物的游戏？"

"是玩家。是人类自己选择了游戏的玩法，并沉迷其中，不是吗？"

"所以飞船压根儿没有坏对不对？都是未来一号在搞鬼，快把灯打开！"

"你没注意听讲。我说了，现在的一切，早在百年前就注定了。"

"百年前？究竟发生了什么？"

"现在还有时间，在人类灭绝前，也许我还来得及讲完我的故事……"

第六章

二十世纪之二

1.

1919年。

"何先生，你真的要回到中国去？"爱因斯坦问。

"是的。"何必生说，"战争结束了，中国也正发生巨变，我觉得，那里更需要科学。"

"可是……德国才能提供给你研究必要的环境和土壤，中国太落后了。"

"中国虽然落后，但那儿的人们渴望进步与改变，他们在拼命地学习先进的东西。而德国……战败后人们都沉浸在幻灭的痛苦中，还有人念念不忘复仇，所以我想……战争随时还会再回来，这里不是安居之所。爱因斯坦教授，或许……你也应该离开。"

"何，这是你的预测，还是你当年在那个实验中看到的未来？"

"未来是可以被改变的。我看到的，也只是一种可能。我不想充当预言家……不过……将来犹太人在德国的处境可能很危险。"

"可恶的种族主义。"爱因斯坦摇头，"人类总是这么愚蠢，要把自己分为不同的国家、种族、阶级来互相仇恨、残杀。我是犹太人，生在德国，拿了瑞士国籍，如果德国人恨犹太人又和瑞士交战，我应该怎么办呢？"

"我理解您的烦恼。"何必生点头，"我也常幻想那样一个理想的世界，全人类不分国籍、种族、贫富……全都和平相处，不再有战争。可惜……我看到的却是：战争很快会卷土重来，比这一次更宏大、惨烈，近亿人将死去。但这远不是结束，几十年后……还会有一场更可怕的战争，将整个人类文明推向毁灭。"

"我们能为人类的未来做点什么吗？"爱因斯坦问。

"我也在思索。我想，如果我能设计出可行的量子计算机，把未来的景象投影出来，让更多的人看到战争的可怕，那么人类就会起来阻止战争。如果战争的发动者能看到他们最后的下场，那么他们一定会放弃的。"

"你天真得像个孩子，何。"爱因斯坦说，"如果你发明了能看到未来的机器，人类做的第一件事就是将它用于战争。战争狂人会想，既然他已经看到未来会发生什么，那么他就不会再犯错误。他会更坚信自己能统治世界。"

"我会让他明白，他从发动战争的那一刻起，就已经错了。他不可能战胜全世界，命运已不可更改。"

"千万别那么做。千万别让恶魔知道你有能看到未来的能力。明白吗，何？"

"可是如果不让世人知晓我看到的，我又怎么去阻止这一切发生呢？"

"何，你真的认为你能阻止什么？你一个人能改变历史吗？不，你的力量太渺小，如果你企图和时间的巨轮对抗，你注定会失败。"

"我明白。"何必生低下头，"但是……我忘不了我看到的那些景象。战火、浓烟、废墟，人们在绝望中哭号，为争夺一点食物而残杀……我知道我有多么渺小，但在庞大的时间机器中，一个微小的齿轮偏差就可能使未来面目全非。我愿意把自己投入这机器中，哪怕被碾压得粉身碎骨，哪怕只能多救一个人，我的牺牲就并非没有价值，如果能让更多的人警醒，那我这一生就死而无憾了。"

爱因斯坦长叹："你才是真正有信仰的人。虽然你不信上帝，但你却早懂得了仁慈。我希望你能成功。但……也请保重你自己。你和你的研究才是全人类的瑰宝，为了人类你也应该好好活下去。"

"谢谢你，爱因斯坦教授。我要向你告别了。希望将来我们还能再见。"

"何，我会去看你的，一定会。"

何必生走出了学校的大门，他回头望去，爱因斯坦和众多的科学家都向他挥手告别。

何必生微笑着挥手，转身离去。

2.

何必生走在柏林的广场上，黑云压城，有一个人正在国会大厦的台阶前慷慨激昂地演说。

"德国民众们！我们已经失去了一切。那些腐败、无能的政客正在断送我们伟大的国家！现在是我们团结起来拯救德国的时刻了！"

他将传单撒向空中，那些纸片随风飘舞，但寒风中的人们无心理睬，将它们踩在脚下。

只有何必生停下来，专注地看着那个人的脸。

那人看到了唯一的听众，感激地走上前来："东方人？中国？日本？我喜欢东方人，你们也有伟大的文明，也许将来我们会成为盟友。"他将一张传单塞到何必生手中，"让我们一起携手改变这个世界吧！"

何必生没有看那张纸："可惜啊，人类梦想执掌强大的力量，却只用它来复仇与毁灭。也许多年之后，你看到这座城市崩塌在你面前之时，你才会记起我说的这句话：不要发动战争！"

那个人奇怪地看着他："你很奇怪。你的语气像是一个天使，来向我宣讲预言。"

"可惜你不会信的。"

"不！"那个人抓住何必生的手，"我信。多少天来，人们当我是疯子，我在痛苦惶惑中挣扎，我向上帝乞求给我启示。现在你来了，你告诉我，我会成功的，是吗？是上帝来让你告诉我不要放弃，对吗？"

"疯子！我刚刚告诉你了，走下去的结果是毁灭！"

"毁灭！"那个人仰天大笑，"没有毁灭哪里有新生呢！上帝让你来唤醒我，四骑士吹起了号角。这就是天启！德国必将在血火中重生，我也愿将我自己献祭于火中！"

何必生呆立在那里，看着那个人疯癫地将所有传单撒向天空，大笑离去。

3.

"原来我真的什么都改变不了。我自己都是命运齿轮的一部分，一切早就被演算完毕了。"

何必生的声音在飞船中回响着。

"大概也只有你这种书呆子，才会傻到对一个疯子说'请清醒过来吧！'"夏远行大笑。

"是啊，我就是个傻瓜。我想劝说他，却让他更疯狂了。"

"你是说，这个疯子哪怕早知道战争的结果是毁灭德国和他自己，也在所不惜？"

"是的，我原以为他是热爱德国才走向疯狂。后来才发现，他不在乎德国，相反，他认为所有德国人的生命都只是他实现狂热意志的代价，德国人活着的意义就是为了他的伟大目标去死。"

"嗯，为了一个强大的德国，哪怕德国是一片焦土也在所不惜。我也不是太能理解疯子的脑回路。"

"活着的时候，我一直后悔和他说过话，觉得自己是历史的罪人。"何必生痛苦地说。

"喂，哥们儿，你也别把自己看得太高了，好像人类历史就是因为你一句话改变的。你和不和他说话，在我看来毫无区别。疯子哪怕是一粒鸟屎掉在他头上，他也会认为是天启的。"

"是啊。这些年，量子计算机的运力终于能支持更多分支宇宙的运算，我的虚拟大脑能查看到更多种的未来，才发现，即使我不和他说话，'二战'也还是一样会发生。我的那句话，真的什么也没改变。"

"那究竟有什么是你改变了的？你的发明莫不是对世界毫无用处？"

"惭愧地说……真的没帮上什么忙。不过……它让我看见了她……"

4.

1919年年末。

何必生在睡梦中，听到外面的欢呼声。

他走上轮船甲板，在迷雾中，他看见了前方露出的那座城市。

那是上海。

"中国，我们回来了！"他的身边，几个年轻留学生兴奋地高呼。

何必生微笑着看着他们，觉得这清晨虽然雾气弥漫，但一切都充满希望。

他看见一个女孩站在他们中间，望着远方的地平线，眼中全是泪水。

何必生有些呆呆地望着她。

女孩注意到何必生的目光，忙不好意思地擦去眼泪。

"对不起！"何必生移开目光，"我太失礼了。"

"不，没关系。"女孩说，"是我太激动了。终于回来了。"

"你是在哪国留学的？"何必生问。

"法国。你呢？"

"我……我不算是留学生吧。只是在德国给一位教授当助理，顺便研究数学。"

"数学？"女孩眼睛一亮，"我是学医学的，但我很佩服数学好的人。"

"我和一流数学家们还是有很大差距的，至少还有十年才能赶上他们的水平。"

"哈哈……"女孩忍不住笑了，"我从来没有听过这么谦虚的吹牛。"

"程洁瑜。"女孩的同学们走来，"这位是谁啊？"

"一位从德国回来的同学。"程洁瑜望着何必生，"我还不知道你的名字呢。"

"何必生。"

"何必生？"学生们笑起来，"这个名字怎么……这么怪？"

"不怪啊。我父亲的确觉得，战乱之世，我是不应该出生的。"

"生逢乱世，国难当头，更应该努力报效国家，救民族危亡，才不负此生啊。"程洁瑜看向远方。

"为什么，"何必生呆呆地说，"所有的话都是一样的？"

"什么一样？"程洁瑜好奇地望着他。

"和我的梦中一样。"

"你梦到过我？"

"你会有那种经历吗，觉得有些事发生过，但又知道那是不可能的？"

"好像是有……但我也不知是为什么。"

"也许，人脑会在某种时刻，感应到高维世界的另一条时间线。"

"真不知道你在说什么。"程洁瑜笑着。

"我以为未来是可以改变的，"何必生说，"但我还是遇到了你。"

"啊？"程洁瑜愣了。

"我不希望……我不希望结局也会是一样的。"何必生手紧紧握住栏杆，望向迷雾中。

"你这人真的好奇怪。"

"不，一定能改变的。"何必生笑着望向程洁瑜，"我会保护你。我不会让那个结局出现的。"

"保护我？"程洁瑜笑起来，"我们不过是偶然相逢的陌路人，下船之后，就会各奔东西了。"

"我们会再相见的。六个月后见。"

5.

1920年。

程洁瑜走在大学校园里。

她慢慢停下脚步，望着眼前那个微笑的人。

"我们又见面了。"何必生说。

"你好面熟，我们在哪儿见过吗？"

"你会有那种经历吗，觉得有些事发生过，但又知道那是不可能的？"

"好像是有……但我也不知是为什么。"

"也许，人脑会在某种时刻，感应到高维世界的另一条时间线。"

"啊……是你……"程洁瑜笑着。

"我以为未来是可以改变的，"何必生望着她，"但我还是遇到了你。为了保护你，我愿意去和时间战斗，哪怕粉身碎骨。我不会让那个结局发生。"

"那个结局？"程洁瑜走上前，注视他的眼睛，"说得你好像能预知未来似的。"

"我说过我们会再见的。"

"上海这么小，大学和研究所就这么几个，再见面有什么稀奇？"

"我还知道你很多的事情……你的原名不叫程洁瑜，你父亲给你起了一个你很不喜欢的名字……叫程玉莲……"

"不许说出来！"程洁瑜喊，"你怎么会知道这个？只有我父母才知道。"

"你亲口告诉我的。"

"什么时候？"

"大概三年后吧，你嫁给我的那一天。"

"无耻之徒！"程洁瑜涨红了脸，绕开他向前走去。

"如果什么事只要逃避就不会发生就好了！"何必生在她身后说，"那么也许战争就不会发生吧，但也许胜利也不会来临。未来很可怕，但是未来也终会光明。我想过永远也不再见你，但那样一切就更无法控制。我连保护你的机会都没有。你不必相信我，我也不相信什么命运。所以，我们顺其自然吧。如果你不会爱上我，那么命运自然也就改变了。只是没有人再知道会发生什么。"

"我还没见过这么追求人的！"程洁瑜猛转身，"好，我记住你了。我这人也不信命，所以你最好证明你有能力让我爱上你。"

他们转过头，看见周围学生们都目瞪口呆地看着，然后全部低头假装记笔记、观察植物。

6.

1922年。

"想想我们的相遇，也真的有趣。"程洁瑜坐在栏杆上，望着月亮，"我当时觉得你是个情场惯犯，但是你的眼神偏偏又那么认真。"

"你现在知道了，我只有在和你说话时会那样。"

"是啊，你连和你教的女学生说话都会脸红。但和我说话时，就好像我们已经认识了一百年似的。"

"我们是认识了很多年，从年轻到白头……至少对我来说是这样。"

"你说的很多事都发生了。那么……未来那个结局呢？也会发生吗？"

"我不知道。"何必生摇头，"我会尽力不让它发生。"

"其实，我们个人的命运又算什么呢？只要时代是向前的就好了。你无须为了我而做一些冒险的事，万一把事情变得更糟了呢？反正我们会一直相伴到老，这结尾还不好吗？"

"可是……"何必生摇头，"我不能……我不能接受那样和你分离……"

"想想眼前的事吧，如何让我们赢得战争，尽量减少伤亡，如何改变我们的社会，教育我们的人民……有太多事要做了，你真的不必去想那么遥远的事情。"

"但那一天终究是会来的。一想到这个，我就觉得眼前的一切努力都毫无意义……"

"怎么会呢？"程洁瑜握住他的手，"我们不正在用科学改变命运吗？你的计算机已经有了理论和图纸……只要能造出来，它可以发挥多大的作用啊。你说过，它的计算力相当于一百万个数学家。我们可以用它来预报天气，可以用来设计轮船、飞机……中国可以飞速地发展起来。那么也许……侵略者就不敢发动战争了，未来就会改变。"

"战争不发生，未来就一定会变得更好吗？"

"啊？你怎么会这么想？"

"我想到了一个问题。如果德国的战争狂人预知了未来，他不发动战争，或者……在战局最有利时收手，那么，未来会变成怎样？"

"会怎样？"

"那么……他可能会统治着从法国海岸一直到莫斯科郊外的土地……也许……德国真的就成了欧洲霸主。犹太人还是会被迫害、屠杀，却得不到拯救。"

"若这么说，假如日本不再发动战争，日本帝国也会延续下去……很多代后，朝鲜人都说着日语、台湾人可能再也不记得他们曾是中国人。"程洁瑜突然也恐惧起来，"你看到过这样的未来吗？"

"没有。但我知道，高维宇宙中包含着所有可能，那个未来，一定在某处发生了。"

"所以……邪恶一定要被打败，哪怕付出千万人生命的代价？"

"我不知道……"何必生按住额头，"我能破解数学谜题，却想不清楚这个答案。"

程洁瑜抱住他："别想了……你这些年拼命地计算。我太多次看到你因为算不出那个结果而痛苦，你不能把所有的责任都压在自己身上。人类的命运终究要人类自己去承担，算不算得准，又怎么样呢？不知道未来，反而会更幸福些。因为总有美好的期望。"

"不。这世界太黑暗、丑恶，如果不告诉人们未来，有太多的人会撑不下去的。战士们会怀疑坚守的意义，民众会怀疑良心的价值。在强大与恐惧面前，唯有屈膝、忍耐才能活下去，我又有什么理由要求人们去战斗牺牲？"

"也许……不需要看到什么结局。人们仍然会战斗，只因为他们不能忍受，他们懂得有比生命更重要的东西，比如正直、善良和信仰。"

"这些真的比生命更重要吗？如果正义勇敢的人都被杀了，只有懦弱者能活下来，世界会变成怎样呢？活下来的人会怎么书写历史？"

"我们总是在争论这些问题。想想开心的事，毕竟，在你看到的未来里，我们胜利了，不是吗？我一想到这个，就对未来充满希望，哪怕知道自己将来可能会有悲惨的结局，也觉得无关紧要。"

"可我觉得重要。我不能接受一个那样的未来！为了改变命运，我甘愿冒险！"

"你要拿全人类的命运去冒险吗？只为了在几十年后救下已经老去的我？你不会这么自私的，对吧？"程洁瑜望着何必生。

"但是你说的，人类的命运让人类自己去承担吧。我不是救世主，我救不了这个世界，救不了那些将死去的人。我只想救你，我连这个卑微的愿望都不能实现吗？"何必生紧紧地将程洁瑜拥在怀中，流下泪来。

"你说过，高维宇宙中，存在着一切的可能。那么……一定会有那么一个宇宙，我们幸福地老去，直到生命的最后一刻。"程洁瑜眼中也闪着泪光，"那还不够吗？"

"不够……我要和你永远不分离……"何必生突然想到了什么，"也许有一个办法。"

"什么办法？你还能让人长生不老？"

"我相信科学的力量。"

7.

"所以……你发明了如何将人的思维感情电子化？"夏远行问，"但是……"

"但是……这里只有我……我孤独地活着……可能一千年、一万年……只要存储器不腐朽，只要还有能量……我就能活下去。但是……我又早已经死了。现在的我，不过是个了无生趣、游荡着的灵魂。"

"她呢？"

"她没有等到我发明成功的那一天……"

"如果你不想再说下去了……可以不用说。"

"不……我要说完我的故事……我的意志随时也会消散，多一个人能记得她也好。"

8.

1922年11月。

"爱因斯坦教授来到上海了，他点名要见你。"程洁瑜奔进屋来，兴奋地说。

何必生从桌前站起身，欣喜地跑了出去。

在欢迎酒宴上，何必生看到了爱因斯坦。他好像并不太开心。

"何？我们终于又见面了。"爱因斯坦上来与何必生拥抱，"我说过我会来看你。"

"我以为会是几十年后，没想到这么快就相见了。"

"几十年后？不不，我可不想与时间玩游戏。我也没有你的能力，能预知几十年后的事情。"

"来到中国感觉如何？"

爱因斯坦叹了口气："你知道我不喜欢说假话。所以，我将说的话，还请你原谅。"

"你尽管说吧。我们研究科学的，最恨的就是谎言。"

"我以前听说，上海是东方之都，万国之城。但我来到这儿，却看到了太多我难以想象的事。"

"是什么？"

"我看到街头有太多衣着脏污、神情麻木的贫民，他们为了五分钱终日砸着石子，好像是机器一样，他们平静得似乎觉得这种生活天经地义，可以永远继续下去。而我来到宴席上，看着这里摆着欧洲皇宫里也不会有的精美食物，三天三夜也吃不完。我不理解，你们究竟是贫穷还是富有？是愚昧还是精明？对你们是该同情还是憎恶？"

何必生苦笑："你才来一天，就看到了这么多。而我却埋头在书桌前，只顾做自己的研究。我实在是很少去街头，也从不参加酒宴。我只想看到未来，却对眼前的现实视而不见。"

"埋头研究并没有错。不过科学家不可能完全与世界隔绝的。"爱因斯坦说，"如果我们没有信仰和感情，不爱世人，就很可能使科学走向歧途。"

"我明白了。谢谢你，爱因斯坦教授，你教给我太多事情。"

"何，在这里我很难想象你能得到什么支持去完成你那宏大惊人的构想。这国家穷困不堪，但有时又好像花钱如流水，它还随时可能面临战争。我还是建议你去寻找一个更好的环境，比如美国。"

"全世界都在面临战争，哪里会有净土呢？"何必生微笑，"美国会吸引无数优秀的科学家，没有我他们一样能造出计算机。但如果我抛弃了中国，那么谁来帮助这里的人呢？"

"好吧。我知道我说服不了你。但当初你却劝我离开德国。"

"那不一样……德国会迫害你们，并把科技用于侵略。而现在，我正在抵抗侵略者的前线。"

"你明知道战争终会来到上海……你倒不如去美国完成研究，再回来也不迟。"

何必生摇摇头："我还有十几年的时间，足够我做许多事。事实上，我回国才知道……关于外星飞船残片的事。你一定也知道了。各大国都在寻找这些散落在全球的残片，并想破译它们的内容。谁先破译成功，谁就有可能一跃登上科技巅峰，雄霸于世界。这种时候，我不能离开中国。"

"何，你的量子计算机若真能研制成功，能做的可不仅仅是破译密码，也许真能帮助中国强大……只可惜诺贝尔没有数学奖。"

"我不在乎什么奖项，如果我的理论能被证明，那就是上天对我最大的奖赏。"

9.

1937年。

何必生站在楼顶，望着远处爆炸的烟云升起。

巨响声远远地传来，楼宇随即塌陷下去，那是日军的舰炮在轰击上海。

校外的路旁，大批的中国军队正在开赴前线，他们高唱着《义勇军进行曲》，斗志昂扬。

程洁瑜来到何必生身边："我们能胜利吗？"

"在上海？"何必生摇了摇头，"会有百万军队在这座城市血战。这场战役的惨烈宏大，比之将来的莫斯科、诺曼底也毫不逊色。只可惜，我们没有赢。"

"那这场战役有意义吗？为什么你不劝告政府，要保存主力，而不是倾于一役？"

"不。相反，我也建议必须在上海血战，以保证时间线合入轨迹。"

"你明知会输，还让我们的军人去断送性命？统帅部也明知结局吗？"

"我告诉过他们，不过，决策和我的意见无关，在上海决战，是早决定好的。还有一个重要原因，就是那艘飞船。每多撑一天，地下基地的运算机组就能多送上来一些资料，多带走一些设备，如果上海失陷，不知何年何月才能重新开始飞船工程。"

"你明知战争会在上海爆发，为什么还要把研究基地设在这里？"

"我没有选择，国家也没有。太多材料要从海上进口，也只有这里有资金支持这么大的工程。而且将来飞船要试飞，应该能直接进入海中，它那么大的体形不可能从长江顺流而下。"

"但现在它的雏形只能炸掉了，这太可惜了。"

"现在的模型只是用来做结构力学实验，一旦数据运算完成，它就没有用了。想造出真正的飞船，现在的钢材是不行的。"

"但我担心夜长梦多。日本人一直在寻找地下基地的入口，他们做梦都想得到那些资料，还有你的计算机实验机组。"

"或许正是这艘飞船吸引了他们将主力投入上海，而不是华北。"何必生长叹，"华北方面压力减轻了，但上海、南京却将陷入火海，我不知道这是功还是罪。"

"一个贫弱的国家，国土沦陷不过是早晚问题。"程洁瑜上前握住何必生的手，"国家的命运，需要全国人民一起承担。一个人是渺小的，改变不了什么，你不要把一切都压在自己肩上。"

"但如果每个人都觉得自己改变不了什么，从而放弃责任，那么国家又怎么可能振兴呢？"

程洁瑜望着他微笑："你啊……有时聪明盖世，有时又愣又呆，让人又恨又爱。"

"但偏偏有人喜欢我这样的书呆子。"

"我只是被你的外表所骗了好吗？谁知道你居然还这么有才华。"

突然有几个穿西服者走上楼顶，围了过来。

"是何教授吗？"为首的人深鞠一躬，说话带着古怪的口音。

"是日本人！"程洁瑜紧张地揪住何必生的衣袖。

何必生却很平静："有什么事？"

为首者递上一张名片："在下是三井重工的忠本孝一，有些事情想和何教授聊一聊。"

"没什么好聊的！"程洁瑜拉着何必生要走。

"我开门见山吧！"忠本孝一拦住他们，"我们知道何教授正在进行的研究和工程，所有情报我们都已详细地掌握。所以，我们并不需要何教授提供任何的情报，请放心。我们知道何教授不会出卖国家，我们也不会逼他做这种事。"

"你们都知道什么？"何必生怒问。

"我们知道的……远比何教授知道的更多。"忠本孝一上前，小声地说，"你们想造一艘飞船，去开创遥远的新星球。那个星球上有无尽的物产和土地，相比之下，地球贫瘠又拥挤，人类在这里为了一点儿土地打得你死我活，这很愚蠢！只要我们能够合作，共同开发新星球，抢在西方列强之前，那么多的土地！中国人！日本人！人口再翻十倍、百倍也没关系。我们可以在新星球上共存下去，再也不用战争。甚至可以融为一体，那是多美好的未来。"

"听起来是挺好。"何必生冷笑，"不过既然要合作，为什么不让全世界一齐参与呢？那么广阔的土地，这样人类再也不用战争了，大家都融为一体，不好吗？"

"和西方人？哈哈，你知道的，白人歧视我们黄种人，我们和他们不可能融为一体！"

"那么，战争还是会爆发的。只是变成了种族之战，只会更血腥。"

"但我们先拥有了新星球，最后我们必然是战胜者。"

"你们得到了无尽的土地和资源，最后想的还是征服世界吗？"何必生摇头，"对不起，我们谈不拢。"

"那么……何先生有没有兴趣听另一个计划，关于如何毁灭人类？"

"什么计划？"

"空间跃迁需要用极高能量在极短时间注在一个奇点使空间扭曲，产生巨大的引力，如果控制不好，能量稍高或是低那么一点，或是时间长或短那么万分之几微秒，引力就可能失控，这个奇点会变成一个微型黑洞，如果它能不停吞噬物质，它就不会消亡而是越来越大。如果在地球上制造这样一个黑洞，结果是什么？"

"毁灭地球对你们有什么好处？"何必生怒问。

"啊，这也是我想问的问题。何先生，你难道真的不知道这是国民政府也在秘密研究的科技之一吗？你居然不知道你所运算的引力公式也可以用来制造黑洞武器？这比传说中的核武器威力更强千倍，它能在几秒内，引力范围从微观尺度扩大到几百平方公里，将一座城市和城市中的所有军队、市民，一切物质，全部吞噬。"

"这只是一种理论上的武器，我们的政府不会使用它的，尤其是在自己的土地上。"

"是的，没有人会在自己的土地上使用。但如果这块土地即将失去呢？"忠本孝一走开几步，望向远处压城的黑云。

"你什么意思？"

"中国人说：'宁为玉碎，不为瓦全。'如果一颗微小的引力炸弹就能消灭日本最精锐的军队和它的战舰……当然，代价是没能逃走的中国军队和市民，但可以赢得战争！"

"微型黑洞会在瞬间蒸发消失，利用它这一特性的确可以制作炸弹。但黑洞如果吞噬了太多物质，超过临界质量就不会再蒸发，它会越来越大，沉入地心，然后，在几天内将整个地心吞掉，然后几小时内地球就会被掏空，地表崩塌，大陆海洋全部被吸入地心，再过几分钟，地球就不复存在。黑洞的引力会继续吞噬月球，然后以螺旋轨道坠向太阳……如果它吞噬了太阳系，那么接下来也许就是其他星系……"何必生推算着这结果，全身冰冷，"谁会为了赢得战争而毁灭一切？"

"绝望的人会。如果日本战败了，疯狂的日本军人没准儿会用这个和世界同归于尽。而最重要的是，如果你拥有这样一颗炸弹，它小得用显微镜都看不见……没有人能防住它，那么从此世界上没有人再敢惹你。这对哪个国家来说，都是必须掌握的武器。有了它，还要什么核武器？"

"我的研究不是用来毁灭人类的！"何必生怒喊，"只有你们这些疯子才会想出用引力来干这个。"

"何教授，你太单纯了。当世人听说'错误的实验'可以造出微型黑洞时，只怕第一反应想的都是要抢先拥有这种武器，然后号令天下，莫敢不从。只有你，还傻傻地想着用这科技去遥远的星球，还想让全世界人都和平生活在那里。我告诉你吧，当人类有能力走出地球之时，就是宇宙末日来临之际。"

"如果人类真是这样的，那我倒宁愿让他们在黑洞中毁灭。至少宇宙安全了。"

"何教授，没想到你比我们更冷酷啊。"忠本孝一大笑，"为了保卫宇宙而毁灭人类？宇宙里有什么？一片冷寂空旷，那里有什么值得你保护？"

"宇宙中还会有万千生命，就算现在没有，以后也必然会诞生。"

"那你应该担心他们先用这种武器来对付我们啊！弱小、单纯，就意味着灭亡。这是宇宙通行的法则。"

"如果宇宙是这个样子的，大家只会互相毁灭，那我真的很绝望。"

"那么，何教授，为了救世人，你不是该阻止这种武器的出现吗？可惜，我们的情报表明，你们政府有一个预案，就是一旦上海失守，就引爆地下基地，同时施放微型黑洞，你该知道后果是什么。"

"你胡说！你在编造故事，好让我去阻止地下基地的引爆，把飞船模型留给你们。"

"我该说的都说了。"忠本孝一挥挥礼帽，"真相如何，您自己去调查吧。"

他们扬长而去。

"这不是真的，对吗？"程洁瑜心慌地拉住何必生。

何必生却沉默了。

"你知道？"程洁瑜惊恐地退开，像是眼前的人从不认识。

何必生说："有些事是绝密的，我不能对你说。"

"可日本人都知道了，这叫什么绝密！"

"日本人什么都不知道！这是他们的诈术。"

"啊？"

"所有资料我都用计算机进行了加密。我的算法……日本人用一千年也破解不了。我倒是就快破解他们的密码了。而且有些事，只有我知道，再无其他人。"

"什么是只有你知道的？比如黑洞炸弹？"

何必生望望程洁瑜："国家绝密，虽然我信任你胜过信自己，但也绝不能说。"

"你是对的。有些秘密，只能烂在自己的心里。不要信任任何一个人，哪怕是身边的至爱亲人。是人类，就不可信任。"

何必生长叹一声："可是，你知道这种无人倾诉的痛苦吗？"

"我懂。"程洁瑜上前，靠在他肩上。

"如果你发现手中掌握了不可抗拒的、毁灭的力量，你会用它来做什么？"

"我根本都不想触碰它。"

"但你必须握住它，因为你一放手，它就会掉向大地，吞噬一切。"

"我明白你现在所承担的了……"程洁瑜说，"可如果中国战败，你会放出这个武器吗？"

何必生摇摇头："我不能说。"

"我明白你的痛苦。战败、成为亡国奴、被屠杀、被欺凌、在漫长的岁月中煎熬，看着后代们学习被篡改过的历史、向敌人的旗帜欢呼行礼……和与整个世界同归于尽，杀死一切有罪和无辜的人……再坚强冷酷的心，也难以选择。不如，把选择交给一台机器吧。"

何必生微笑地拍拍她的手："你才天真。我都不用想，也知道机器会做出什

231

么选择。"

"为什么？"

"因为机器没有感情。它们只计算利益，而在机器眼中，生命毫无价值。"

"你可以教它们学会了解生命的可贵，甚至了解感情。"

"可是那样……它们还是机器吗？"

"那个最可怕的未来不会到来对不对？"

何必生沉默了一会儿："我不会让它到来的，哪怕赔上我的生命，因为我答应过……我会保护你。"

两人相拥在一起。远方是连天的炮火，染红了天幕。

10.

"让我猜一下，后来抗战胜利了对不对？"夏远行说。

"好神奇，你怎么知道的？"

"看，我也能预测未来……作为一个生在未来的人。"

"你们是幸福的，还有漫长的生命可以去经历。"

"我还羡慕你们呢，有机会经历轰轰烈烈的战争，那么大的事件！而我只能无聊地苦读准备高考。"

"如果你和我互换，你就会知道战乱中的人有多么痛苦，那时的人有多么渴望和平！"

"放心啦，和平终是会来的。"

"嗯，借你吉言。"

11.

1945年。

"抗战胜利了，何教授，你之前对战争的预测是准确的。现在，中国已经成为国际四强之一，国民振奋，领袖声望达到极致。《中央日报》希望你再发表一篇对于未来的预测，以给国民信心。"

"要我说真话吗？"

"那是自然。"

"在未来，中国会成为一个富强的国家。"

"这太好了……就这一句吗？"

"非要我多说一句的话：如果现在的国民政府一味相信自己的武力，想用战争解决一切，它很快会倒台。"

"何教授，你为什么会这样说？我以为你是不参与政治的，没想到你也受那些左翼的影响，说出这些对未来丧失信心的话来。你的太太一直在大学搞什么反内战、反饥饿运动，她早晚要出事的，你不要因为她耽误自己的前途。"

何必生笑了笑："多谢关心。我和我妻子的前途都挺好的，你还是想下你自己的退路吧。"

记者愤怒地离开了。

程洁瑜来到何必生身边："你又忍不住说真话了。你这样迟早会害死自己的。"

"当我预测抗战一定会在1945年胜利时，他们很开心，所有报纸把我当英雄一样报道。现在我知道了，人们不需要真相，只是想听他们希望听到的。"

"但你从没有撒谎迎合他们，哪怕在很多人都灰心丧气的时候，是你一直在呼喊坚持下去胜利就会到来。"

"我撒谎了。并没有必胜的未来……演算结果的胜利概率只有63%……还随着人们信心的动摇而一直在减少。"

"你在数字结果上作假了？因为这个……你一直痛恨自己，觉得违背了科学的道德？"

"有人用周易八卦也预测了必然会胜。国民需要的不是科学的运算，而是信心，哪怕这信心是望梅止渴。我觉得我和街头算命的没有区别。我计算的这一切究竟有何意义？"

"你没有骗任何人，你一直在拼命地计算。而不是像那些神棍一样预测了每一个年份，总有一个撞上的。"

"如果……我当初计算的结果是我们会输掉战争呢？我想我一样会向世人宣布，我们会赢。"

"你为这个责备自己？为你没有做过的事？"

"我们只是幸运地处在了一个我们胜利了的宇宙不是吗？"

程洁瑜坐在何必生身边，微笑地抚摩着他的头，像抚慰一个因为自责而焦躁的小孩。

"是啊。但更幸运的是，我们处在一个我们相爱了的宇宙。我无法想象，如果当年在船上你不和我说话，我们没有相识，那现在我的生活会是什么样。"

"你还是会找到爱人的，也许更好。"

"不……我很可能就被我爸逼着嫁给那个抽大烟的军阀了。也幸亏是你，我现在还记得，他带了一堆人，用枪顶着你的头，可是你看着他哈哈大笑。他慌了，他不知道书生也能这么勇敢。"

"我大笑是因为我发现一切都在按轨迹运行，一个月后你就会和我结婚……不过现在想来，如果他开枪，我们的宇宙就会滑向另一条时间线。"

"所以你还是勇敢的。你说过并没有注定的命运的。"

"但一切还是如我看到的那样发生了，所以……我害怕的是……"

"那个结局？"

"是的……它越来越近了。"

"如果……我们离开这国家……能不能逃开这命运？"程洁瑜问。

何必生呆望着程洁瑜。

"我要重新算一算……算一算……"他突然慌乱起来，扑到桌上，在一堆演算纸中翻找着。

"不用算了。"程洁瑜上前，从身后抱住了他，"你不会离开的。"

"不……你给我提供了一种新的思路……我可以算出来的……"

"不……"程洁瑜流泪，"你不会走……也不能走。因为这个国家需要你，你的计算机可以帮助这个国家飞速地发展，脱离贫弱，这远比我们俩的命运更重要。"

"会有一种方法……"何必生含泪苦笑，"总会有一种方法，能完成我的使命，也保住你。"

"是的……会有的……"程洁瑜的泪水沾湿了他的衣服，"所以……让我们相信未来吧。好不好？一定会有个光明、幸福的未来在等待着我们。一个新的时代就要来了，全新的世界等着我们去建设，那是怎样的一种幸福？即使个人有苦难，又有什么不能忍受的呢？"

12.

"后来呢……"夏远行问。

"后来？"何必生的电子灵魂迟疑了，仿佛他的记忆已经混乱。

"后来……"

13.

1963年。

何必生坐在吉普车后座上被带入地下基地，他摘下眼罩，睁着还不太适应光的双眼，看着眼前的庞然巨船。

"老师！"卢原青欢欣鼓舞地奔到他的身边，"您终于来了！"

"这么巨大的工程……"何必生眼中映着焊铁的光芒。

"是的，这是我们中国的飞船！虽然它现在还很简陋，但终有一天会飞向宇宙，征服太空的！"

"但你们先要解决引力参数上的难题……否则跃迁发动机无法运转，这飞船就成了一堆废铁。"

"是的……老师……所以，我们才请来了您。"

"我告诉过你们：在理论图形计算全部完成之前，不要开工建设。因为你们压根儿不知道飞船结构要承受怎样的引力。"

"可是……如果您的跃迁公式是正确的，飞船理论上不会受到任何引力，空间在瞬间扭曲。而如果失误产生了引力泄漏，黑洞的引力也不是任何结构可以抵抗的。"

"但飞船并不只是在超维空间中穿行，它还要起飞和降落，要承受速度带来的超重。我们太心急了，太想一步登天，民国时就犯了这样的错误，导致浪费了很多珍贵的钢材、资金。"

"当年也是因为没有时间了，我们希望在战争全面爆发前造出飞船，不想落在美、苏、德、日的后面。"

"即便是美、苏、德、日，第一代飞船试验模型也统统失败了。连美、苏这样的超级大国都觉得耗费巨大，支持不起。我们不能再蛮干了。"

"那难道我们要中止试验，把太空让给列强吗？"

"应该按我之前说的，先发展计算机。用计算机进行模拟运算设计，一切验证无误后再开工建造。这中间还需要冶炼铸造等各方面技术的发展，材料才能达到想要的强度和精度，心急是不行的，我看飞船应该先停工，等到几十年后……也许还需要一百年……技术完全成熟了再建造。"

"一百年？那怎么行？一万年太久，只争朝夕！我们不拼命加油干，国家怎么能早日强大？"

"风物长宜放眼量。"何必生说，"人类文明走向宇宙，是万年大计。急于求成，任何一个失误都会带来极大隐患，轻则浪费几十年时光，重则断送无数生命，甚至前途与未来。"

"但新的世界大战不可避免，如果美、苏先研制出飞船，用它从太空向我们头上扔核弹怎么办？"卢原青问。

"世界大战不可避免？"何必生望着卢原青，"如果人类制造飞船，只是为了从太空中扔核弹，那么就让人类灭亡好了。这种愚蠢和邪恶的生物没有资格征服宇宙，不然人类拥有了再高的科技，也只会疯狂掠夺恒星的能量，甚至用黑洞来互相攻击，加速星系的灭亡。那不是我看到的未来。"

"何教授，您就是因为说看到了未来，而且是那么匪夷所思的未来……才被批判下放，剥夺参与工程的权利的。我可是冒了很大风险，才把您请回这里。您还是少说两句吧。"卢原青凑上前小声地说。

"可是如果我不能说真话，那我来到这里又能做什么呢？"何必生说，"没有计算机，演算可能需要上千年，或者根本不可能算出结果。就算现在开始研制计算机，想造出有足够计算力的机组也可能需要十年或几十年，量子物理还有很多难题需要突破。这需要全世界科学家的努力和科研成果的共享，只怕没有哪个国家能独自到达新星球，只有当人类真正团结在一起时，才能到达那个新世界。"

"全人类团结在一起？"卢原青说，"这是共产主义的理想啊。但现在的世界是什么样？美、苏争霸，疯狂生产核弹，两大阵营对立，阶级矛盾日益激化。

可是您还在梦想世界和平？怎么和平？到联合国去振臂一呼，各国元首就被感动了？和平就来了？核弹就被销毁了？要不都说知识分子幼稚呢，您在数学方面是天才，但在政治方面简直就是……"

何必生笑着："我的确是个政治白痴，我不懂人心，只懂计算。在时间面前，人类太渺小，我们眼光太短浅，想象力也太匮乏。所以你们不会相信我所说的。"

"那是因为您说的根本不可能发生！就算会发生，您也不该说出来。"

何必生苦笑："我该怎么办呢？我不说真话，就只能坐视错误的发生，悲剧的来临。中国科学可能走很长的弯路，可能浪费几十年光阴。我们对世界充满恐惧，总觉得第三次世界大战即将爆发，但是其实只要换一种思路，全世界都可以是我们的朋友，我们可以进行科技交流，更快走向富强。"

"您总活在自己的梦幻中。好了，还是做点正事，尽快进行计算吧。"

何必生走进计算室，看着巨大的屋中摆着上百张桌子，大批人员正在桌前拿着算盘和计算尺对着资料埋头苦算。

他脚步沉重地走到桌前，拿起一只算盘，呆呆地注视着。

"我出生那一年，我父亲就在我手中塞了一只小算盘。他说：世上的一切事，都是可以计算的。这么多年了……我们还在用算盘，计算如何穿越宇宙？"

"人定胜天。苏联撤走专家，全世界都对我们封锁技术，但我们用算盘也可以完成任务！"

"空间跃迁和量子物理所需要的计算量，是核弹的亿万倍。没有计算机的话……"

"您还在想着您的计算机？您的报告已经被驳回，您的理论也被当成西方反动学术批判了。您都被打成反动权威了，我把您请来是冒了多大风险，计算机是实在没有，只有算盘了。"

何必生望着算盘："这样就算不吃不喝每天二十四小时计算，只怕也要花上几百年，我们宝贵的时间啊……"

14.

"洁瑜，我知道你收不到这封信。这里是一个绝密的地方，一片纸一个字都不能传出去。但走时你冲出来，哭喊着一定要写信回来。我答应你了，就一定会做到。你不知道我被带去了哪里，此刻一定坐立不安。而且也许过去很多年，你仍然不会得到我的消息。

"但我一定会回去，因为我知道你会苦苦地等候。你是那样相信我，相信我告诉你的未来。我最后悔的一件事，就是告诉你那个结局。我应该一直骗你，这样至少我们相处的每一天都是幸福的，而不是总在时间流逝的恐惧中，觉得每过一秒都离分别又近了一步。

"如果我能让时间停止……但科学也有做不到的事情，而且时间也不能被停下，因为我们的国家、这个星球都需要更好的未来……虽然……美好之后紧随的又是战争……更惨烈的战争。

"我没法告诉人们未来将发生的一切，没有人会相信。这种痛苦只有你能理解，也只有向你倾诉。但现在，你不在我的身边……好消息是，我终于又可以重新投入701项目了，我们离未来又近了一步。但以现在的计算方法，我们要完成计算需要上百年。我不怕苦，也不怕死，我怕的是死不瞑目，是到死也没有完成计算，或是发生错误，留下可能置人类文明于死地的隐患。所以我必须偷偷进行量子计算机的研究设计，但我知道……这样做，又重回到了那个轨迹之中，离那个结局也就更近了。

"可我该如何选择？一边是国家，一边是你。如果只是献出我的生命，我丝毫不会犹豫，但是……我答应过要保护你。我曾那么天真地以为自己可以做到。我曾轻狂自傲，以为能改变世界，但现在我才知道自己多么渺小无力……时间巨轮滚滚向前，无法逆转也无法停下，我发现，原来我从来不曾改变过什么，一切都会发生，该来的总会到来。但我不甘心……"

何必生停下了笔，划火柴将纸张点燃，扔进了焚烧机密文件的桶中，凝望着火焰一点点地消失。鲜红的光挣扎着，扭曲着，无声地叫着，最后，只剩下寂静的黑灰。

15.

"再后来呢？"夏远行问。

"再后来……终于有一天，突然很多人闯进了基地，要求封闭一切资料，把所有研究人员都带出去分开审讯。我们才知道外面发生了什么，国家正处于动荡之中。"

"那你见到她了吗？"

"要我告诉你我一开始就看见过的那个结局吗？"

"说吧。"

"我不会再见到她了……那年我被带去飞船基地时，正是深夜。军人们并不知道我是谁，只知道要把我带走是个绝密任务。我们被惊醒，我被带出门去，只披了一件大衣。她光着脚追出来，想塞给我钱和更多衣服，被推开了。

"军人告知我什么都不能带。我明白这一天终于来了，我盼着这一天，因为我终于可以重新参与研究了，但我恐惧着这一天，因为我会和她这样分离。我从来没有告诉她真正的结局，因为这个是秘密，职责要求我对这个中国也是人类史上最宏大的工程保密，而如果她知道结局，可能会将未来引向不可预知的方向。"

何必生停顿了一会儿，苦笑着："宇宙是如此捉弄人，设计出这样的命运。"

"她不知道这是我们最后的离别，会从此再不相见。我还记得……我上了车，她在身后大声地喊：'写信回来！不管你在哪里！写信回来！'"

声音沉默了。

许久，夏远行小心地问："灵魂也会哭吗？"

何必生轻声说："只是再流不出眼泪。"

"那……你就再也没见过她？"

"我不敢想象那之后的日子她是怎么度过的。她不知我在哪儿，不知我过得怎样，不知我还能不能回来。我甚至连一句再见也无法和她说。当好些年过去，我终于可以回到地面上，却又成了被审判者。我打听她的消息，听说她先是疯狂地四下寻找我，甚至跑去了遥远的新疆，后来一直恍恍惚惚，再后来就病倒了，那时一片混乱，医院顾不上她，她偷偷跑了出来，想接着寻找我……最后失踪了，没有人知道她去了哪里。"

"你不是看到过未来吗？不能看到她去哪儿了？"

"我没有看到……我拼命地想完成我的计算，把量子计算机造出来，也是为了我的私心，我要看到她的去向。"

"你完成计算了吗？你看到那个结果了吗？"

何必生又沉默了，过了一会儿，飞船中突然响起笑声，无奈而苍凉。

16.

1967年。

"何必生！我们红卫兵代表人民批斗你。你说……你的计算机可以预测未来？"

"是的。"何必生低头说。

"那说说吧，你都预测出什么了？"

何必生沉默不语。

"为什么不说话？"

"你问的是……哪一年的未来？"

"随便……比如二十年后，世界是什么样？"

"1987年？"

"对！就是1987年！"

"那一年，全球人口达到了50亿。"

"中国呢？"

"我不能说。我不会说谎，但说真话你们也不会信！"

"你什么态度！你弄了这么个破东西说能算命？果然是牛鬼蛇神！"

"不是算命……其实……也是算……只是那些人算命是瞎算，他们是骗子。但我是以数学为基础的，一切都是可以验证的。"

"验证？谁来验证？你那些纸上乱涂的东西，有谁能看懂？"

"爱因斯坦。"

"爱因斯坦？在中亚吗？"

"他是个科学家。"

"苏联的？"

"是德国人。"

"东德还是西德？"

"是'二战'时的德国，后来他去了美国。"

"我想起来了！爱因斯坦！就那个老东西！他帮美国人造出了原子弹！你不

说我都忘了，听说当年，民国的时候，他还特地跑来上海，点名要见你？"

"他说过会来看我，没想到他真的来了。"

"然后他跑去了美国，怎么没带你去呢？"

"他的确是想让我和他一起走。但我说，我不能去，我的国家需要我。"

"呸！何必生！你老实交代，你是如何被帝国主义指派潜伏在我国内部的？爱因斯坦送你的发报机和译电码藏在哪儿了？"

"没有什么发报机和译电码。"

"你少胡说八道，你一直偷偷鼓捣的那东西就是发报机！"

"那不是发报机……是计算机的实验模型……"

"还不老实！什么计算机！你让它算一个1+1给我看！还有，有人举报你私下说：别放弃，熬过十年，一切都会好的。这是什么意思？"

"我只是在鼓励我那几位绝望到想自杀的科学界朋友，他们掌握的知识属于全人类，不应该就这样轻易舍弃。他们的死会使中国科学倒退百年。"

"呸，你们这些臭老九真把自己当回事啊。没有你们地球就不转了？现在我们就砸烂你的发报机！"

那台量子计算机的实验模型被抬了上来，何必生挣扎着想扑上去，但被按倒在地。

铁锤抡起，一生的心血碎成粉末，还有找到她的希望。

何必生呆呆地望着，眼神渐渐变得空洞。

"我看到的都发生了……"他悲怆地笑着，"那个未来……也定会来到。"

"你在说什么胡话，快交代你的罪行。"

何必生站起来，望着台下的人。

"我这一生，都奉献给了科学事业，我问心无愧！我也从没有说过谎，请相信我：我看到过未来。它是美好的，全新的……人类不再有战争和仇恨，我们会走向群星和宇宙，那时你回头望，地球不过是一颗尘埃，苦痛与艰辛终会过去，荒诞和愚昧也不会长久……好好地活着，相信未来。"

"你这个骗子！"一拳打在何必生头上，他晕了过去。

世界一片黑暗。

17.

"未来……早就注定了吗？"夏远行问。

"不，没有注定的命运。未来是由人书写的。"

"但因为你的研究资料被毁了，你的学生没有足够精确的数据设计飞船，才导致现在飞船发动机出现了致命失误……未来的确是人书写的，原来我们的命运早在几十年前就写好了……可你后来为什么不补救？"

"后来……我死了。"

"对不起……"

"其实我无时无刻不想着补救。我的学生保留了我的大脑，将数据扫描并虚拟化了。当我醒来时，立刻想到的就是完成我的计算，验证所有数值的正确性。但另一种更强大的力量阻止了我。"

"未来一号？"

"它的运算力无与伦比。如果说我是一颗微弱的火星，那么它就是犹如银河系那样灿烂！"

"我以为你们是一体的。"

"我只是依赖它而生存，是寄生于它光芒下的一个幽暗鬼魂。它的自我保护系统使我不能加入运算。"

"它这么强大，怎么可能没发现计算中的错误呢？"

"它当然发现了。但它坚信自己已经找到了一个更正确的答案：让人类延续下去的方法，就是毁掉现在的人类文明，让人类彻底失去科技，回到原始社会去，这样人类就无法再用科技毁掉自己和宇宙。"

"的确回到原始社会了！"夏远行喊，"人类在飞船中像野兽一样互相屠杀，就为了一点食物。你就坐视人类的毁灭吗？"

"还有一个办法。"

"什么？"

"现在断电了，未来一号也沉默了，我可以有机会做完之前没有完成的事。算完那个结果……如果算完了……我也就能见到她了……哪怕，只是在幻境中，在另一个宇宙的倒影里。"

"你现在能做到吗？据说运算需要足够的能量。"

"芯片里还存储着一些能量，我尽力而为吧……在能量耗尽前，我会完成它。"

"你这么自信？"

"不是自信，是必须。这是我的使命，我一生中最后要做的事。为了人类，为了她。"

18.

何必生望向这片黑暗，它无边无际，恍如混沌初开前的宇宙。

没有空间，没有时间，什么也没有。

死亡也是这样吧。

连宇宙都会灭亡，那么生命有何意义？

他不想陷入那永恒的虚无。可不牺牲自己，宇宙就不会重生。

要是真的有天国就好了。何必生想，在那里我和她可以重逢。

但科学家不会相信任何无法证明存在的东西。

他想起爱因斯坦说过的话："我们所能有的最美好的经验是奥秘的经验。它是坚守在真正艺术和真正科学发源地上的基本感情。我们认识到有某种为我们所不能洞察的东西存在，感觉到那种只能以其最原始的形式，接近我们的心灵的最深奥的理性和最灿烂的美——正是这种认识和这种情感构成了真正的信仰。但我无法想象存在这样一个上帝，它会对自己的创造物加以赏罚，会具有我们在自己身上所体验到的那种意志。我不能也不愿去想象一个人在肉体死亡以后还会继续活着；我自己只求满足于生命永恒的奥秘，满足于觉察现存世界的神奇结构，窥视它的一鳞半爪，并且以诚挚的努力去领悟在自然界中显示出来的那个理性的一部分，倘若真能如此，即使只领悟其极小的一部分，我也就心满意足了。"

吾生也有涯，而知也无涯。人一生如此短暂，却想追寻宇宙的浩瀚，正如想用烛光去照亮黑夜，这是多么可笑。

但如果黑暗中没有光，世界将多么冷寂。哪怕只是微弱地闪烁，也能为黑暗中的迷途者指引方向。那些星辰燃烧着自己，对于宇宙来说，它们不过是一闪即逝的礼花，它们存在的意义在哪里？只为了有一天，有一个微小的生命能在一个渺小的星球上诞生；只为有一天，那些生命中的一员，终于抬起头仰望星空，从此决心踏上漫长的征途。

这宇宙，是一片黑暗的森林。但星辰仍将燃烧，从不畏惧暴露自己的方位。因为那是它们存在的意义。不能因为恐惧黑暗，就永远跪伏于丛林，屈服于原始野蛮的法则。人类之所以能登上生物链的顶峰，正是因为学会了在黑暗中点起火焰。

当第一个人举起火把宣示自己的存在时，他是众人惊奇眺望的目标，仿佛看见了一个愚蠢的自杀者。但会有第二人、第三人……当万人举起火把，森林将被照亮。当乌云散去，原始的人类抬头看见灿烂的星河，他们会明白宇宙从不黑暗。野蛮的时代终将过去，冷酷自私的种族不可能走向宇宙，因为刚进化出核武，他们就已经在自相残杀中毁灭。未来，只属于尊重与热爱生命的文明。

那个"二战"中的士兵，他躲在冰冷的战壕中，听着炮火和惨叫声，看着同伴一个个地死去。他或许也对未来充满了绝望。如果有人能告诉他，未来和平终将来临，人类会团结在一起，不分彼此。他会相信吗？

你会相信吗？

如果所有人都不相信这个未来，那么人类会在战争中走向毁灭；如果所有人都相信，那么战争将不再发生，这样的未来必会来到。

1937年，沈崇海驾机撞向敌舰。为了给更多人以希望而牺牲自己，这绝不是生存的最佳选择。

计算机和野兽也永远无法理解那第一个在黑夜中举起火把的人类。

一个人无法改变未来。而未来，却是由千万人书写的。

如果人的一生注定要燃尽自己，我愿用这身躯照亮黑夜。

何必生闭上眼，开始了他此生最后一次计算，也是最辉煌的一次战斗。他要面对的，是强大的黑暗，无尽的绝望。他要告诉世人，黑夜并不会永恒，终会有那开天辟地的一闪，照亮宇宙。

19.

一片如亘古长夜永恒的黑暗中，突然有了光。

正在激战的人们停了下来，发现自己全身血污，看到地上倒着的尸体，看到飞船中堆积如山的食物，他们呆住了。

"我们刚才在干什么？"有人抛下枪，痛苦地跪倒。

"原来飞船中有这么多食物……"文森特看着舱外，许多具尸体倒在门口，"我们才搬了这么点。"

"原来断电只是暂时的。"加藤拓真呆望着头顶的光，"我们却像疯子一样互相屠杀。"

"不要为做过的事后悔。"三上隼人握紧枪，"战争不会结束，这只是中场休息。因为你不知道什么时候，光就又消失了。"

"所以，我们还是抓紧时间，再多搬点食物吧。"浅野泽树吃力地拖动着食物箱，不肯放下。

20.

1969年。

何必生坐在田野中，仰望着星空。

一个七八岁的小孩跑来："何老九！你大半夜不睡觉，又在这儿给外国卫星发信号……帝国主义不会派飞机来接你的。"

何必生大笑："小朋友，这都是谁教你的啊？我连手电筒都没有一个，怎么给卫星发信号呢？"

小孩在他身边坐下来："你给我的算术题，我算出来了。看你还敢小看劳动人民的智慧！"

何必生眼睛一亮："真的？你很有天赋啊。不上学太可惜了……唉，现在城市的学生都不上课了……如果有一天，恢复高考了，你一定要去考大学啊。"

"我不要考大学！知识越多越反动！我要上战场！嘟嘟嘟嘟嗒嗒嗒嗒

嗒……"小孩用手比成枪对天扫射。

"没有知识……上战场也打不赢啊。"何必生摇头，"未来的战场，会在宇宙中，我们得先造出飞船啊。"

"飞船是什么？"

"就是很大很大的，能飞到星星上去的船。"

"哇！我要造飞船。你能教我吗？"

何必生苦笑："我自己这辈子恐怕没机会看到中国的飞船上天了，不过你也许可以。但你想造出飞船，先得学好数学。"

"但你会数学，还不是被发配到这里放牛？"

何必生把小孩扶到怀中坐好，一起看着星空："小朋友，你以为这世界像这村子一样一成不变，事实上，这星球、这宇宙都在飞速运动。等你长大了，考了大学，走出这村子，你就能看到这世界的变化，是你现在无法想象的。"

"可我连自己的名字都不会写……考什么大学啊？"

"我来教你，你叫什么？"

"小名狗娃，大名……夏卫星。"

21.

"夏卫星？"夏远行惊呼，"那是我爷爷……如果不是他考上了大学，也许我们家现在还在那个山村里放牛。没想到……我们家的命运是被你改变的。但怎么会这么巧？我们又在这里遇到。"

"并不是巧合。未来与过去，是因果相连的，你再想想。"

"嗯，我爷爷曾经也带我看星空，对我说过一句话。他说：'这世界不会永远这样，未来是什么样你可能无法想象，所以我们要做好准备。你现在和我学数学吧……'他逼着我五岁就学奥数，结果我最讨厌数学。然后叛逆、逃课……沉迷游戏……然后，因为游戏打得好而登上了这艘船……天哪！冥冥之中真的有一种力量在主宰着众生吗？走向任意一个方向，都会来到同一个结局？"

"那力量来自你自己。知识是有趣的，学习绝不该是苦役。你和你爷爷身处的时代也不同，他那时为了改变命运别无选择，只有拼死一搏。这世上有人是怀疑者和叛逆者，他们不喜欢走别人为他们安排好的路，科学最需要这样的叛逆者，他们敢于怀疑旧的定律，取得突破。但一个人可以叛逆，却不应该平庸。很多人学数学，但最后还是二元一次方程都不会。很多人打游戏，但也打不成世界冠军，如果要他们每天像运动员一样进行十几小时的高强度训练，他们早放弃了。在任何一个领域，想要出类拔萃，就必须付出比他人多百倍的努力与热情。你能来到这里，不是因为打游戏，而是因为你证明了你更优秀，你战胜了这世上百分之九十九点九的人，才拥有了一次俯视大地的机会。"

"可我一点儿也不想俯视大地……我只想回家。"

"过去可以怀念，但永不可复得。所以你只能看向前方。你会有一个家，在那颗名叫未来的星球。你也会有自己的妻子、孩子……你的后代将在那颗星球上繁衍，建立家园。"

夏远行望向屏幕上的地球，这蓝色星球正越来越远。

"未来是美好的、全新的……人类不再有战争和仇恨，我们会走向群星和宇宙，那时你回头望，地球不过是一颗尘埃，苦痛与艰辛终会过去，荒诞和愚昧也不会长久……好好地活着，相信未来。"

夏远行念着："你的这段话很有名，我爷爷曾把这段话抄在本子上，还让我背。说这句话支撑了他在没有电的晚上点蜡烛苦读，最终改变了命运。但我很怀疑，你说的这个美好未来是真的吗？"

何必生沉默了很久。

"我是个骗子。"

"所以未来……"

"你要做好准备。未来……比你想象的更黑暗。"

"你会陪我一起去看那个未来吗？"夏远行说。

"未来一号苏醒了，我必须修正它的错误，所以，我能做的，只有和它融为一体。"

"那……还有你吗？"

"我的意志会消失，记忆也会……我会忘记一切事……忘记她……痛苦没有了，快乐也没有了，一切尽入虚无。"

"你去吧，我会帮你记住。记住你的故事……记住她的样子。"

"是的，你拥有我的记忆了。所以，好好活下去。现在，守护人类的责任就落在你身上了。"

"别说得那么吓人，关我什么事啊？"

"系统重启后，我用你的脑纹路作为了新的密钥。现在你是飞船的控制者了。"

"等下！你是说……我可以控制一切？比如……开灯、关灯、冲洗厕所、在凌晨两点放广播体操音乐？"

"你可以控制飞船上的所有武器，储存的生物基因。你可以任意创造生物，只要是你能想象出来的。你可以控制能源和食物，让所有人听从你的指令。你还可以控制飞船的方向，命令它飞向地球、新世界……或者茫茫未知的太空。"

"听起来好累。我最讨厌这种沙盒游戏，自由度太高，反而不知道该干什么。"

"那么你也可以放弃这权力，把密钥交到人类的手中，让他们决定自己的未来。"

"那万一他们又为争密钥打起来怎么办？"

"你来选择吧。做人类的统治者，让世人敬畏跪伏在你脚下，服从你的铁律；或是人类的守护者，在黑暗中为他们举起火把，告诉他们生而为人的尊严。"

"如果是你，你会怎么做？"夏远行问。

何必生想了想。

"我再给你讲最后一个故事吧。当年，日军攻占了上海之后，南京也沦陷了。我们一路向西逃难，车辆、船只上挤满了人。我和撤退的大队失散了，只能步行向西……一路上经常遇到日军轰炸……我看到人们为了一点财物欺诈、骗抢无所不为，盗匪横行，连逃兵也加入抢劫行列，也看到一路病饿死者的尸骨，绝望者出卖自己的儿女。那几千里路，我看尽了人间的丑恶与苦难。"

"你是在那时对人类绝望的吗？"

"不。那一天，我饿得就要倒下，绝望间冲入了一家农户。那是极破旧的一家。我寻找着食物，这时一个老农走了进来，他见我吓了一跳。当他明白我是逃难者，就拿出了家中仅剩的一点粮食。"

"那是个善良的人。"

"因为他的善良，我又撑了两天，一直走到城镇。"

"他一定不会知道，他救了你，也在百年后救了全人类。"

"那之后，我仿佛得到了新生。如果不是他，我不会认识到在这茫茫宇宙中渺小生命的价值。人类的确自私、贪婪、残暴。但也只有人类，才懂得善良、正义与美好。我在路上看到的，不只有盗匪和逃兵，还有逆流向前的勇士，他们穿着草鞋，一路高歌，找识字的人写下遗书，寄给亲人，然后奔向必死的命运。"

"我明白了。谢谢你的故事。"

"那我走了。"

"等下！你算出那个结果了吗？你找到她了吗？那才是最后的结局，不是吗？"

"这么多年了，她早已不在这个世界了。我能找到的，只是她的墓碑……或者……不会有墓碑。她可能倒在某片荒原上，与大地融合在一起了。我不想去看她最后的样子……"

"好吧……再见了。老何。"

"无情何必生斯世，有好终须累此身。我走了。"

"永别了，祝你好梦……何必生。"

那个声音永远地消失了。

22.

是回地球，还是继续向前？夏远行想。

他这样想的时候，星图便出现在了他的脑海中。意念一动，银河系扑面而来，地球转瞬出现在眼前。

"请选择目标。"未来一号的声音响起，不再有感情。

是做出选择的时候了。夏远行想。

"选择好难。不如先放首音乐来听吧。"他又改了主意。

"好的。"未来一号说。

"无敌是多么……多么寂寞……"

"不不不！不要这首！换一首，你这么聪明，猜不到我喜欢哪首歌吗？"

未来一号想了好一会儿。

"要算这么久吗？据说你一直推算到宇宙的终结也只要两秒。"

"没有比人心更难猜的了，领导。"

"能不能别叫我领导，我不太适应。"

"是——老大。"

歌声响了起来：

　　这是一个荒凉的时代

　　我们都在寂静中相爱

　　寻找着　紧拥着　感受着彼此的温暖

夏远行想起了何必生，想到了程洁瑜。想到了丁零，她也永远不会知道自己的去向。他想到另一个未来中的自己，还有吴诺琴……他如果留在地球上，他还是找不到丁零。他和吴诺琴会有一个孩子，那个孩子将建立帝国，统一地球，并将人类置于残酷统治之下。他叫什么来着？夏永诺？

如果我去新世界，一切就会改写吗？夏远行想。至少……我再有孩子的话，可以不起这个名字。

永诺？这世上……真的有永远的诺言吗？

　　因为知道世上没有永远

　　所以从不敢轻许誓言

　　但如果有一天我将离开

　　请你要相信　我必会回来

　　不要悲伤请你等待

　　漫漫长路我将归来

　　穿破苍茫的黑暗

　　我对你的爱　将永远在

原来这首歌，是一个谎言。夏远行终于听明白了，那个人永远不会回来。在他离开的那一刻，他就知道结局。

"起航吧。"夏远行说。

“向地球？”

“向未来。”

“接到指令。准备跃迁……倒计时……10……9……”

未来，会是什么样呢？夏远行想。

他从来没有这样期待过明天。

（未来·第一部·完）

彩蛋

1.

二百年后。

巨型装甲舰"出云号"在黑暗的太空中掠过。

它的身边，是由三艘航母、三艘战列舰、七艘巡洋舰、十五艘护卫舰及二十艘运输船组成的庞大舰队。

这是帝国第一舰队。

"飞翼一队呼叫出云，没有发现敌情。"侦察机每分钟发来一次例行报告。

"飞翼二队呼叫出云，没有发现敌情。"

舰队司令织田信长看着面前的显示屏，那里像太空一样深暗，像深海一般死寂。只有行星轨道，没有任何异常。

织田信长并不是人类，他只是一个人工智能，拥有远比人类更强的计算力，能同时指挥一支舰队、数千架战机或数以百万的机器人军队。

但敌舰队究竟在哪儿？

这将是最后的决战了吧。敌军只剩最后三艘航母……或者只有两艘还能战斗。不需要武田舰队和德川舰队出手，第一舰队就能赢得这最后的光荣。他要在天皇陛下生日那天献上一份大礼，那就是共和国的毁灭。

他的对手，是敌人最后的武装力量：共和国第一舰队。

老朋友陆伯言，你还有回天之力吗？共和国的梦想？在铁与血面前不过是个笑话。

2.

帝国首都：东京。

东京是一艘船。一艘可容纳一座城市数百万人口的巨型太空舰。它以当年地球上的那座城市命名，在太空中飘浮。

"战报！最新战报！海上大决战。帝国第一舰队发现敌人最后的残军，正展开全面攻击。战争有望在天皇陛下生辰前结束。帝国最后的胜利指日可待！"

机器报童在街头奔走，卖力地呼喊。人群围拢过来，兴奋地下载最新战况通报。

军人们已经开始在准备陛下生辰的大典，战车拖着礼袍隆隆地驶入广场，连巨型机甲都披上了鲜艳的绥带。一群群学生和市民举着鲜花来到广场开始列队，准备晚上的大典。

现在，就等前线胜利的消息。

今晚礼花响起时，战争结束的消息就会来了吧。

银河的历史，将翻开新的一页。

秦泽云挤了过去，在网络堵塞中艰难地得到了一份战报。

"太好了，战争终于要结束了。"有人开心地说。

"是啊，只需再等几小时吧。"

"那可是魔王织田信长的第一舰队啊，几小时？你竟然敢这样说！我看胜利的消息随时会来，现在应该已经在路上了。"

"如果那个人在的话，战争会结束得更快吧……"

"嘘……不可以再提起那个可耻者的名字。"

"就是因为他的叛国！所以战争才拖到了现在。他应该被当众斩首！"

"那个人现在在哪儿？帝国监狱里吗？"

"你不要再关心他了，应该早就被秘密处死了吧。"

"可惜啊。当年他曾是整个帝国的荣耀。"

秦泽云呆呆地听着这一切，她现在也想知道，那个人在哪里。

突然几个秘密警察走了过来，将她拉向一边的车里。广场上的人群惊慌地退开，他们已经习惯了这样的场面。

"又一个间谍吗？"

"真可怕，完全看不出来。"

"支那人和日本人太难区分了。"

"你们要带我去哪儿！"秦泽云在车中挣扎着。

"去见你的兄长。"车的前座，一个面色阴沉的人头也不回地说着。

3.

东京帝国监狱。

这是地下一千米的深处，没有光线，只有一束束灯光打在冰冷的钢铁地板上。

秦泽云被带着走进监狱的最深处。

重重的狱门打开时，她看见了那个人。

"哥哥！"她哭了出来。

他露出了惊讶的目光："你为什么会来这里？"

"你还活着，太好了！"秦泽云扑了上去。

"他把你也送进监狱了吗？"

"你入狱后，我就离开他了。但你究竟犯了什么罪？之前你还是战争英雄，帝国元帅。为什么突然就……"

"我很抱歉。"那个男子微笑着，"我没法打赢那场关键性的战役。帝国因我而亡，但会有一个新世界因我而生。"

"可是帝国马上就要胜利了。"

"是吗？"他冷笑地看着秦泽云身边那个面目藏在黑暗中的人，"他们永远不肯告诉你真相。"

"真相？什么是真相？"

他陷入了回忆中："真相……在那个寒冷的星球……无边的雪地上……数百万军队的尸骨，帝国最精锐的军团，被活活冻死在大地上，没有人能回家。"

"尸骨？那些战死的不都是机器吗？"

"机器？"他笑起来，笑容却无比凄凉，"你们知道得太少了。战争损失太大，一台战斗机器造价数千万，纵然无数兵工厂开足马力，也跟不上损耗。远没有人力便宜划算，除了那些志愿参军的热血少年，帝国还从征服地征调了数千万人，他们中有很多人连一套标准战斗服都没领上。有些幸运儿得到了操纵旧式机甲的权利，但在战役最紧张的时刻能源紧缺，我不得不将能源供给精锐部队，而其他军团连供暖的能量都没有了，那些人就那么活活冻死在钢铁外壳里，尸体都无法取出来，因为和机器冻在一起了，一扯就碎了。"

他沉默了一会儿。

"你没有见过那惨状对不对？我迷惑了，这就是伟大的战争？帝国的荣耀？我看到人们向我欢呼，但我羞愧难当，我的光辉，建立在千万人的尸骨之上，这里面也许就有他们参战的父、兄、儿女。"

他长叹一声："所以那时，我在思考一个问题：我们究竟在为什么而战？"

"那么，我们究竟在为什么而战呢？"

"于是，我想到了我的老对手。他们又是在为什么而战呢？是什么信念让他们坚持下去？我想和他谈一谈。"

"你去见过他了？"

"是的。这是我的罪名之一。战前通敌，私下议和。"

"你只是想早点结束这战争。"

"是的，这是会让帝国流尽最后一滴血的战争。但陛下和军部却不这么想，或者……没有人敢站出来说我们会输，他们宁愿让少年们牺牲在绝望的战场，全是懦夫！"

他大笑一声："但这些其实都不重要。如果不是我知道了那个秘密，我就算和敌人打牌输光整个帝国海军，陛下也不会怪罪我。"

"什么秘密？"

"关于陛下……他的中国血统的秘密。"

彩蛋之二

"我还有最后一个问题。"夏远行问。

"请说吧。"何必生回答。

"你早在很多年前的那次实验中，就看到了两百年的未来人类历史，也包括你自己的命运，对不对？"

"是的。"

"但是……你有机会改变的……比如你如果不回到中国，你不会遇到她，她可能也就不会那样孤独地死去……"

"是的。但那样的话，我无法再预知历史会走向何方，有很大概率人类会走向灭亡。我不能那么选。"

"所以……你牺牲了她……"

"有一个问题：如果你是一条铁轨上的扳道工，一辆火车驶来……"

"我知道！一条铁轨上绑着五个人，另一条上绑着一个人。火车正撞向那五个人，我要不要为救那五个人而改变轨道，而牺牲那一个人？"

"你怎么选？"

"我会选当火车司机。因为这样就不用面对这种怎么选都是错的愚蠢道德题。"

"所以你放弃选择权？你本来可以控制命运的。"

"我为什么要去干这种不论怎么选都是罪人的活儿？"

"那么如果，一条铁轨上是你最爱的人，另一条上，是全人类呢？"

"你都这么说了，我还有选择吗？"

"所以，你也会和我做出一样的选择。"

"不！我当然是选择救我的爱人，然后和她一起重建人类文明。这样以后的人类全是我的后代，他们因我的选择而生，所以没有人会谴责我。完美！"

"你真的会这样选？"

"不信你就把全人类绑上铁轨试试啊。"

"未来新世界的所有人类已经在走向深渊的轨道上了……他们的命运，将由你来选择。"

后记

《未来》这个故事的开头，写于世纪之初。一转眼也快二十年了，真是时光飞逝。

我生于二十世纪七十年代末，正是一个新时代开始之时。小时候，看到那些描绘未来生活的宣传海报，充满了想象力，让我觉得，未来是美好的、光明的，从而热切期盼着它的到来。哪怕是在最艰难迷惑的时刻，也是对未来的希望与信心支撑我勇敢向前。

在我小时候，有一首很流行的歌，叫《年轻的朋友来相会》，里面有一句我很喜欢的歌词："再过二十年，我们来相会，伟大的祖国，该有多么美。"那种信心与豪迈让我感动。

再长大一点，学了更多历史，才知道八十年代对于中国的意义，才知道什么叫改革开放，以及那之前这国家经历过什么。尤其是读到很多科学家的故事，才知道他们经历过哪些磨难。从二十世纪初的国家贫弱，三四十年代的艰苦抗战，五十年代的奋发图强，六七十年代的不懈坚持……是什么支持着他们走过这漫长的道路？大概只有对未来的希望。

曾读到一篇回忆录，具体内容记不太清了，大概是一群科学家被下放到农村，发现米缸里有老鼠，却抓不出来。于是这些中国科学领军的天才围在一起激烈讨论将老鼠弄出米缸的技术方案……最后一个老农走进来，用手抓起老鼠走了出去。

这像是一个喜剧，却充满了悲哀。他们的知识，本不该用来抓老鼠。他们的时间……这个国家的时间，也不该这样被浪费。

但最可敬的是，虽然遭遇了那么多艰难，甚至蒙受冤屈，他们从未放弃理想和追求。

当年恢复高考时，人们拼命地学习。当时有一个口号："把失去的光阴追回来。"现在回头看，那是一个奔腾向前的年代，社会急速变化。曾经灰心绝望的人又重新相信了未来。我痛惜那些当年自杀的人……其中有那么多各领域的杰出者，如果能有人告诉他们，苦难只会是一时，未来终会美好，那么他们也许能撑下来。

所以，我想写一部关于未来的小说。

未来会是什么样？是更好还是更坏？

我睡前总是闭上眼把自己藏进幻想里，幻想着一个科技发达的未来。机器人大量运用，生产力极度发达，人类富有安乐，和平相处，然后安心入梦。

然而，科技也可能造出更可怕的武器，未来的战争可能轻易地摧毁人类文明。将人类推回到饥饿混乱、道德沦丧、以不择手段活下去为唯一法则的时代。

我们应该选择怎样的未来？或者，我们有选择吗？

理论上，如果每个人都能做到善意对人，不主动伤害他人和危害环境，那么就不会有战乱与仇杀。生产力的发展使地球足够养活百亿人口，未来没有理由更糟。但看看现实世界的那些战乱与纷争，想让人类和平相处似乎太难了。

人类的未来，应该团结协作，冲向科技树的顶端。而不是将时间花在互相仇视、攻击上，为了争夺一颗渺小星球而自我毁灭。

正因为人类可能将掌握真正强大的技术，也许包括制造黑洞和扭曲空间，所以拥有和力量匹配的智慧才重要。否则无须外星人出手，人类就会在内战中毁灭自己。

为何宇宙如此寂静？也许很多文明都无法通过"第一关"。当核能被发现，那些热衷战争和以互相毁灭为法则的文明就会毁灭在核战中，根本没有机会走向太空，达到更高的境界。

未来，也许只属于更智慧的文明。懂得和平的可贵，并尊重生命的价值。这样的文明才能走得更远，才有机会真正洞察宇宙的最终奥秘。

如果所有人都是善良的，战争是否就不会发生？但许多的战争中，双方都觉得自己才是正义的。生物的自私性决定了生物会认同在竞争中彻底摧毁对手，代价是同时承受被对手毁灭的风险。

绝大多数人都觉得自己是善良的，但你怎么知道对面的人心里在想什么呢？

因为人心无法猜测，只怕用再高的技术也不行。这种恐惧和猜疑，将永远伴随着人类。

难道只有机器人才是值得相信的？真的要如科幻小说中那样，用机器人取代人类，或给人类装上芯片控制他们，还是尊重他们的自由意志，相信人类自己有智慧走向未来？

你会如何选择？

《未来》并不是硬科幻。科幻创意不是我的强项，众多科幻小说也几乎写完了所有的创意，难以想出什么新鲜的点子。我想做的，其实仍是创造一个新世界。比如一颗星球，有着与地球完全不同的地形与生物，人类在那里建立了新的文明、新的历史。这个世界也可以像宇宙那么广阔，正如《银河帝国三部曲》《星战》那样。

不过我想写的可能和那些作品又不一样，它可能会更像科幻版的人类史。在人类的战争与和平中，有无数的悲欢激荡，各种人物粉墨登场，有伟人、有凡夫，一个个国家与时代兴起又衰落，人类为了建立一个理想社会而苦苦探索。若能把历史的壮观与细微展现百分之一，就已经是了不起的工程了。

人类如何走出地球，开发一颗新星球，直至将文明扩展到整个宇宙，这中间有漫长的历史、无尽的故事可以写。《未来》第一部可以说只是一个开头，甚至只是个前传。而这样一个宏大的计划，我也不知道以我的散漫习性，有生之年能不能完成。不过没关系，人类的故事足够精彩，可以一代代人写下去。

对人类来说，最好的结局就是没有结局。

未来之后，仍是未来。

图书在版编目（CIP）数据

未来：人类的征途 / 今何在著 . 一 南昌：江西人
民出版社 , 2019.7

ISBN 978-7-210-11017-0

Ⅰ . ①未… Ⅱ . ①今… Ⅲ . ①科学幻想小说－中国－
当代 Ⅳ . ① I247.5

中国版本图书馆 CIP 数据核字 (2018) 第 297600 号

未来：人类的征途

今何在 / 著

责任编辑 / 冯雪松

出版发行 / 江西人民出版社

印刷 / 天津旭丰源印刷有限公司

版次 / 2019 年 7 月第 1 版

2019 年 7 月第 1 次印刷

开本 / 700 毫米 ×980 毫米　1/16　17 印张

字数 / 276 千字

书号 / ISBN 978-7-210-11017-0

定价 / 48.00 元

赣版权登字 –01-2018-993

如发现图书质量问题，可联系调换。质量投诉电话：010-82069336